Mit Verzögerung ins Glück

Sarah Saxx

Mit Verzögerung ins Glück

Sarah Saxx

LAGO

Bibliografische Information der Deutschen Nationalbibliothek:
Die Deutsche Nationalbibliothek verzeichnet diese Publikation in der Deutschen Nationalbibliografie; detaillierte bibliografische Daten sind im Internet über http://d-nb.de abrufbar.

Für Fragen und Anregungen:
mit-verzoegerung-ins-glueck@lago-verlag.de

1. Auflage 2014

Nymphenburger Straße 86
D-80636 München
Tel.: 089 651285-0
Fax: 089 652096

Lektorat: Kornelia Schwaben-Beicht, www.abc-lektorat.de
Korrektorat: Sybille Weingrill, www.swkorrekturen.eu
Umschlaggestaltung: Sarah Saxx
Umschlagfotos: © DragonImages / © Vallentin Vassileff – Fotolia.com
Bei den abgebildeten Personen handelt es sich um Models.
Satz: ebokks, Braunschweig
Druck: CPI – Ebner & Spiegel, Ulm
Printed in Germany

ISBN Print 978-3-95761-012-6
ISBN E.Book (PDF) 978-3-95762-024-8
ISBN E-Book (EPUB) 978-3-95762-023-1

Nimm dir Zeit, dein Leben mit Liebe zu füllen,
dann wird das Glück unvergänglich.

Prolog – Ein schlechter Scherz

Mai 2005:

Fassungslos und ungläubig starrte ich die Verkäuferin des Brautsalons an, schluckte mehrmals und kämpfte gegen die aufsteigende Übelkeit. Die heiße Wut, die gleichzeitig in mir hochbrodeln wollte, machte die Situation nicht unbedingt erträglicher für mich.

„Was soll das denn heißen? Die Hochzeit ist in knapp drei Wochen – wie können Sie einfach meine Bestellung stornieren? Ich bin hier, um mein Brautkleid abzuholen, und genau das werde ich auch tun! Ich werde diesen Laden sicher nicht ohne mein Kleid verlassen!"

Ich deutete mehrmals mit dem Finger in Richtung Ausgang, merkte aber bereits, wie mich meine Kraft verließ. Für einen Moment schloss ich meine Augen und atmete tief ein und aus, um mich zu fangen.

„Das … tut mir leid, aber ich befürchte, hier liegt ein Missverständnis vor."

„Allerdings!" Ich funkelte die Verkäuferin wütend an. Meine Fäuste stemmte ich in die Hüften, um meinem bemüht scharfen Ton noch Nachdruck zu verleihen.

Die Frau sah mich mitleidsvoll an. „Vor einem knappen Monat rief uns Herr Beichtl an und teilte mit, die Hochzeit würde nicht stattfinden. Deshalb wollte er den Auftrag fristgerecht kündigen, um unnötige Stornokosten zu sparen. Wir baten ihn noch, uns dies schriftlich zu bestätigen, was er auch gleich tat."

Sie schob mir einen Brief über den Kassentisch entgegen.

Stornierung des Auftrages über das Brautkleid für Frau Seifert/Beichtl war in großen Lettern zu lesen. Ich atmete tief ein, blinzelte mehrmals und erkannte Jürgens Unterschrift am Ende des Schreibens, dessen exakten Inhalt ich genau genommen gar nicht wissen wollte. Zumindest im Moment nicht. Neben seiner Klaue konnte ich einen Eingangsstempel mit dem Logo des Brautsalons erkennen.

Die schwarzen Punkte vor meinen Augen begannen, endgültig zu tanzen, und der Boden wollte nicht mehr zu schwanken aufhören. Benommen tastete ich mich nach hinten zu der großen, weißen Chaiselongue, die im Empfangsbereich stand. Die Verkäuferin eilte mir zu Hilfe und wies ihre Kollegin an, ein Glas Wasser zu bringen.

Das war er also, dieser eine Moment, von dem all die Herzschmerzlieder handelten. Der Augenblick, in dem einem das Herz aus der Brust gerissen wird, den zig Schriftsteller genauestens analysiert und – in Einzelteile zerlegt – in wundervollen Romanen und Gedichten beschrieben haben.

Jetzt war ich wohl an der Reihe.

„Dieses verdammte Arschloch …!“ Meine Stimme war nur ein flüsterndes Zittern.

1. Zum Kotzen!

Oktober 2013:

Angespannt lag ich im Dunkeln und presste mir das dünne Bettlaken an die Brust. Ich atmete langsam ein und aus, versuchte, Ruhe zu bewahren. Doch mein Blut rauschte in den Ohren, und mein Herz hämmerte wild an meine Kehle. Dabei machte ich doch nichts Verbotenes, oder? Außerdem tat ich das, was ich gerade vorhatte, nicht zum ersten Mal. Es taten unzählige Frauen auf der ganzen Welt – regelmäßig. Männer vermutlich noch öfter.

Ich blickte auf den nackten Mann neben mir. Sein Atem war tief und gleichmäßig, und hin und wieder glitt er ins Schnarchen ab. Er lag auf dem Rücken. Jetzt, wo er schlief und folglich nicht sprach, wirkte er wie ein ganz angenehmer Zeitgenosse. Doch im Grunde war er wieder nur ein oberflächliches Arschloch, ein von sich selbst überzeugter Narziss, der bei allem dick auftrug. Er hatte natürlich den besten Job der Welt, fuhr das schnellste Auto und wohnte in der Wohnung mit der besten Lage in ganz Linz. Tragischerweise hatte nicht einmal seine Leistung im Bett das gehalten, was er versprochen hatte.

In letzter Zeit fragte ich mich immer häufiger, wieso ich mich wieder und wieder auf solche Männer einließ, die so selbstverliebt waren und das Interesse an mir nur vortäuschten. Denn tatsächlich interessierten sie sich nur für meinen Körper. Wer ich war, welche Gedanken, Wünsche, Gefühle ich hatte, war ihnen absolut gleichgültig.

Die Rollläden waren geschlossen. Mit zusammengekniffenen Augen versuchte ich, Konturen in diesem fremden Raum zu erahnen, doch es war so dunkel, dass ich kaum etwas erkennen konnte. Das war blöd, da ich hier unbedingt raus musste – dringend und sofort!

Ich versuchte, mich zu orientieren und ließ dabei die letzten Stunden (Waren es überhaupt Stunden?) Revue passieren. Ich schob die Bettdecke zurück und setzte mich vorsichtig auf. Am Boden konnte ich meine Unterwäsche ertasten. Ich sammelte sie auf und lauschte noch ein letztes Mal in Richtung des Mannes, dem ich vermutlich – hoffentlich – nie wieder begegnen würde.

Dann ging ich langsam und mit ausgestreckter Hand in die Richtung, in der ich die Schlafzimmertür vermutete, und tastete nach der Klinke.

Verdammt, ich will hier raus!

Endlich ertastete ich einen Knauf und versuchte, ihn zu drehen – ergebnislos. War es vielleicht eine Schiebetür? Ich hatte im Eifer des Gefechts nicht darauf geachtet. Ein Fehler, den ich nie mehr begehen würde. Ich zog in eine Richtung, und tatsächlich glitt die Tür zur Seite.

Was hatte Gott sich nur einfallen lassen, als er Männer wie ihn auf uns Frauen losließ? Langsam, aber sicher stellte ich mir die Frage, wieso die gesamte Menschheit nicht bereits ausgestorben war. Überhaupt war meine Ausbeute der letzten Monate, wenn nicht Jahre, wirklich erbärmlich! – Gut, das lag vielleicht auch an mir und meiner Einstellung zu Partnerschaften im Allgemeinen. Würde ich tatsächlich an Gott glauben, hätte ich den Glauben an ihn vermutlich schon vor Jahren verloren, denn das, was er bisher für mich an Männern bereitgehalten hatte, war nicht das, was ich mir für eine glückliche Zukunft erhoffte.

Ich musste grinsen, fielen mir doch gerade in diesem wirklich unpassenden Moment die Worte meiner Oma ein, die immer damit drohte, Gott wisse alles, und irgendwann, wenn der Zeitpunkt gekommen sei, würde er auch mit uns sprechen, all unsere Sünden aufzählen und uns direkt in die Hölle verfrachten, wenn er es als aussichtslos ansehen würde, uns auf den rechten Pfad zurückzuschicken. Gut, meine Oma hatte auch gedacht, das Handy würde sich nicht durchsetzen und das Internet wäre nur eine Modeerscheinung …

„Wonach suchst du?“ Eine tiefe, raue Stimme ließ mich zusammenzucken.

Gibt es Gott also doch? Werde ich gerade erhört?

Mein Puls raste, und ich hoffte auf ein weiteres Wort, das mich davon überzeugen würde, dass mir meine Sinne einen Streich spielten.

„Öhm … die Toilette?“ Eine blöde Lüge, aber Gott würde diese sofort durchschauen, oder etwa nicht?

„Dann nimm doch die Tür rechts neben dem Schrank! Das WC findest du im Flur direkt gegenüber.“

Eines wusste ich jetzt mit absoluter Sicherheit: Es war nicht Gott, der mir den Weg aus der Dunkelheit zur Toilette wies, sondern mein One-Night-Stand, der munter geworden war. Und ich Genie war kurz davor gewesen, in seinen Kleiderschrank einzusteigen.

Oh Mann! Leichte Panik erfasste mich. Wie kam ich jetzt aus dieser Wohnung, ohne dass er es merkte? Andererseits hatte ich ihm ja gesagt, ich müsse auf die Toilette … Ich würde diese Ausrede einfach zu meinem Vorteil nutzen. Ich tastete mich in die angegebene Richtung vor und entdeckte tatsächlich eine Türklinke, die sich ganz normal öffnen ließ. Sehr peinlich … Leise zog ich die Tür hinter mir zu.

Es war nicht das erste Mal, dass ich auf leisen Sohlen den schlafenden Mann verließ, mit dem ich in den letzten Stunden Sex gehabt hatte – *der* riesengroße Pluspunkt, nie einen meiner flüchtigen Bekanntschaften mit zu mir nach Hause zu nehmen. Ein schlechtes Gewissen hatte ich deshalb nie gehabt. Für mich war die Sache erledigt, wir hatten unseren – mehr oder weniger großen – Spaß gehabt. Danach wollte ich wieder meine Ruhe haben und in meinem eigenen Bett alleine schlafen.

Für ihn war das sicher nicht anders. Vielleicht würde er mich suchen, wenn ich nach wenigen Minuten nicht zurück ins Schlafzimmer kam. Mag sein, dass er die Hoffnung hätte, dass ich ihm meine Telefonnummer hinterlassen hatte. Aber da würde er enttäuscht werden.

Gut, wer weiß, vielleicht passierte ihm das sogar regelmäßig, dass sich seine Bettgespielinnen heimlich in der Nacht aus seiner Wohnung schlichen, nur um von ihm wegzukommen …

Nein, das dachte ich eigentlich nicht wirklich.

Wahrscheinlicher war, dass Frauen sich um den Beifahrerplatz in seinem Bett rissen. Auch wenn er ein total egoistisches Arschloch war, hatte er etwas an sich, auf das Frauen flogen. Und wir Frauen fielen immer wieder auf Arschlöcher rein. Als hätten die Kerle eine Art Magnet eingebaut, dem wir Frauen uns nicht widersetzen konnten.

Frau verliebt sich, er zeigt sein wahres Ich, Herz ist gebrochen! – Das war der Grund, weshalb ich schon aus Prinzip seit vielen Jahren eine gewisse emotionale Distanz zu Männern einhielt. Wieso sich auf etwas einlassen, von dem ich sowieso wusste, wie es enden würde? Herzschmerz, Tränen und das erneute Gefühl von Einsamkeit …

Und wenn jetzt eine Frau vor seiner Wohnungstür stünde, hielte ich sie ihr sogar weit auf. Dieses Exemplar könnte sie gerne für sich haben.

Denn, wenn ich ehrlich zu mir war – und das war dringend notwendig geworden: Ich hatte die Schnauze voll von meinem Leben.

Okay, das klingt jetzt vielleicht etwas zu dramatisch. Natürlich hatte ich nicht vor, meinem Leben ein Ende zu setzen. Aber ich wollte nicht mehr so weiterleben wie bisher. Es kotzte mich an, um genau zu sein. Das hier kotzte mich an. *Ich* kotzte mich an.

Und deshalb musste ich so schnell wie möglich hier raus.

Mein Kleid musste noch irgendwo im Flur liegen, meine Handtasche hatte ich gleich neben der Wohnungstür mit meinem Mantel und meinen High Heels fallen lassen.

Wie tief bin ich eigentlich gesunken?

Ich hätte heulen können. Ich stand nackt in einer fremden Wohnung, hatte mit einem Mann, dessen Namen ich noch nicht einmal kannte, Sex gehabt, suchte panisch meine Kleidung zusammen und schlich mich davon wie eine Verbrecherin vom Tatort.

Als ich endlich die eisige Nachtluft einatmete, zog ich den Gürtel um meinen Mantel noch etwas enger und ging zügig auf die Hauptstraße zu. Zu meinem Glück parkte tatsächlich ein Taxi am Straßenrand vor einem Lokal. Im Laufschritt näherte ich mich dem dunklen Wagen, der mit Werbeaufklebern für diverse Lokalitäten der Stadt beklebt war.

„Sind Sie frei?“

Der Fahrer hob nur widerwillig seinen Kopf und blickte von dem kleinen Display am Armaturenbrett auf. Mit einem mürrischen Kopfnicken deutete er mir, einzusteigen, bevor er bei dem Actionfilm auf Pause drückte.

Ich rutschte auf die Rückbank und nannte ihm meine Adresse. Dann suchte ich in meiner Handtasche nach meinem Handy. Ich musste unbedingt mit Jana sprechen. Auch wenn es halb zwei in der Früh war. Das Freizeichen ertönte. *Eins … Zwei … Drei …* Ich zählte in Gedanken mit. *Vier.*

„Hallo, das ist die Mobilbox von Jana. Im Moment kann ich …“

„Grrrr …!“ Hatte mich meine Freundin eben aus der Leitung geworfen? Normalerweise kam erst nach dem fünften Piepen die Umleitung in die Mailbox.

„Das kann doch jetzt nicht dein Ernst sein!“, fluchte ich laut.

Der Taxifahrer sah mich mit hochgezogenen Augenbrauen über den Rückspiegel fragend an.

„Nein, nicht Sie … Meine Freundin … Sie ist nicht erreichbar …!“

„Ich würd mal behaupten, dass sie schläft?“

„Ach, wirklich?“

Genervt verdrehte ich die Augen und sah auf die Straße. Wieso war Jana genau jetzt nicht für mich erreichbar, wo ich sie am meisten brauchte? Ich war auch immer für sie da, wenn sie jemanden zum Reden benötigte. *Verdammt noch mal!*

Die Lichter der schlafenden Stadt zogen an mir vorbei, und meine Gedanken wanderten wieder zurück zur letzten Nacht …

Nach einem Kinoabend waren meine Freunde und ich noch in unserer Lieblingscocktailbar eingekehrt. Als endlich die bunten, mit Obst dekorierten Mixgetränke vor uns standen, fingen wir eine rege Diskussion über die eben gesehene Liebeskomödie an.

„Also am schönsten war meiner Meinung nach der Heiratsantrag. Ich meine, wie romantisch ist das denn, wenn ein Mann organisiert, dass seine Freundin während des Konzerts ihrer gemeinsamen Lieblingsband auf die Bühne geholt wird, er dann ebenfalls dort auftaucht und ihr vor allen Leuten einen Antrag macht?“ Jana schmolz förmlich dahin bei ihrer Review.

„Genau, nur wäre es total peinlich und noch dazu blöd für ihn gewesen, wenn sie nicht ‚Ja‘ gesagt hätte … Du glaubst doch wohl nicht im Ernst, Jana, dass so ein Mist tatsächlich passiert, oder? So was gibt es nur in Liebesschnulzen, aber nicht im wahren Leben.“ Ich verdrehte die Augen und sog an meinem Strohhalm.

„Ach komm schon, Isa, sei nicht so pessimistisch! Außerdem hat sie ‚Ja‘ gesagt, und du musst zugeben, dass du in diesem Moment vor Rührung Tränen in den Augen hattest – genau wie ich.“

Nee, nicht wie du vor Rührung. Meine Freundin hatte wohl recht damit, dass ich Tränen in den Augen gehabt hatte. Aber die hatten mit Sicherheit einen anderen Grund als ihre. Ich war nicht gerührt gewesen, in mir war dabei die lang unterdrückte Wut hochgestiegen, die ich seit beinahe neun Jahren unter Verschluss zu halten versuchte.

„Das hat sie … Aber dass er einen Vogel hat, hat man auch gesehen. Ich meine … da macht er ihr zuerst den Wahnsinnsantrag, und anschließend lässt er sich von der Kellnerin auf der Party begrapschen. Und lässt es auch noch zu, dass seine Verlobte ihn dabei beobachtet. Hallo? Ich fasse es nicht! Und dann wartet der Typ erst mal zehn Sekunden, bevor er ihr nachläuft, um alles wieder geradezurücken.“ Ich schüttelte den Kopf und trank einen Schluck.

„Aber er wollte doch gar nichts von der Kellnerin! Nur hat seine Verlobte ihm nicht mal die Chance gelassen, es zu erklären. Da hatte sie schon selbst Schuld. Die beiden hätten viel eher heiraten können, wenn sie einfach miteinander gesprochen und dem anderen zugehört hätten."

Irgendwie hatte ich den Eindruck, dass der Blick, den Jana mir zuwarf, von Bedeutung war. Ich zuckte zusammen, und, anstatt mal kurz zu überlegen und tief durchzuatmen, polterte ich: „Willst du mir damit jetzt was sagen?"

Ich kniff die Augen zusammen. Obwohl ich wusste, dass ich überreagierte und der Film und Janas Aussagen nichts mit mir zu tun hatten, konnte ich nicht anders. Ich war sauer. Stinksauer sogar. Mehr auf mich selbst, denn ich hätte zumindest so schlau sein können, mir vorab die Filmbeschreibung durchzulesen und zu bemerken, dass sich bei dem Film alles um eine Hochzeit drehte. Hätte ich das gewusst, wäre ich entweder nicht mitgegangen oder ich hätte meine Freunde überredet, einen anderen Film anzusehen. Denn solche Filme, die in einer Friede-Freude-Eierkuchen-Hochzeit endeten, mied ich wie die Pest.

„Wie kommst du denn darauf, Isa? Das meine ich doch nicht persön…"

„Ja, ja, schon klar …!" Dass sich meine Worte so spöttisch anhörten, hatte ich eigentlich nicht beabsichtigt. Doch jetzt waren sie raus, und … ich hatte heute einfach einen schlechten Tag. Jana musste es ausbaden. *Tut mir ja eigentlich leid, Süße …*

Julian, Lena und Marco verfolgten betreten unseren kleinen Zank.

„Was hat sie denn plötzlich?", raunte Lena Marco zu.

„Verdrängung", erkannte ich auf Julians Lippen.

Vermutlich sollte ich es nicht hören, aber ich konnte es eindeutig an seinen Lippenbewegungen ablesen. Peinlich ertappt sah er weg.

„Also die Szene, in der sie mit ihren Freundinnen den Brautsalon stürmte und alle die unmöglichsten Hochzeitskleider anprobierten, fand ich ja echt zum Kugeln." Lenas nett gemeinten Schlichtungsversuch nahm ich nur am Rande wahr.

Ich seufzte. „Okay, hör zu! Ich will mich nicht mit dir streiten, Jana, aber ich hab heute einfach einen miesen Tag. Macht euch alle noch einen schönen Abend, ich verderbe ihn euch doch nur."

Ich wartete ihre Antwort nicht mehr ab, schnappte mir meinen Mantel, meine Handtasche und den Cocktail.

Nur schnell weg hier.

„Isa! Warte!"

Hab keinen Bock drauf.

Doch Jana hielt mich am Arm fest. „Komm schon, was sollte das denn eben?"

Ich atmete tief durch und drehte mich um. Meine Freundin stand mit fragendem Blick vor mir und suchte in meinen Augen nach einer Antwort. Mein Herz zog sich kurz zusammen, doch ich musste weg von ihr, auch wenn sie nichts dafürkonnte.

„Ich weiß auch nicht … Ich … ich erklär es dir ein anderes Mal. Tut mir leid, ich will einfach gehen, um euch den Abend nicht noch mehr zu vermiesen. Mach dir keinen Kopf, mir gehts gut. Ich komm schon nach Hause. Ich melde mich morgen Vormittag bei dir."

„Ich mach mir wirklich Sorgen, Isa." Jana pickte unsichtbare Fussel von meinem Kleid.

„Das brauchst du nicht. Ich bin schlecht gelaunt, und du hast es eben abbekommen. Das wollte ich so nicht … Also los, Süße, geh zurück zu den anderen – und amüsiert euch noch schön." Ich schenkte ihr ein müdes Lächeln.

„Ich weiß nicht, Isa …"

„Muss ich dir einen Tritt geben?"

Jana feixte. „Na los – du traust dich sowieso nicht."

Jetzt musste auch ich grinsen. Dann drehte ich mich um und ging. Ich würde mich spätestens am Montag in der Arbeit bei ihr mit einer Tafel weißer Schokolade entschuldigen müssen. Einer riesig großen Tafel.

Da ich von meinem Cocktail kaum getrunken hatte, beschloss ich, mich damit noch ans andere Ende der Bar zu setzen. Dort wäre ich aus dem Sichtfeld meiner Freunde, und das schien mir im Moment wirklich ein guter Plan zu sein. Ich hätte einfach daheimbleiben und es mir mit Chips und Alkohol vorm Fernseher bequem machen sollen … *Zu spät!*

Meinen Mantel und die Handtasche hängte ich unter dem Tresen an einen Haken, ließ mich auf den freien Barhocker fallen und trank gierig einen großen Schluck des süßen Getränks. Dabei schloss ich die Augen und genoss es, wie der Alkohol in meine Blutbahn überging. Hoffte, dass er ein kleines bisschen meine Seele streicheln würde.

Als ich meine Augen wieder aufschlug, sah ich ihn vor mir, mir gegenüber am anderen Ende der Bar, nur wenige Meter von mir entfernt: attraktiv, Anfang vierzig. Er trug einen edlen, dunkelgrauen Anzug und – wie mir ein kurzer Blick auf seine Hand zeigte – keinen Ehering. Genau mein übliches Beuteschema also. Er lächelte mich an und prostete mir mit seinem Glas Rotwein zu. Und wie bei einer hungrigen Löwin schlug plötzlich mein Jagdinstinkt bei mir durch, und ich wusste genau, dass ich *das* jetzt brauchte, um wieder bessere Laune zu haben.

Langsam bahnte er sich seinen Weg auf mich zu, das Glas in der einen, seinen Mantel in der anderen Hand. Noch mehr, als der Alkohol in dem Cocktail mich trösten konnte, konnte es nur …

„Schönen Abend wünsche ich Ihnen …“

Und in diesem Augenblick war ich wieder die Person, die ich bereits zig Male zuvor gewesen war. Als Vamp, auf der Jagd nach männlichem Frischfleisch, suchte ich meine Bestätigung. In dieser Rolle fühlte ich mich seit Jahren wohl, und sie gab mir Selbstvertrauen.

„Ihnen auch.“ Ich schenkte ihm mein besonderes Lächeln, dem noch jeder verfallen war, wenn ich es wollte.

„Warten Sie auf jemanden?“

„Nein, ich bin alleine …“ Ich biss mir auf die Unterlippe und sah ihn mit meinem scheuen Rehblick, den ich gerne anwendete, von unten an. Und wie dieser wirkte …

„Darf ich Ihnen dann Gesellschaft leisten?“

„Es würde mich freuen …“

Einen Cocktail und eine gute Stunde später waren wir in seiner Wohnung angekommen. Wir fielen übereinander her wie die Tiere, und ich genoss seinen gierigen Blick, seine Hände an meinem Körper, ihn in mir. Doch, als er sich verschwitzt und sichtlich geschafft von mir gerollt hatte und neben mir fast augenblicklich eingeschlafen war, hatte ich nur fassungslos über das schnelle Ende ohne Highlight an die Decke starren können. Und als wäre das nicht genug, hatte ich zu meinem großen Schrecken feststellen müssen, dass das Kondom nicht hielt, was es … hätte halten sollen.

Verdammte Scheiße! Hoffentlich hatte ich mir nicht irgendwas eingefangen …

„Wir sind da. Macht zweiundzwanzig Euro.“

Die Stimme des Taxifahrers riss mich aus meinen Gedanken. Der schale Geschmack im Mund blieb, und ich hatte das Gefühl, als würde sich alles um mich drehen und eine Hitze aus meinem Innersten aufsteigen. Ich schloss die Augen und hielt mich an der Lehne des Beifahrersitzes fest.

„Alles in Ordnung bei Ihnen? Wenn Sie kotzen müssen, rate ich Ihnen, das draußen zu machen. Die Innenraumreinigung kostet Sie fünfzig mehr …“

Schnell tastete ich nach dem Türgriff. Als die kalte Oktoberluft ins Wageninnere zog, hörte das Schwanken wieder auf. Ich fischte einen Zwanziger sowie eine Zweieuromünze aus meiner Geldtasche, die ich ihm in die Hand drückte. Trinkgeld hatte er sich wirklich nicht verdient. Dementsprechend mürrisch nickte er, als ich meine Tasche schnappte und aus dem Wagen stieg.

Die kühle Nachtluft tat mir gut, und ich merkte, wie sich mein Kreislauf etwas stabilisierte. Trotzdem eilte ich haltsuchend auf den Wohnblock zu, in dem im Erdgeschoss meine Wohnung lag. Ich war so dankbar darüber, jetzt nicht noch einige Stockwerke überwinden zu müssen. In Windeseile hatte ich meine Wohnungstür aufgeschlossen, welche ich nicht wirklich leise mit dem Fuß zustieß (meine schlafenden Nachbarn würden es mir sicherlich danken) und rannte auf die Toilette. Gerade noch rechtzeitig, denn mein Mageninhalt hatte beschlossen, sich noch einmal die bunte Welt anzusehen. Oder zumindest meine Kloschüssel.

2. Verdammt deprimierend

Als ich am späten Vormittag nach unruhigem Schlaf munter wurde, fühlte ich mich hundeelend. In meinem Magen war mir immer noch flau, und mein Schädel pochte barbarisch, so, als hätte ich gestern zu tief ins Glas geschaut. Dabei hatte ich den ganzen Abend nur zwei Cocktails gehabt.

Von dem Typen, aus dessen Wohnung ich mich mitten in der Nacht hinausgestohlen hatte, kannte ich nicht einmal den Vornamen. Er aber meinen auch nicht! …

Okay, das war vielleicht mit ein Grund, wieso ich mich so miserabel fühlte. Nicht, weil ich mich aus seiner Wohnung geschlichen hatte. Nicht, weil ich ihm meine Telefonnummer nicht hinterlassen hatte. Auch nicht, weil ich befürchtete, dass er sich womöglich in mich verliebt haben könnte (oder dies zumindest dachte), und ich seine Gefühle nicht erwidern würde – denn darin war ich eine Meisterin.

Nein, ich fühlte mich so beschissen, weil ich eine abgrundtiefe Leere in mir spürte. Und Ekel vor mir selbst hatte. Und Panik.

Ich mühte mich aus dem Bett und schlurfte quer durch meine verdunkelte Wohnung in die Küche, wo ich die Kaffeemaschine einschaltete. Während ich darauf wartete, dass sich das Wasser aufheizte, durchsuchte ich meine Handtasche nach der Packung mit den Kopfschmerztabletten. Doch diese war leer, und mir fiel ein, dass ich mir neue hatte besorgen wollen. *Verdammt*!

Genau in dem Moment, als ich die Tasche wieder an den Haken in der Garderobe hängen wollte, spürte ich, dass ein Anruf auf meinem Handy einging. Da hatte ich wohl nach dem Kinobesuch vergessen, dass es noch auf Vibrieren stand. Ich nahm es heraus, und sah, dass ich bereits mindestens einen Anruf verpasst hatte. Jana!

Ich hob ab und murmelte ein müdes „Hallo“ in den Hörer.

„Isa? Hab ich dich geweckt? … Hallo?“

Ich hielt das Telefon auf Abstand. Um meinen Kopf stand es schlimmer als befürchtet.

„Jana, ich hab tierische Kopfschmerzen und keine Tabletten daheim. Kannst du mir welche bringen? Ich glaub nicht, dass ich so Auto fahren sollte. Mein Kopf explodiert gleich.“

„Ähm … ja, ich hab noch welche.“

„Meinen Schlüssel hast du ja. Mach dir bitte selber auf, ich leg mich wieder ins Bett.“

„Ich bin in der nächsten halben Stunde bei dir.“

Ich nuschelte noch etwas, das wie ein „Danke“ klingen sollte. Bevor ich es jedoch zurück in mein Bett schaffte, eilte ich erneut auf die Toilette und übergab mich ein weiteres Mal. Erst dann mühte ich mich zurück ins Bett, in dem ich mich zusammenrollte. Den Kaffee würde mir meine Freundin bringen müssen, denn ich traute mich nicht, neben dem Kaffeevollautomaten stehen zu bleiben, während dieser die Kaffeebohnen mahlte.

Ich musste eingeschlafen sein, denn ich wurde durch ein sanftes Streicheln an meiner Schläfe geweckt.

„Hey, Süße … Wie geht es dir?“

Ich blinzelte vorsichtig, doch das wenige Licht, das sich durch die Jalousien stahl, fuhr mir wie ein Presslufthammer durch den Kopf. Ich stöhnte auf und zog mir die Decke über mein Gesicht.

„Oje, du Arme! Hör zu, ich hab dir ein großes Wasserglas auf deinen Nachttisch gestellt und daneben die Kopfschmerztablette gelegt. Nimm sie, und dann versuch noch zu schlafen. Ich komm später noch mal und bring dir was zu essen.“

Jana zog vorsichtig die Decke von meinen Augen, welche ich einen klitzekleinen Spaltbreit öffnete. Sie half mir auf, und ich nahm die Tablette, in der Hoffnung, dass ihre Wirkung schnell eintreten würde. Als ich mich wieder in der Horizontalen befand, küsste mich meine Freundin noch auf die Stirn, und ich sank zurück in einen traumlosen Schlaf.

Als ich erneut munter wurde, ging es mir tatsächlich etwas besser. Ich warf einen Blick auf mein Telefon. Es war bereits später Nachmittag, ich hatte Durst, Hunger und musste dringend auf die Toilette. Auf dem Weg dorthin sah ich Jana auf einem meiner dunkelrosaroten Ohrensessel im Wohnzimmer sitzen und mit einem Lächeln auf ihrem Handy tippen. Seit sie und Julian ein Paar waren, sah ich sie regelmäßig mit diesem seligen Grinsen auf dem Gesicht. Ich gönnte ihr von ganzem Herzen einen so wunderbaren Mann … und beneidete sie insgeheim.

Jana musste mich wohl bemerkt haben, denn sie hob ihren Blick und flüsterte ein leises „Guten Morgen. Na, wie gehts dir? Besser?“

Ich lächelte zurück und nickte vorsichtig. Das Pochen im Kopf hielt sich erfreulicherweise in Grenzen.

„Kaffee?“ Sie stand auf.

Wieder nickte ich nur und war in diesem Moment unheimlich froh, dass sie mich so gut kannte.

Kurz darauf saßen wir im weiterhin abgedunkelten Wohnzimmer, beide eine große Tasse Milchkaffee in den Händen. Ich hatte mir eine Jogginghose und ein Sweatshirt angezogen und war in meine lächerlich kindischen, aber unheimlich warmen, rosaroten Plüschhäschen-Hausschuhe geschlüpft. Auf dem kleinen Tisch zwischen uns stand ein Teller mit leckeren Schokocroissants, die Jana wohl aus dem *Café au Lait* mitgebracht hatte, das unserem besten Freund Marco gehörte.

„Also, jetzt erzähl mal. Was war denn da gestern noch los? Ich hab dich noch mit diesem Kerl an der Bar gesehen, und plötzlich wart ihr verschwunden. Ich hatte schon irgendwie ein schlechtes Gewissen nach unserem kleinen Streit und hatte gehofft, das Missverständnis noch …"

„Der Gummi ist gerissen!", murmelte ich leise in meinen Kaffeebecher, aber sie hatte mich trotzdem verstanden.

„Was!?" Jana starrte mich mit weit aufgerissenen Augen an.

Ich brachte nur ein müdes Lächeln und ein langsames Kopfnicken zustande.

„Aber … du nimmst doch die Pille, oder?"

„Klar doch. Ich hoffe nur, mir nicht etwas eingefangen zu haben. Du weißt schon …"

„Scheiße … Denkst du denn, dass es so sein könnte?"

„Denken … Jana, denken bringt mir in diesem Moment nicht wirklich was. Wem kann man in dieser Hinsicht schon vertrauen? Und wenn, vielleicht weiß er selbst noch nicht einmal davon. Zu meinem eigenen Pech kenne ich nicht einmal seinen Namen … geschweige denn, dass ich noch genau weiß, wo seine Wohnung ist."

Janas Blick war mehr als eindeutig, und ich war ihr nicht einmal böse deswegen. Immerhin war ich in gewisser Weise selbst schuld an der Misere, auch wenn ich mich für das Versagen des

Kondoms nicht wirklich verantwortlich fühlte. Aber gut, das hatte ich nun von meinem impulsiven Lebenswandel.

Stille breitete sich aus, für die mein Kopf sehr dankbar war. Gedanklich überschlug ich mein Wissen über Geschlechtskrankheiten, das zuletzt vermutlich während der Schulzeit aktuell gewesen war. Doch ich war zu ausgelaugt, und der sich wieder verstärkende Presslufthammer in meinem Kopf sorgte für den miesen Rest. Ich würde mich einfach, sobald es mir wieder besser ging, an den Computer setzen und googeln. Und am besten gleich am Montag einen Termin bei meiner Frauenärztin vereinbaren.

Abgesehen davon gab es da ein anderes Thema, das mir momentan ein viel dringenderes war – ich wollte, musste mich bei Jana für meinen … Aussetzer von gestern Abend entschuldigen.

Ich nahm einen großen Schluck Kaffee, einerseits, um mir etwas Mut zu machen, und andererseits, um mir meine Worte vorab noch einmal ganz genau zu überlegen.

„Jana … hör zu … Du weißt, ich hab dich schrecklich lieb, aber …“

Ich biss mir auf die Unterlippe. Das war ja echt schwerer als erwartet. Meine beste Freundin musterte mich neugierig und etwas verunsichert. Ich atmete tief ein, bevor ich fortfuhr.

„Ich hasse es, das fünfte Rad am Wagen zu sein. Ich freu mich für dich und Julian, und natürlich auch für Lena und Marco, aber … ich fühl mich … ausgeschlossen.“ *So, jetzt ist es raus.*

Ich atmete noch mal tief ein und aus und blinzelte vorsichtig in ihre Richtung, während ich auf eine Reaktion wartete.

„Ach, Isa-Schatz …“ Jana stellte ihre Tasse ab, sprang auf und nahm mich fest in ihre Arme. „Wir schließen dich doch nicht aus. Du hast immerhin uns alle. Du bist immer dabei, du gehörst dazu!“

„Mensch, du weißt, was ich meine …“

Jana löste ihre Umarmung und blickte betreten zu Boden.

„Nein, du brauchst jetzt kein schlechtes Gewissen zu haben. Du weißt, ich freu mich für euch, und du weißt auch, dass ich Julian mag, dass ich gerne mit euch allen unterwegs bin. Aber … wenn ihr euch küsst, umarmt, Händchen haltet …"

„Tut mir leid, ich weiß, wir sind wie Teenager …"

„Jana, du brauchst dich nicht dafür entschuldigen. Du sollst auch nichts daran ändern, denn ich find euch süß. Ich wollte nur, dass du es weißt. Und du sollst auch wissen, dass mir meine idiotische Reaktion von gestern Abend schrecklich leidtut."

Erneut drückte sie mich fest an sich und … Verdammt! … ich spürte einen Kloß in meinem Hals.

„Irgendwann wird auch für dich dein Traumprinz angeritten kommen. Ich glaube ganz fest daran. Sieh dich doch an! Kann doch nicht sein, dass so eine Wahnsinnsfrau wie du übrig bleibt …"

Verdutzt musterte ich sie, bis ich laut loslachen musste. „Du mit deinen Übertreibungen."

„Ach, komm schon! Du bist eine tolle Frau, hast einen super Job, schläfst mit … tollen Männern."

„Ach, so toll sind die nicht …"

„Nicht? Das klingt sonst aber anders, wenn du von ihnen erzählst."

„Vielleicht hab ich es immer etwas … ausgeschmückt. Schließlich musste ich mich ja selbst davon überzeugen, dass es umwerfend war."

Wir prusteten gleichzeitig los, und ich presste gleich darauf meine Zeige- und Mittelfinger gegen meine Schläfen, während ich mit einem Stöhnen meine Augen schloss. So gut ging es mir dann also doch noch nicht.

„Aber ich dachte immer, dass alle Männer, die du abgeschleppt hast, wilde Hengste waren."

„Wild? Ja. Hengste … Ja, davon sind *sie* wohl überzeugt."

Mit verständnislosem Blick musterte sie mich.

„Ach, ich weiß auch nicht, Jana … Mir sind die alle einfach zu oberflächlich. Zwei oder drei Sprüche, dann ab in die Kiste. Das kann doch nicht alles sein. Ich vermisse es, mich richtig zu unterhalten, verstehst du, was ich meine?"

Verwirrt schüttelte sie den Kopf, also versuchte ich, es ihr besser zu erklären.

„Klar, es waren einige dabei, die wirklich was drauf hatten im Bett. Aber irgendwie … sind die Kerle doch alle gleich. Ich meine, … sie sind selbstverliebte Workaholics, für die es nur darum geht, was andere von ihnen halten. Sie wollen angeben, bewundert werden. Gefühle, Vertrauen, … längere Gespräche oder einfach ein paar lustige Stunden, in denen man sich wohlfühlt und die Zeit vergisst, für so was sind sie sich zu cool, zu berechnend und vor allem zu ‚männlich'."

Jetzt hatte ich es wirklich auf den Punkt gebracht.

Jana lächelte mich mit einem wissenden Blick an, wie ihn sonst nur eine Mutter ihrer Tochter schenken konnte.

„Ich weiß schon die ganze Zeit, du suchst eigentlich nach der großen Liebe und nicht nach einem schnellen Abenteuer."

„Liebe?"

Ich ließ dieses Wort mal sacken. War ich tatsächlich die ganze Zeit auf der Suche nach einer festen Beziehung?

Wollte ich wirklich jemanden dauerhaft an meiner Seite haben, jemanden, der nach zwei Monaten trauten Zusammenseins sämtliche Hemmungen über Bord werfen und sich von einem interessanten Mann in ein Schwein verwandeln, rülpsen, furzen und sich ständig am Sack kratzen würde? Ganz zu schweigen von den gebrauchten Unterhosen und Socken, die sich plötzlich überall auf dem Boden meiner Wohnung verteilen würden, den Barthaaren im Waschbecken und der nach oben geklappten Klobrille? So hatte ich es schon mal kennengelernt. Wollte ich das wieder??

Wollte ich tatsächlich meine Unabhängigkeit aufgeben, mich mit jemandem absprechen müssen, wenn ich meinen Freizeitaktivitäten nachging? Jemandem vertrauen, ihm mein Herz schenken, nur um schlussendlich doch bitter enttäuscht zu werden?

Niemals!

„Nein, Jana, da täuschst du dich ... ich hätte einfach gerne einen Mann an meiner Seite, mit dem ich lachen kann, Spaß haben kann, der sich nicht nur aufs Schlafzimmer begrenzt. Ein Mann, der sich für mich als Person und für mein Leben interessiert ... der daran auch mal gerne teilhaben möchte. Ich wünsche mir, dass ich mich richtig unterhalten kann und nicht nur Smalltalk bei unseren Treffen stattfindet."

Einen besten Freund mit Zusatzfunktion halt. Oder so.

„Sag ich doch ... Liebe."

Mit diesen Worten stand Jana auf, trank noch einen Schluck von ihrem Kaffee und griff nach ihrer Handtasche. Ich verdrehte hinter ihrem Rücken meine Augen.

„Du gehst schon?"

„Ja, tut mir leid. Ich ... Julian wartet, wir wollen noch mit Neele eine größere Runde Gassi gehen."

„Okay, dann ... bis morgen im Büro."

Sosehr ich mich auch bemühte, es mir nicht anmerken zu lassen – ich konnte meine Enttäuschung nicht verbergen. Auch Jana stand das schlechte Gewissen ins Gesicht geschrieben. Doch sie gab mir noch einen schnellen Kuss auf die Wange, und weg war sie. So viel zum Thema „ausschließen".

Die Stille meiner kleinen Wohnung hatte mich wieder. Ich versuchte, es mir auf der Wohnzimmercouch bequem zu machen. Leise Musik und ein paar Kerzen sollten zu meiner Entspannung beitragen und gemeinsam mit einer großen Kanne Pfefferminztee hoffentlich die restlichen Kopfschmerzen vertreiben.

Doch wirklich einfach machte es mir mein Oberstübchen nicht. Denn meine Gedanken kreisten ständig um ein Thema, das ich bislang als Teil von mir angesehen hatte, in letzter Zeit aber immer öfter feststellen musste, dass ich mich mit diesem Charakterzug nicht mehr wohlfühlte. Im Gegenteil, ich verachtete mich für diese … Eigenheit.

Ich nippte an meiner heißen Tasse und hoffte, dass der Tee den aufsteigenden schalen Geschmack wieder runterspülen würde.

Bisher hatte ich nie ein Problem mit meinem Lebenswandel gehabt. Im Gegenteil, ich genoss es, mir die Männer auszusuchen, um mit ihnen Spaß zu haben. Ungebunden zu sein, keine Verpflichtungen zu haben – das genau machte doch das Besondere meines langjährigen Singledaseins aus. War doch klasse, oder?

Doch in letzter Zeit … Ich fühlte mich dabei nur noch … schäbig. Die Rolle des männerverschlingenden Vamps gab mir nicht mehr den Kick, die Selbstbestätigung, die ich lange darin gefunden hatte.

Und was viel schlimmer war: Ich war mittlerweile genauso wie eine der Frauen, über die ich mich gerne lustig machte! Erwachsene Frauen, die Kleider für zwanzigjährige Mädchen trugen. Jene Sorte des weiblichen Geschlechts, die plötzlich voll Panik anfingen, mit allen möglichen Hilfsmittelchen das Älterwerden zu verhindern oder zumindest hinauszuzögern – und das so offensichtlich, dass es schon wieder peinlich war. Ich fühlte mich jenen Frauen verbundener denn je, und diese Erkenntnis jagte eine Gänsehaut über meinen Rücken.

Halleluja, ich war bereits so eine Frau geworden!

Mein Kleiderschrank war voll von Ultraminis, wie sie eigentlich nur zwanzigjährige Magermodels trugen. Ich färbte regelmäßig meine Haare und war mir dabei nicht mal mehr sicher, ob mein Blondton noch natürlich war. Augenblicklich hatte ich sogar das Gefühl, mit meinem Alltags-Make-up regelmäßig zu übertreiben. Oh mein Gott, hatte ich mich über die Jahre in einen schrillen Papagei verwandelt?

Und plötzlich tat ich etwas, das bei mir äußerst selten vorkam: Ich weinte – nicht heimlich wie gestern Abend im Kino, sondern ich heulte wie ein Schlosshund.

Weil ich geschockt war von meinen Erkenntnissen. Weil ich mich hasste. Weil ich mich einsam fühlte. Weil ich was an meinem Leben ändern wollte und nicht wusste, wie, wo, wann. Weil ich sechsunddreißig war und das Leben einer Zwanzigjährigen lebte. Und das sicher nicht im positiven Sinn.

Ich brauchte mich nicht großartig umzusehen: Fast jede andere Frau in meinem Alter war verheiratet und hatte bereits Kinder, Katze, Hund … lebte mit ihrer hübschen Familie in einem noch hübscheren Reihenhaus mit Garten und Pool. Und ich blöde Kuh hatte die letzten Jahre krampfhaft versucht, all dieses Glück von mir fernzuhalten …

„Also, Isa, ich muss sagen, ich bin schwer enttäuscht von dir. Du hast mir bis jetzt noch keine schmutzigen Details über Freitagabend erzählt."

Jana lehnte am Montagvormittag neben mir an der Küchentheke im Aufenthaltsraum der Linzer *Kunst & Partner Verlagsgesellschaft*, unseres gemeinsamen Arbeitgebers, und sah mir frech grinsend zu, wie ich uns zwei Kaffee einschenkte.

„Ich bin abgehauen …"

„War er so schlecht?" Ihr Grinsen wurde breiter. Sie hatte offensichtlich nicht verstanden, worauf ich hinauswollte.

„Jana, ich kann so nicht mehr weitermachen. Ich hasse mein Leben!", platzte ich heraus.

„Was …? Komm mit!"

Jana schnappte unsere Kaffeebecher an den Henkeln mit der einen Hand, packte mich mit der anderen am Unterarm und zog mich mit sich in mein Büro. Dort schloss sie noch schnell die Tür hinter uns und setzte sich mir gegenüber.

„Was redest du für einen Unsinn? Ist es wegen dem geplatzten Gummi?“ Sie hatte tatsächlich einen sehr beunruhigten Gesichtsausdruck.

Geknickt schüttelte ich den Kopf. „Ich hasse mein Leben, Jana, sieh mich doch an.“

Sie nahm es wörtlich und musterte mich irritiert von oben bis unten.

„Und dann sieh dich an!“, setzte ich hinzu.

„Also … jetzt bin ich ja auf eine Erklärung gespannt. Was bitte ist an deinem Leben schlecht? Weißt du, wie gern ich hin und wieder mit dir tauschen würde?“

Ich lachte fast schon hysterisch auf. „Nein, das weiß ich nicht, und glaub mir, du willst garantiert nicht mit mir tauschen!“

„Isa, du spinnst. Du hast einen super Körper, um den ich dich beneide, ein total hübsches Gesicht mit einer kleinen Stupsnase – sieh dir meinen Zinken an!“

Sie deutete auf ihre Nase. „Du hast keine großen finanziellen Verpflichtungen, sondern kannst dein Geld in unverschämt heiße Klamotten und Schuhe investieren – und sie noch dazu tragen. In deinem Alter! Glaub mir, darum beneide nicht nur ich dich!“

Spöttisch hob ich eine Augenbraue, doch sie ließ sich dadurch nicht beirren.

„Ich mag deine kleine Wohnung, die du mit so viel Liebe zum Detail eingerichtet hast. Und du schläfst mit den bestaussehendsten, bestausgestattetsten Männern der Stadt!“

Einen Moment dachte ich über ihre Worte nach. „Und ich hab die beste Freundin, die ich mir wünschen kann!“

„Siehst du“, zwinkerte sie mir zu, „dein Leben kann also gar nicht so übel sein.“

Jetzt musste ich tatsächlich lachen und auch eines klarstellen: „Zu deiner Info: Ich hasse meinen Busen. Der ist viel zu klein. Ich hätte so gern so pralle Dinger wie du."

Jana prustete los.

„Und siehst du …", ich hielt meinen Arm hoch, schüttelte ihn hin und her und deutete auf meinen Oberarm, „meine Haut wird schlaff! Ich kann trainieren, so viel ich will, jetzt ist der Zeitpunkt erreicht, wo die Schwerkraft die Überhand bekommt. Schau, wie hier alles wackelt."

Jana legte den Kopf schief und beobachtete meine Vorführung.

„Ach, aber das stört doch nicht, oder? Vor allem, wer soll das denn sehen, das wackelt ja doch nur, wenn du diese Bewegung … Oh! Alles klar!"

Jana wurde rot wie eine Tomate, und ich musste grinsen.

„Außerdem bekomme ich Falten und graue Haare! Meine Haarfarbe ist schon lange nicht mehr natürlich. Ja, ich weiß, deine auch nicht, aber das ist was anderes. Du färbst, weil es dir Spaß macht, weil es dir gefällt, wenn deine braunen Haare mal einen Rotstich haben oder etwas dunkler sind als deine Naturhaarfarbe."

„Ach, komm schon, Isa, denkst du wirklich, dass ich keine grauen Haare habe?"

Schulterzuckend überging ich ihre Frage und fuhr fort: „Okay – meine Wohnung ist super, aber mein Job?" *Wo ich schon mal dabei bin …*

Ich senkte meine Stimme, denn ich wollte nicht, dass das jemand belauschen konnte, auch wenn die Bürotür geschlossen war. Man konnte nie wissen …

„Ich weiß nicht, aber ich hatte mir den Job als Mode- und Lifestyle-Redakteurin echt aufregend vorgestellt, damals, als ich hier anfing. Das war er auch … am Anfang. Aber im Prinzip besteht meine Arbeit aus Recherche am Computer. Texte tippen, die dem Verlagschef gefallen … Pah! Was ist mit den

Interviews mit den großen Persönlichkeiten, von denen im Vorstellungsgespräch gesprochen wurde?"

Ich fuhr mir zornig mit gespreizten Fingern durch die Haare und fasste eine Strähne, die ich zu zwirbeln begann, wie ich es immer tat, wenn mich etwas aufregte oder ich nervös war.

„Ich meine, ich arbeite seit fast neun Jahren in diesem Verlag. Ich hab mich doch längst bewiesen, oder etwa nicht? Worauf, verdammt noch mal, warten die? Darauf, dass ich endlich aus dem Alter raus bin, in dem ich jeden Moment wegen einer Schwangerschaft ausfallen könnte?"

Ich blickte zu Jana hin, die mich immer verständnisloser anblickte. Oder wie sollte ich ihren Blick deuten?

„Jana, meine Zeit ist doch bald abgelaufen! Nicht mehr lange, und ich bin vierzig. Vierzig!! Weißt du, was das heißt? Meine biologische Uhr tickt so laut wie eine Bombe kurz vor der Explosion. Ich hab mich informiert: Wusstest du, dass es als Risikoschwangerschaft gilt, wenn man ab dem Alter schwanger wird? Aber … was rede ich da, mir fehlt sowieso der richtige Mann dafür."

Klang das jetzt nicht zu depressiv?

Ich hoffte, meine Freundin würde mich trösten, meine Panik verstehen, irgendetwas Schlaues sagen, aber sie starrte betreten in ihren Kaffee und warf einen Blick auf ihre Armbanduhr.

Etwas leiser fuhr ich fort: „Und dann schau dir den alten Herrn Kunst an. Oder besser, hör ihn dir an. Du weißt, was ich meine. Der lässt seine Launen regelmäßig an mir aus. Gut, ich hab ein dickes Fell bekommen in den letzten Jahren, aber es nervt einfach. Der soll sich woanders abreagieren, aber nicht bei mir. Das ist doch kein respektvolles Verhalten seinen Angestellten gegenüber, oder?"

Jana nickte nur. Ich war unheimlich froh, dass wir bereits so lange Zeit Tür an Tür arbeiteten. Sie verstand genau, was ich damit sagen wollte, verstand zumindest insoweit meinen Frust.

„Du, Isa, sorry, aber ich muss zurück in mein Büro, ich hab gleich einen Kunden. Wir sprechen uns später!“, sagte sie mit einem weiteren Blick auf die Uhr und verschwand durch die Tür.

Als ich etwas später bei meiner Frauenärztin anrief, lief nur eine Bandansage. Sie wäre ab heute für drei Wochen auf Urlaub. *Mist, da heißt es wohl warten.*

Zu ihrer Vertretung würde ich nicht gehen. Ich war froh, eine Ärztin gefunden zu haben, bei der ich mich gut aufgehoben fühlte – was nicht auf viele Mediziner zutraf. Und da ich sowieso an meinem Leben etwas ändern wollte, was in erster Linie mein Sexleben betraf, würde ich einfach abwarten und nach den drei Wochen zu ihr gehen.

Sex, das hatte ich mir geschworen, kam für mich in der Zwischenzeit sowieso nicht infrage. Und sollten blöderweise doch irgendwelche unangenehmen Symptome auftreten *(hoffentlich nicht!)*, würde ich wohl in den sauren Apfel beißen und eine Vertretung aufsuchen müssen.

Nach Feierabend beschloss ich, Marco einen Besuch in seinem Café abzustatten. Jana war wieder einmal zu ihrem Julian geeilt. Dass sie mit mir hatte sprechen wollen, war darüber wohl in Vergessenheit geraten. Nun, ich konnte ihr das irgendwie nicht verübeln, es war für sie bestimmt netter, mit ihrem Freund zusammen zu sein als mit ihrer Depri-Freundin.

Ein Glas Wein würde mir sicherlich helfen, meine Gedanken zu sortieren. Dieses Chaos in meinem Kopf machte mich noch verrückt. Außerdem würde Marco mit Sicherheit die richtigen Worte für mich finden, damit ich mich nicht mehr so … schlecht fühlen würde. Auch er hatte wilde Jahre hinter sich, und, wäre ihm im Frühling nicht Lena begegnet, würde er vermutlich immer noch dieses Büchlein mit den Telefonnummern unzähliger Frauen besitzen, die nur auf seinen Anruf warteten.

Ich saß an einem kleinen Tisch in einer Nische neben der Bar, in der Jana und Julian ihr erstes Aufeinandertreffen gehabt hatten, als sie sich nach Jahren zum ersten Mal wiedersahen. Marco kam mit zwei Gläsern eines südafrikanischen Cabernet Sauvignon auf mich zu. Ich hatte ihn angerufen, als ich mich schon auf dem Weg zum Café befand, und er musste wohl an meiner Stimme erkannt haben, dass ich mich heute … beschissen fühlte. Umso mehr freute ich mich, dass er sich für mich Zeit und nun mir gegenüber Platz nahm.

„Also, was ist los, Mäuschen? Wo drückt der Schuh?“

Ich seufzte laut auf, roch an dem Wein, und der schwere Duft der Trauben wirkte bereits jetzt beruhigend auf mich. „Ich weiß gar nicht, wo ich anfangen soll …“

Und dann plapperte ich drauf los, erzählte ihm alles, was mir auf dem Herzen lag. Wie leer ich mich fühlte, dass ich schockiert über die Erkenntnis war, ein billiges Flittchen zu sein. Ich beichtete das Malheur mit dem gerissenen Gummi und dass ich nicht einmal wusste, wie der Mann hieß. Dass ich das Gefühl hätte, ich hätte irgendwann in den letzten Jahren den Sprung auf einen wichtigen Zug verpasst, und nun würde ich ihm nur hinterherblicken können, ohne zu wissen, ob ich überhaupt noch eine Chance hatte, doch noch zuzusteigen.

Marco hörte mir zu, unterbrach mich nicht, sondern nickte zwischendurch, legte die Unterarme auf den Tisch und lehnte sich konzentriert näher in meine Richtung. Als ich fertig war mit meinem Redeschwall, musste ich erst einmal einen großen Schluck Wein nehmen und ließ mich anschließend völlig geschlaucht gegen die Lehne der Sitzbank fallen. Abwartend sah ich ihn an und hoffte gespannt auf … irgendwas.

„Isa, du bist eine wunderschöne Frau. Du machst dir vermutlich viel zu viele Gedanken. Aber vielleicht brauchst du einfach mal Auszeit vom Alltag? Wie lange ist dein letzter Urlaub her?“

Ich überlegte. „Ich bin mir nicht sicher … Was genau verstehst du unter Urlaub?"

Marco lachte heiser. „Na ja, entspannen, faul sein, wegfahren, nichts tun?"

„Shoppen gehört da also deiner Meinung nach nicht dazu?"

„Wenn du den Shoppingurlaub letzten Februar in London meinst – nein, der zählt nicht."

„Dann … ist es tatsächlich schon sehr lange her."

Ich hatte mir letztes Jahr nur selten Urlaub genommen: die paar Tage, die ich mir gezwungenermaßen freinehmen musste, weil ich einen Wasserschaden in der Wohnung hatte, und das eine verlängerte Wochenende im September, an dem wir auf das Rockkonzert nach Hamburg gefahren waren.

„Vermutlich hast du recht, ich arbeite wohl zu viel. Vielleicht ist das ja der Grund, weshalb ich mich momentan einfach irgendwie … leer und ausgelaugt fühle."

„Siehst du … Mach mal ein paar Tage Urlaub, aber nicht zu Hause. Fahr weg, eine Woche ausspannen schadet sicher nicht."

In meinem Kopf formten sich Bilder, und ich begann, meinen Kontostand auf dem Bankkonto mit der Summe auf meinem Sparbuch zu addieren. „Hm … Paris im Herbst ist sicher schön …"

„Isa, Mädchen, was soll ich bloß mit dir machen?" Tadelnd schüttelte Marco den Kopf. „Du sollst dich entspannen und dich nicht in die nächste Shopping-Schrägstrich-Sightseeingtour stürzen!"

„Nicht?"

„Nein! Schon vergessen? Du sollst nichts tun!"

„Du weißt aber schon, dass ich nicht der Typ für Sonnenbaden am Strand bin? Das ist mir zu langweilig."

„Dann mach doch einen Wellnessurlaub. Inklusive Wandern, Biken, vielleicht Skifahren. Massagen, Gesichtskosmetik, Maniküre … was auch immer ihr Frauen noch so braucht, ähm … wollt."

Ich funkelte Marco ob seines kleinen Versprechers böse an. Doch sein Vorschlag – genauer betrachtet – gefiel mir.

„Das ist tatsächlich keine blöde Idee, Marco. Weißt du was? Ich werde Janas Mom anrufen, die ist auf dem Gebiet Wellnessurlaub eine wahre Expertin." Ich warf meinem besten Freund eine Kusshand zu und leerte, um einiges erleichtert, mein Glas.

3. Ein Crash mit Dickschädel

Wie jeden Dienstagabend joggte ich neben Jana auf dem Laufband im Fitnessstudio.

„Hast du eigentlich eine Ahnung, wieso Marco und Lena heute wieder nicht hier sind?" Normalerweise trafen wir uns dreimal wöchentlich zum Training, doch heute waren wir beide alleine.

„Wie ich gehört habe, sind bei Marco im Café einige krank. Da geht wohl eine Bauchgrippe rum, und Lena hat es auch erwischt."

„Magen-Darm? Oje, arme Lena. Gut, dass sie weggeblieben sind. Ich kann es mir gerade nicht leisten, krank zu werden."

Jana nickte zustimmend. „Sag, hast du schon mit meiner Mom telefoniert?"

„Sie hat mir einige Hotels empfohlen. Ich muss mir die erst mal in Ruhe im Internet ansehen, und dann entscheide ich mich."

„Hast du einen Favoriten?"

„Ja. Du weißt, wie ich es hasse, alleine lange Strecken mit dem Auto unterwegs zu sein. Es wird auf jeden Fall eines in Oberösterreich sein."

„Na, sag halt Bescheid, wo du buchst, damit ich es meiner Mom sagen kann. Ich bin mir sicher, sobald wir das nächste Mal telefonieren, wird sie mich ausquetschen und anschließend vollquatschen über ihren eigenen Aufenthalt in dem Hotel. Vielen Dank auch, Isa."

Jana verdrehte die Augen, und ich musste kichern.

„Gern geschehen." Ich zwinkerte ihr zu und schaltete die Geschwindigkeit etwas höher. Jana tat es mir gleich, und dreißig Minuten später stiegen wir völlig erschöpft und zufrieden mit unserem Training vom Laufband.

„Ich kann es noch gar nicht fassen, dass mir der Urlaub so schnell und vor allem so kurzfristig genehmigt wurde!" Jana saß in der Mittagspause neben mir am Schreibtisch und wickelte eines der Sandwiches aus, welche sie für uns besorgt hatte.

„Zuerst dachte ich, da will mich jemand verarschen. Ich hatte schon den Verdacht, dass einer der Burschen von der IT sich einen Scherz mit mir erlaubt und sich in das Mailprogramm vom Chef gehackt hätte." Ich war noch immer sprachlos, wenn ich an die prompte Antwortmail knapp zehn Minuten nach meiner Anfrage dachte.

Jana nickte heftig mit dem Kopf. „Ging mir genauso."

„Vielleicht fiel dem Chef auf, wie lange mein letzter Urlaub her ist."

„Das kann natürlich sein." Jana biss herzhaft bei ihrem Hühnchen-Curry-Sandwich ab.

„Kannst du dir das vorstellen? Kurz nach der E-Mail kommt Herr Kunst mit Unterlagen zu mir und fragt ganz beiläufig, wo ich denn die Woche verbringen werde. Und beim Hinausgehen wünschte er mir noch einen schönen Urlaub. Wenn ich nicht gesessen wäre, hätt es mich auf jeden Fall in diesem Moment aus den Socken geschmissen."

„Aus deinen High Heels, meinst du."

„Ist fast dasselbe", zwinkerte ich meiner Freundin zu, die ich zwar in den etwas über acht Jahren, seit wir uns kannten, auch für hochhackige Schuhe jeglicher Art hatte begeistern können, doch insgeheim liebte sie flache, gemütliche Sneakers oder Ballerinas weit mehr. Mir gegenüber würde sie das aber nie eingestehen, da sie meine Leidenschaft in der Hinsicht kannte.

„Also, dann zeig mal die Hotels auf deiner Wunschliste."

Ich öffnete die Websites der Hotels, die in die nähere Auswahl gekommen waren, und klickte uns durch die virtuelle Wellnesswelt von Österreich, wo wir Zimmerpreise und Ausflugsziele mit Wohlfühl- und kulinarischen Angeboten verglichen.

Doch ich blieb bei meiner Entscheidung. Das *Hotel Sperlhof* in Windischgarsten, einem kleinen Luftkurort im südlichen Oberösterreich, eine gute Stunde Autofahrt von Linz entfernt, war perfekt für mich und meine ... spezielle Situation. Klein und überschaubar, mit vielen Freizeit- und Sportangeboten in der nahen Umgebung, ausgestattet mit einer großen Wellness- und Badelandschaft, in der ich meine Sorgen und Zweifel sicher würde hinter mir lassen können. Zu meinem Glück war tatsächlich noch ein Zimmer frei, als ich angerufen hatte, und ich freute mich umso mehr auf die erholsame Woche. Und nichts und niemand würde mir da einen Strich durch die Rechnung machen.

Gut zwei Wochen später lenkte ich meinen Wagen auf den Parkplatz des Hotels. Es war genau so, wie ich es mir vorgestellt hatte: urig, im ländlichen Stil gehalten, mit viel dunklem Holz. In den warmen Monaten musste der Anblick des Hotels wirklich sehr idyllisch sein. Doch auch jetzt konnte ich mich nicht beklagen. Der Ausblick war ... unglaublich. Eine breite Bergkette zeigte ihre grau-weißen Zähne. Wälder und weite Wiesen umgaben das Hotel.

Ich stieg aus meinem Wagen und sog tief die kalte, klare Luft ein. Als lebenslanger Stadtmensch fällt einem doch gleich ein immenser Unterschied auf, wenn man die saubere Bergluft genießt. Meinen schweren Koffer zog ich aus dem Heck meines Wagens und dankte in Gedanken dem Erfinder des Rollenkoffers. Die Sporttasche hängte ich mir um die Schulter, meine Handtasche trug ich an den Riemen. So bepackt ging ich auf den Hoteleingang zu.

Mein Zimmer war wie für mich gemacht. Ein großer Schrank, in dem auch meine fünf Paar Schuhe Platz finden würden, befand sich im Eingangsbereich – bei diesem Platzangebot konnte ich mich nur wie zu Hause fühlen. Das große Doppelbett sah gemütlich aus, und ich beschloss, es sofort zu testen. Ich stellte mein Gepäck ab, ließ mich auf die Tagesdecke sinken und streifte meine Pumps von den Füßen.

Fünf Tage fernab jeglicher Zivilisation … Okay, das war leicht übertrieben.

Ob es hier WLAN gab? Hatte ich mich gar nicht vorab informiert – *Shit!* Kam ich hier überhaupt ins Internet? Schnell kramte ich in meiner Handtasche nach meinem Smartphone. *Puh!* … Zum Glück – voller Empfang!

Sofort wählte ich Janas Nummer. „Isa? Bist du schon angekommen?"

„Klar, alles bestens. Bin schon im Hotel."

„Ist sie schon dort? Wie gefällt es ihr?"

Ich hörte die Stimme von Janas Mutter aus dem Hintergrund und musste schmunzeln.

„Sag deiner Mom, dass ich mich melde, sobald ich mich umgesehen hab. Ich leg jetzt wieder auf. Tschüss, du Liebe."

„Hab dich lieb, meine Große. Schönen Urlaub – genieß ihn."

Ich packte meine Klamotten für gefühlte drei Wochen Aufenthalt aus und räumte alles fein säuberlich in den Schrank. Schnell sprühte ich noch etwas Parfum hinein, damit der eigenartige, fremde Geruch nach Holz bloß nicht zu sehr in meine Kleidung kroch. Meine Kosmetika ließ ich in der pinkfarbenen

Tasche, die ich auf den Waschbeckenrand im Bad stellte. Die Ablagefläche war zu klein für mein Sammelsurium an Cremes, Parfums und Make-up. Einzig meine Haarbürste und meine Zahnputzsachen platzierte ich auf dem kleinen Bord unter dem Spiegel. Zuvor hatte ich die Bürste jedoch noch in Verwendung, um meine lange Mähne zu bändigen, die von der Reise etwas mitgenommen aussah.

Kurz darauf posierte ich mit meinem neuen Bikini vor dem Spiegel (Janas Kommentar dazu, als ich ihn ihr im Geschäft zeigte: „Hot, hot, hot!"), bevor ich mir den Hotelbademantel überwarf und mit Badetuch und E-Book-Reader bewaffnet den Weg in Richtung Wellnessbereich antrat.

Mit Schwung stolzierte ich aus dem Zimmer, zog die Tür hinter mir zu, und … „Au!" prallte gegen eine … Wand? Diese war zirka einen Meter neunzig groß und entpuppte sich als männlich. Ein unglaublich gut riechendes Aftershave strömte in meine Nase, ehe ich bemerkte, dass bei dem Zusammenprall mein E-Book-Reader zu Boden gefallen war.

„Entschuldigung, ich helfe Ihnen …"

Doch dieser Hinweis kam leider zu spät, denn ich bückte mich schon, genau wie mein Gegenüber, nach dem Gerät. Unsere Köpfe schlugen hart gegeneinander, und – was soll ich sagen – er hatte wohl den größeren Dickschädel.

Ich landete sehr undamenhaft auf meinem Hintern und sah schwarze Punkte vor meinen Augen tanzen. Ein heftiger Schmerz bohrte sich von der Kollisionsstelle quer durch meinen ganzen Schädel. Nur am Rande bemerkte ich, dass sich bei meinem Sturz der Gürtel meines Bademantels gelöst hatte und ich nun dem Fremden so meinen neuen Bikini präsentierte. Mir wurde schlecht, und ich schloss die Augen.

„Oh Gott, das tut mir leid. Ist Ihnen was passiert? Hallo? Hören Sie mich? … Sehen Sie mich an …"

Nur widerstrebend gehorchte ich der tiefen Stimme und den Fingern, die mein Kinn anhoben, und blinzelte vorsichtig zu ihm hoch. Ich sah in ein braunes Augenpaar, das von dichten Wimpern umrahmt wurde. Weich geschwungene Lippen redeten auf mich ein, aber ich konnte den Worten kaum folgen. Mein Kopf dröhnte nach wie vor, und plötzlich wurde mir bewusst, dass ich mit geöffnetem Bademantel auf dem Boden saß. Mit zitternden Fingern zog ich den Frotteestoff wieder zu und schnürte den Gürtel enger.

„Geht schon. Mir … ist nichts passiert.“

Wenig graziös versuchte ich, wieder auf meine Beine zu gelangen. Wenn der Schmerz an meiner Stirn nicht so groß gewesen wäre, dann hätte ich vermutlich über die unbeholfenen Versuche des Mannes, mir beim Aufstehen zu helfen, geschmunzelt. Aber so packte ich einfach nach seiner kräftigen Hand, die er mir entgegenstreckte, und ließ mich von ihm hochziehen.

„Sie sehen aber nicht gut aus.“

Seine Lippen formten ein Lächeln, und ich war einen Moment lang abgelenkt. Doch dann wurde ich mir des Inhalts seiner Worte bewusst, und, auch wenn er es vielleicht nicht so meinte, wie es rüberkam, fühlte ich mich beleidigt.

Ich sehe nicht gut aus!?

„Vielen Dank auch!“ *Du Arsch!*

Ich überprüfte noch einmal den Sitz meines Bademantels sowie den meiner Frisur und riss ihm anschließend meinen E-Book-Reader aus der Hand. Verwirrt musterte er mich einen Augenblick. Ich reckte meinen Kopf in die Höhe und drehte mich auf dem Absatz um. Keine zwei Schritte weiter spürte ich einen festen Griff an meinem Unterarm.

„Moment, nicht so schnell!“

„He! Finger weg!“ Ich entriss ihm meinen Arm und funkelte ihn wütend an. „Ich denke, Sie haben schon genug Schaden angerichtet. Oder wollten Sie mir Ihre Adresse geben, damit ich weiß, wo ich die Rechnung über die Reparatur meines E-Book-Readers hinschicken soll, falls er durch Ihren Angriff beschädigt wurde?"

„Angriff? Sind Sie immer so … bissig? Ich wollte Ihnen nur helfen, Sie könnten …"

„Ich könnte was?", zickte ich weiter.

„Sie könnten sich verletzt haben. Sie haben da eine riesige Beule an Ihrer Stirn."

„WAS?" War mein Gesicht gerade noch rot vor Wut, so hatte es wahrscheinlich innerhalb Sekunden sämtliche Farbe verloren. „Wo ist ein Spiegel? Verdammt, ich brauche einen Spiegel!"

Er öffnete eine Tür neben mir. „Hier, in meinem Zimmer …"

„Ha! Ja klar … Erst schlagen Sie mich k. o., dann überreden Sie mich, mit in Ihr Zimmer zu gehen, wo Sie über mich herfallen, und vor der Polizei sagen Sie dann aus, dass es einverständlich geschah. Ich bin ja nicht bescheuert!"

Ich zog eine Augenbraue hoch und deutete ihm demonstrativ den Vogel. Ich ging eine Tür weiter – zu *meiner* Zimmertür – und schloss auf.

Die Beleuchtung um den Badezimmerspiegel war grell und zeigte mehr als ausreichend das Ergebnis des Zusammenpralls. Ich war kurz vor einer weiteren Ohnmacht.

„Ich hab … ein Horn … auf meiner Stirn …" Meine Stimme war nur ein Hauchen. „Sie … Sie haben ein Einhorn aus mir gemacht!" Nun klang ich leicht hysterisch.

Der Riesenkerl lehnte an meiner Badezimmertür, hatte beide Arme verschränkt und musterte mich unbeweglich. *Wieso ist er eigentlich in meinem Zimmer?*

„Sehen Sie, deshalb hab ich Sie gefragt …"

„Ich brauche Eis! Sofort!"

Ich schob mich an ihm vorbei und wartete ungeduldig im Gang, bis er sich dazu bequemte, aus meinem Reich zu verschwinden. „Im Übrigen hab ich Ihnen nicht erlaubt, mein Zimmer zu betreten."

Ein Schmunzeln stahl sich auf seine Lippen. „Ich habe auch nicht um Erlaubnis gefragt."

Verärgert verdrehte ich die Augen. *Arroganter Idiot.*

„Ich begleite Sie in den Wellnessbereich."

„Wer sagt, dass ich dahin will?", zischte ich zwischen den Zähnen hervor. Langsam, aber sicher raubte er mir den letzten Nerv.

„Nun, Ihr Bademantel und der knappe Bikini, den Sie darunter tragen."

Und schneller, als mir lieb war, schoss das Blut wieder in meinen Kopf zurück.

Warme, dunstige Luft schlug uns entgegen, als wir durch die große Holztür den Wellnesstempel betraten. Janas Mom hatte tatsächlich nicht zu viel versprochen. Schon der Eingangsbereich mit den hellen Fliesen wirkte sehr einladend auf mich. Der Pool war riesig, und ein Wasserfall umgeben von Grünpflanzen war das krönende Highlight. An den Badebereich grenzte ein durch eine Glastür getrennter Ruheraum mit Blick ins Grüne und auf die Berge, in dem breite, gemütliche Rattanliegen standen.

„Sie legen sich hier hin, und ich besorge etwas zum Kühlen." Mein Begleiter deutete auf eine der Liegen.

Ich hatte es inzwischen aufgegeben, mich dagegen zu wehren, von ihm bevormundet zu werden. Er war sowieso stärker als ich – wobei ich nicht annahm, dass er vorsätzlich Gewalt anwenden würde –, und im Prinzip hatte er ja recht. Was, wenn ich plötzlich umkippte? So gesehen, war es gut, dass er mich begleitet hatte, denn auf dem Weg hierher hatte ich mich schon ein wenig wackelig gefühlt.

Vorsichtig lehnte ich mich auf der dicken Auflage zurück und deckte meine Beine mit einer Decke zu. Zur Entspannung schloss ich die Augen und genoss die Stille in dem Raum, in dem ich mich ganz alleine befand. In meinem Kopf schien immer noch ein Presslufthammer am Werken zu sein, und die Beule selbst war überaus berührungsempfindlich.

„Nicht erschrecken, das ist jetzt gleich kühl."

Ich roch sein Aftershave, noch bevor ich seinen warmen Atem an meiner Wange spürte. Eine Gänsehaut kribbelte angenehm über meinen Körper, was mich irritierte.

„Stimmt." Ich musste mich räuspern, um das Wegbrechen meiner Stimme zu verhindern.

„Ich bin übrigens Sebastian."

Widerwillig musste ich feststellen, dass ich es mochte, wie sich seine Stimme anhörte.

„Isa Seifert."

Meine Augen hielt ich noch immer geschlossen. Ich traute meinem Körper und seinen Reaktionen auf Sebastian nicht. Ich wollte kein Risiko eingehen, mich womöglich zu verraten und ihm dadurch Mut zu machen. *Er ist schließlich auch nur ein Kerl.*

Verdammt, was war bloß mit mir los? So kannte ich mich nicht …

Ich wusste genau, wie mein Körper auf *Berührungen* reagierte, aber das, was hier passierte, war mir nicht geheuer. Alleine seine dunkle Stimme, sein unvergleichlicher Duft brachten mich völlig aus dem Konzept. Und dann seine Augen …

„Isa? Was ist das denn für ein Name?" Er lachte leise auf.

Schneller, als mir lieb war, löste sich mein eben gefasster Vorsatz, ihm den harten Zusammenstoß zu verzeihen, in Luft auf. Ich schlug die Augen auf und fauchte: „Was soll denn das wieder heißen, *Sebastian*?"

Ich zog dabei seinen Namen absichtlich in die Länge und konnte den Spott in meiner Stimme nicht verbergen, als ich das leise Näseln nachmachte, das ich bei ihm zu hören glaubte.

Sein lautes Lachen hallte von den Wänden wider. „Also, wenn du immer so eine Zicke bist, dann hat dein Mann mein vollstes Mitgefühl.“

Gut. Sebastian ohne Nachname!

„Wann habe ich Ihnen denn das Du angeboten? Für Sie bin ich immer noch Frau Seifert! Und kleine Info am Rande: Falls Sie denken, dass Frauen auf Männer abfahren, die über sie lachen, dann haben Sie im Flirtkurs einmal zu wenig aufgepasst.“

Seine indirekte Frage, ob ich vergeben war, überging ich einfach.

Sein Grinsen wurde nur noch breiter, als er mir antwortete. „Du fährst also auf mich ab, Frau Seifert … Interessant. Und äußerst mutig, mir zu unterstellen, ich hätte geflirtet. Das lag nicht in meiner Absicht, und – ich werde in Zukunft besser aufpassen. Nicht, dass du dich von mir bedrängt fühlst.“ Er zwinkerte mir zu. „Und glaub mir, ich hatte nie einen Flirtkurs nötig.“

„Pah, dass ich nicht lache … Und nein, ich fahre definitiv nicht auf *Sie* ab. *Sie* sind absolut nicht mein Typ.“

Bildete ich es mir ein oder war sein Lächeln eben etwas eingefroren?

„Gut, dann hätten wir das geklärt.“

„Ich kann das übrigens selber halten.“ Ich deutete auf das in ein Tuch eingewickelte Eis und hoffte, so wieder auf ein etwas angenehmeres Thema zu lenken. Auch wenn meine Beule alles andere als angenehm war.

„Kein Problem, ich mach das schon. Und ich lass dich sicher nicht aus den Augen, solange ich mir nicht sicher bin, dass es dir gut geht.“

Er nahm das Tuch mit dem Eis von meiner Stirn, und sofort wurde die Stelle warm. Dann nickte er. „Also die Beule wird sicher noch einige Zeit sichtbar sein.“

„Wieso haben Sie eigentlich keine abbekommen? Haben Sie … eine Eisenplatte oder so was unter der Stirn?“ Meine

Augen scannten sein Gesicht, doch ich konnte auch jetzt noch keine Spuren unseres Zusammenpralls erkennen.

„Und wie charmant sie ist … Ich hab die Beule an einer etwas unauffälligeren Stelle."

Sebastian zeigte auf die Stelle über seiner Schläfe, die von seinen schwarzbraunen, kurzen Haaren bedeckt war. Und tatsächlich, wenn ich genauer hinsah, konnte ich die kleine Wölbung erkennen.

„Sehr unfair."

„Das nächste Mal halte ich dir meine Stirn frontal hin, wenn du dich danach besser fühlst." Seine braunen Augen grinsten mich frech an, was mir zugegebenermaßen an ihm gefiel – ich jedoch um nichts in der Welt zugegeben hätte.

„Das hört sich nach einem Deal an. Aber meinen Kopf stelle ich kein zweites Mal freiwillig zur Verfügung."

„Wäre auch schade drum."

War das eben ein Kompliment? Ich musterte ihn unsicher.

„Ich hab uns übrigens auch was zu trinken besorgt. Apfel-Kiwi-Banane, frisch gepresst."

Erst jetzt warf ich einen Blick auf den kleinen Beistelltisch neben uns. Zwei große Gläser mit einem gelb-grünlichen Fruchtsaft, dekoriert mit einer kleinen Ananasscheibe und einer Amarenakirsche erinnerten mich an meine Lieblingscocktailbar. Ich musste schmunzeln.

„Danke." Ich griff nach dem Glas.

Sebastian tat es mir gleich und prostete mir zu. „Auf dich und dein Horn, Isa…belle?"

„Isabella."

„Isabella …" Er ließ sich verträumt grinsend meinen Namen wie Schokolade auf der Zunge zergehen, zumindest wirkte das so auf mich.

„Ach bitte … Muss das sein? Würde ich wollen, dass man mich mit diesem Namen anspricht, dann hätte ich mich doch auch damit vorgestellt, meinen Sie nicht? Und außerdem hatte ich gesagt, dass Sie mich siezen sollen."

Wieder dieses Grinsen, das verboten gehörte, da es mich tief in meinem Innersten kitzelte. Meinen Einwand ignorierte er geflissentlich.

„Jetzt bin ich aber neugierig, Isabella. Wieso gefällt dir dein Name nicht? Und wieso will eine schöne Frau wie du nicht mit Bella oder Isabella angesprochen werden, sondern mit *Isa*, das eher zu einem kleinen, unreifen Mädchen passt?"

„Also … das ist doch jetzt die Höhe!"

Schnaubend schob ich seine Hand von meiner Stirn und stand auf. Ich hatte mich wohl doch in dem Mann getäuscht. Eine Frechheit jagte die nächste, und ich – hormongesteuert, wie ich war – dachte nur an seinen Duft und seine Augen und seine Stimme und … *Mann, Isa!*

„Ich hab das echt nicht nötig, mich von Ihnen ständig beleidigen zu lassen. Vielen Dank für Ihre … Bemühungen, fürs Eis und den Fruchtsaft …"

„Und für die Beule." Obwohl er grinste, wirkte seine ironisch klingende Stimme seltsam rau, und vielleicht aus diesem Grund konnte ich es mir nicht verkneifen, eine Millisekunde auf seinen Schritt zu schielen.

Sein lautes Lachen, als er es bemerkte, ließ mich erstarren, und es fiel mir erstaunlich schwer, Haltung zu bewahren. *Verdammt, Isa, wo ist nur die toughe Frau in dir geblieben?*

„So eine bist du also. Na gut, jetzt weiß ich Bescheid. Also dann … Ich vermute, dir geht es wieder besser. Wir sehen uns bestimmt bald wieder, Frau Zimmernachbarin."

Mit einer kleinen Verbeugung machte er auf dem Absatz kehrt, und ich musste mich beherrschen, diesem frechen Kerl nicht das inzwischen klitschnasse Tuch mit den letzten Eiswürfelresten an den Hinterkopf zu schleudern.

4. Schlechter Lügner

„Also die Antistressmassage ist der helle Wahnsinn. Danach schwebte ich aus dem Raum wie ein Engel.“ Ich klemmte mein Handy ans Ohr, während ich mit Jana telefonierte und gleichzeitig die wasserfeste Mascara auftrug.

„So was hör ich gerne, meine Mom sicher auch. Und sonst ist alles okay bei dir?“

„Nichtstun ist … eigenartig. Aber ich hab ja meinen E-Book-Reader mit. Ich vermute, dass ich viel Zeit mit Lesen verbringen werde. Ich wusste gar nicht, dass ich Bücher so sehr vermisst habe.“

Ich hörte meine Freundin durch das Telefon glucksen. „Das freut mich für dich! Und … hast du auch schon jemanden kennengelernt?“

„Was willst du mir jetzt damit sagen, Jana? Denkst du tatsächlich, dass ich immer und überall flirten muss? Mit jedem dahergelaufenen männlichen Wesen?“

Ich wusste, meine laute Reaktion war etwas übertrieben, noch dazu, da ich nicht mal genau wusste, weshalb ich mich aufregte. Darüber, dass sie so von mir dachte, oder … weil mir tatsächlich jemand in meinem Kopf herumgeisterte?

„So hatte ich das eigentlich nicht gemeint, ich dachte eher an eine nette alte Dame, die dir von ihren Operationen erzählt. Aber jetzt hast du mich neugierig gemacht. Also, wie heißt das *dahergelaufene männliche Wesen*, mit dem du flirtest?“

Mist. Da war ich ihr jetzt in die Falle getapst.

„Ich flirte mit niemandem. Tut mir leid, ich reagiere einfach in letzter Zeit etwas über, was dieses Thema betrifft.“

Jana zögerte einige Sekunden, ehe sie antwortete. „Nein, du hast ja recht. Sorry, das war meine Schuld. Ich als deine beste Freundin sollte zumindest daran glauben, dass du dich ändern willst. Das war eben nicht fair von mir.“

„Schon okay. Du hast es ja nicht böse gemeint. Hör zu, ich geh jetzt runter zum Abendessen, und anschließend gönn ich mir noch einen Aufguss. Richte Julian liebe Grüße von mir aus. Und Neele und den anderen natürlich auch. Ich vermisse euch jetzt schon.“

„Wir dich auch.“

Ich schmatzte ihr noch ein Küsschen in den Hörer, ehe ich auflegte.

Ich hatte vermutlich einfach Glück gehabt, noch ein freies Zimmer im Hotel zu ergattern, als ich vor knapp zwei Wochen gebucht hatte. Wie jetzt zu den Essenszeiten wurde mir bewusst, wie viele Gäste tatsächlich im Hotel untergebracht waren, die vermutlich tagsüber außerhalb sportlichen Aktivitäten nachgingen. Einzig im Wellnessbereich waren gelegentlich einige wenige zu sehen, doch im Prinzip hatte ich das Hotel tagsüber quasi für mich. Und ich musste gestehen, ich genoss diese Ruhe tatsächlich.

Sebastian war mir zum Glück gestern nach dem Crash und auch heute nicht mehr über den Weg gelaufen, was mich nicht störte. Im Gegenteil, in gewisser Weise war ich sogar froh darüber. Ich hatte keine Lust auf seine blöden Sprüche. Seine Arroganz trug nicht zu meiner Entspannung bei, und gerade deshalb war ich schließlich hier. Um zu relaxen und abzuschalten. Und genau das hatte ich heute Abend auch noch vor. Auch wenn ich bei jedem Blick in den Spiegel an den Zusammenprall mit Sebastian erinnert wurde. Die blauviolette Stelle ließ sich relativ gut mit Make-up verdecken, aber die Beule war immer noch deutlich zu erkennen.

Ich verließ mein Zimmer nur mit Bikini und Bademantel bekleidet, ein großes Handtuch hatte ich unter den Arm geklemmt. Nur kam ich heute aus den eigenen vier Wänden auf

Zeit mit etwas weniger Schwung heraus, versicherte mich zuerst, ob der Flur auch tatsächlich frei war, und startete in Richtung Saunabereich.

Als ich schon fast am Ende des Ganges angekommen war, bei dem rechts das Stiegenhaus abzweigte, hörte ich hinter mir eine Tür schließen. Eine leise Vorahnung überkam mich, und ich versuchte krampfhaft, so zu tun, als hätte ich nichts gehört. Doch ich war einfach viel zu neugierig und wollte meine Vermutung bestätigt sehen. Ich schielte aus dem Augenwinkel in den Flur zurück, und, bevor ich um die Ecke bog, sah ich ihn.

Schnell richtete ich meinen Blick auf die Stufen vor mir und rannte sie im Eiltempo hinab. Vielleicht hatte er mich ja nicht gesehen und kam auch nicht auf die Idee, in dieselbe Richtung zu gehen wie ich. Vielleicht wollte er aber auch einfach noch eine Runde schwimmen gehen. Vielleicht …

„Ciao, Bella …“ *Zu früh gefreut!*

Meine Nackenhaare stellten sich auf, und ich musste mich mehr als zuvor darauf konzentrieren, ihn zu ignorieren. Mit erhobenem Haupt bog ich in den Wellnessbereich ab und betete zu Gott, Sebastian möge die Tür zum Hallenbad nehmen.

Doch ich sah mich wieder in meiner Vermutung bestätigt: Den da oben gibt es nicht. Oder aber er hat für so unbedeutende Individuen wie mich keine Zeit, um auf meine Bitten einzugehen. Lag vielleicht auch daran, dass ich ihm vor acht Jahren mit meiner Unterschrift unter den Kirchenaustrittsantrag den Rücken gekehrt hatte, weil ich ihn dafür mitverantwortlich gemacht hatte, dass sich meine sämtlichen Zukunftsträume in Luft aufgelöst hatten.

Ich schlüpfte aus dem Bademantel, den ich auf einen Haken neben die Saunakabine hängte. Ich wusste, er stand hinter mir, ich konnte seinen Blick in meinem Nacken förmlich spüren. Na bitte, dann sollte er auch was bekommen für seine Neugier. Und seine Träume … seine Beule … oder was auch immer.

Ich griff nach hinten und öffnete ganz ruhig mein Bikinioberteil, welches ich zum Bademantel hängte. Danach hakte ich meine Daumen im Höschen ein und hätte in dem Moment alles dafür gegeben, seinen Blick sehen zu können. Mit wiegenden Hüften und gleichgültiger Lässigkeit schob ich es hinunter, ließ es zu Boden gleiten und stieg elegant heraus. Ich bückte mich und hängte es zur restlichen Kleidung. Dann wickelte ich das Badetuch um meinen nackten Körper.

Ich wusste, dass ich äußerlich ruhig und entspannt wirkte, doch in mir tobte ein Gefühlstornado. Mein Herz pochte heftig gegen meinen Kehlkopf, das Blut rauschte in meinen Ohren, und ich musste mich auf meine Atmung konzentrieren, die vor lauter Aufregung fast etwas zu heftig war.

Ich drehte mich um und tat gespielt überrascht, als ich seinem verblüfften Blick begegnete und ihn mit einem „Oh, hallo, Sie sind ja auch hier!“ begrüßte. Nur mühsam unterdrückte ich ein quietschendes Kichern, als ich mich abwandte, um die heiße, leere Sauna zu betreten.

Ich nahm auf einer der Holzbänke Platz und öffnete mein Handtuch. Soweit es auf der harten Bank möglich war, lehnte ich mich gemütlich zurück und schloss die Augen. Das Grinsen bekam ich nicht von meinen Lippen, denn Sebastians Gesichtsausdruck war wahrlich ein Bild für Götter gewesen. Ich wartete nun gespannt, wie lange es dauern würde, bis er sich aus seiner Starre lösen und ebenfalls die Sauna betreten würde. Oder ob er den Saunabereich verließe, um sich nebenan eine kalte Dusche zu gönnen.

Ich war glatt ein kleines bisschen enttäuscht, dass ich ihn an diesem Abend tatsächlich nicht mehr zu Gesicht bekam. Ich blieb allein in der Sauna. Danach ging ich noch eine Runde schwimmen, doch weder dort noch im Ruheraum konnte ich ihn entdecken.

Neben mir schrillte laut der Wecker. Ich tastete verschlafen nach meinem Handy und drückte die Snooze-Taste. Dann blinzelte ich und stellte mit einem zufriedenen Lächeln fest, dass ich nicht zur Arbeit musste, sondern nur nicht das Frühstück im Hotel verpassen wollte. Sofort war ich putzmunter und summte auf dem Weg ins Bad, wo mir ein Blick in den Spiegel meine Laune sofort wieder vermieste. Ein blauer Fleck thronte nach wie vor auf meiner Stirn und war noch dazu gewandert. Oder war er größer geworden? Ich war mir nicht sicher.

Ich lehnte mich so nah wie möglich zum Badezimmerspiegel und fuhr mit den Fingerspitzen die Konturen des Flecks nach. Doch der Bluterguss war noch das geringste Problem, denn mit viel Make-up war er beinahe unsichtbar. Was jedoch nicht mit der Beule geschah, die zu meinem Pech nur langsam kleiner wurde. *Hässlich.*

Ich nagte an den Innenseiten meiner Wangen, als ich fieberhaft nach einer Lösung suchte – einen Hut hatte ich natürlich nicht eingepackt. Auch kein Tuch, welches ich mir um die Stirn hätte wickeln können. Ich seufzte ratlos auf.

In Gedanken versunken, griff ich nach der Bürste und kämmte meine langen Haare. *Und wenn ich mir* … Ich überlegte einen Moment. Doch es schien einfach die idealste Lösung zu sein. Und eigentlich war das sowieso seit Langem überfällig.

„So machst du das, Isa Seifert!" Ich nickte meinem Spiegelbild zu und band meine Haare zusammen, bevor ich nach der Zahnbürste griff.

Ich stand unschlüssig bei der Marmeladenauswahl am Frühstücksbuffet – Erdbeere oder Heidelbeere –, als ich hinter mir eine Bewegung wahrnahm. Ich spürte eine Gänsehaut in meinem Nacken, als ein leiser Hauch meine Wange streifte. „Isabellllla …"

Ruckartig drehte ich mich um und schoss Sebastian dabei fast seinen Teller mit Croissants aus der Hand. „Sag mal, machst du … machen Sie das eigentlich absichtlich?“

Er grinste von einem Ohr zum anderen. „Ich weiß nicht, wovon du sprichst.“

Ich hob zweifelnd meine Augenbraue an. „Das Anschleichen. Und zu ignorieren, dass ich Isa heiße. Aber für Sie immer noch Frau Seifert!“

„Denkst du nicht, dass es Zeit wäre, mich zu duzen? Immerhin hast du dich vor mir nackt ausgezogen.“

Zum Glück hatte seine Aussage sonst niemand im Restaurant mitbekommen.

„Ich wusste ja nicht, dass Sie hinter mir stehen und mich beobachten.“

Er lehnte sich wieder zu meinem Ohr hin, und erneut begann es, in meinem Körper zu prickeln, obwohl er mich dabei nicht berührte. Seine Stimme war nur ein Flüstern, als er mit einem spitzbübischen Grinsen auf seinen Lippen sagte: „Lügnerin!“

Das Wort hallte in mir nach. Erst zirka zwei Sekunden später löste ich mich aus meiner Starre und drehte mich ruckartig um, um erneut die Brotaufstriche zu inspizieren. Ich wollte nicht, dass er sah, wie mir die Hitze in die Wangen schoss. Und das nicht nur, weil er mich überführt hatte. Sondern auch, weil Dinge mit mir geschahen, die mich verwirrten. Die mir den soliden Boden, auf dem ich stand, ins Schwanken brachten. Und das war bei Weitem kein unangenehmes Gefühl.

Ich löffelte mir Erdbeermarmelade auf meinen Teller und ging an meinen Platz zurück. Verärgert schnitt ich mein Vollkornbrötchen auf und begann, mit dem Messer die arme Butter darauf zu pressen. Von wegen Entspannung. Da musste ich mich ja in meinem Büroalltag weniger aufregen als in diesen zwei Tagen hier in den Bergen.

Ich schaufelte Zucker in meinen Kaffee und rührte heftig um, sodass der Löffel geräuschvoll an die Innenseite der Tasse schlug.

Wie sehr ich jetzt Jana vermisste. Ich warf einen Blick auf die Uhr. Halb neun. Sie würde wahrscheinlich gerade ihren ersten Kaffee im Büro trinken. Und in diesem Moment wünschte ich mir nichts sehnlicher, als ihre Stimme zu hören, und wenn es nur Schwärmereien über Julian gewesen wären.

Ich beschloss, schnell zu frühstücken, um sie dann gleich anzurufen.

„Was machst du heute Nachmittag?"

Ich funkelte Sebastian wütend an, der ungefragt mir gegenüber Platz genommen hatte, und zischte: „Bei einem Heublumenbad entspannen." Verfolgte er mich jetzt?

Er kniff seine haselnussbraunen Augen zusammen *(Haselnussbraun? Ich muss verrückt sein!)*, schielte auf meine Hand, die noch immer wie wild den Kaffee umrührte, und hakte weiter nach. „Entspannen wird dringend notwendig sein …", murmelte er.

„Wie bitte?"

„Und jetzt am Vormittag?", lenkte er ab.

„Habisch auch schon wasch vor." Ich legte den Löffel beiseite und kaute mein Brötchen, ohne schlechtes Gewissen, dass meine Antwort kaum verständlich war. Hatte sie auch nicht sein sollen, denn im Prinzip ging es ihn nichts an.

Sebastian legte seinen Kopf schief, als würde er nachdenken. „Ich bin dabei …"

„Wie bitte?" Ein Hustenanfall bremste meinen geplanten Protest und erstickte ihn … sozusagen im Keim. Sebastian sprang auf und klopfte mir beherzt auf den Rücken.

„Das können Sie sich abschminken! Ich werde Ihnen weder verraten, was ich mache, noch sind Sie dabei!" Meine Stimme klang leider eher nach dem Kratzen einer Reißbürste auf Edelstahl.

„Wieso nicht?"

„Was …? Wieso nicht?“ Ich musste mich beherrschen, ihm nicht den Vogel zu zeigen. „Macht man das heutzutage so? Fremde Frauen belästigen? Haben Sie keinen Anstand? Keinen Respekt vor Privatsphäre?“

Der Kellner, der am Nebentisch Kaffee nachschenkte, warf einen wachsamen Blick auf uns.

Wenn der Kerl hier einen Aufstand will, kann er ihn gerne haben – ich bin jedenfalls in bester Laune dafür.

Sebastian jedoch lächelte verschmitzt und nahm mir damit fast den Atem, als er mir antwortete: „So fremd sind wir uns nicht, immerhin hab ich dich schon nackt gesehen.“

„Das finden Sie auch noch witzig!“ Das war keine Frage, sondern eine empörte Feststellung.

„Ich hätte nichts gegen eine Wiederholung einzuwenden …“

Boah! … Und dann dieses freche Zwinkern …

Ich knallte mein Brötchen auf den Teller, griff nach meinem Zimmerschlüssel und stand auf. „Schönen Tag noch, Perversling.“ Ich hielt nach einer schnellen Fluchtmöglichkeit Ausschau und eilte in Richtung Aufzug.

„Ach komm schon! Warte …“

Genau. Hab ich einen Knall?

Ich fragte mich echt, in welchem falschen Film ich hier gelandet war. Ich konnte mich nicht erinnern, dass mich je jemand mit so einer Hingabe über so lange Zeit so dämlich angemacht hatte.

Gerade, als ich den Knopf für den Lift drücken wollte, ging die Türe auf, und einer der selten gesehenen Hotelgäste kam mir entgegen. Perfekter Zeitpunkt! Ich schlüpfte durch den Spalt und drehte mich um. Sebastian war tatsächlich hinter mir her, doch ich hatte den Knopf für den obersten Stock bereits gedrückt und hämmerte nun wie verrückt auf die Taste, die das Schließen der Tür beschleunigen sollte. Ich hatte wohl doch einmal Glück, denn die Tür schloss sich vor Sebastians

Nase. Durch die Glastür grinste ich ihn noch frech an, ehe sich der Aufzug in Bewegung setzte.

Was ich bei dieser Fluchtaktion jedoch nicht bedacht hatte: Mein Zimmer war nicht über diesen Lift erreichbar. Und: Es gab auch ein Stiegenhaus, über das man in die oberen Stockwerke gelangen konnte. Ich hoffte, dass Sebastian nicht auch daran gedacht hatte, doch als der Lift oben ankam, konnte ich nur genervt die Augen verdrehen. Er stand, vom Treppen steigen etwas außer Atem, vor der Tür, ein siegessicheres Grinsen auf den Lippen.

Die Aufzugstür öffnete sich langsam, und ich wollte eigentlich hinaus. Doch Sebastian betrat den kleinen Lift, drückte wie ich eben auf die Taste, um die Tür zu schließen, und nahm mir so jede weitere Fluchtmöglichkeit.

„Oh Mann, das kann jetzt nicht Ihr Ernst sein, oder? Merken Sie denn nicht, dass ich nichts mit Ihnen zu tun haben will?“

Doch er ignorierte meine Worte komplett. Verärgert verschränkte ich die Arme vor meiner Brust und wollte ihm erneut einen Schwall wütender Worte an den Kopf schmeißen, als er zwischen zwei Stockwerken die Stopptaste betätigte und der Aufzug zum Stehen kam.

„Was soll das werden? Fallen Sie jetzt über mich her?“ Meine Stimme klang nur leider überhaupt nicht so wütend, wie ich es eigentlich wollte. Sie ähnelte eher dem einladenden Schnurren eines Kätzchens.

Sebastian musterte mich einen Moment, ohne ein Wort zu sagen. Dann stieß er sich von der mir gegenüberliegenden Wand ab und kam auf mich zu. Sein Gesicht verriet mir nichts über seine Absichten, sein Ausdruck war … konzentriert? Wütend? Er kam mir nahe … viel zu nahe. Ich wich verunsichert zurück, spürte aber gleich die Wand an meinem Rücken. Der Lift wirkte plötzlich noch viel kleiner auf mich, als er tatsächlich war. Was hatte er vor? Er würde mich doch nicht küssen wollen? *Das* sollte er wagen! Ich würde ihm sofort eine scheuern!

Er stützte sich mit seinen Händen auf beiden Seiten neben meinem Kopf ab und neigte sich zu meinem Ohr. „Das war eigentlich nicht mein Plan …“

Sebastians Stimme war rau. Die Schwingungen, die sie auslöste, fuhren tief hinein in meinen Körper, auf direktem Weg in meinen Unterleib. Überrascht über diese mir unerklärliche Reaktion meines Körpers sog ich den Sauerstoff tief in meine Lungen.

„… aber wenn es dir gefällt, dann würde ich vielleicht noch einmal darüber nachdenken.“

Ich war sprachlos. Und das sollte was heißen. Normalerweise war ich diejenige, die mit solchen Kommentaren den Männern den Kopf verdrehte. Jetzt hatte ich eine ungefähre Ahnung, was ich bei meinen männlichen „Opfern“ auslöste.

Und dabei war Sebastian noch nicht einmal mein Typ!

Und trotzdem hatte er etwas … Aufregendes an sich.

Und genau jetzt wäre der ideale Zeitpunkt, in dem ich ihm *meine* schlagfertige Antwort auf dem Silbertablett präsentieren müsste. Genau jetzt. Genau … verdammt.

Mein Kopf war wie leer gefegt, als hätte jemand eine Tür oder ein Fenster geöffnet und der stürmische Herbstwind würde durch mein Oberstübchen pfeifen. In diesem Moment wusste ich nicht einmal mehr meinen Namen. Ich versuchte, mich zu konzentrieren, irgendetwas Sinnvolles zu sagen. Es musste ja nicht einmal mehr wortgewandt sein. Doch seine Nähe lenkte mich zu sehr ab, seine Worte hallten in mir nach, und die Gänsehaut stellte nach wie vor die feinen Härchen auf meinen Unterarmen auf.

Also tat ich das einzig Mögliche in diesem Moment. Und das Einzige, das ich besser nicht hätte machen sollen: Ich musterte ihn genauer.

Sein Kinn hatte ein kleines Grübchen, und seine fast schwarzen Haare wirkten stachelig und weich zugleich. Mir gefielen Männer mit Grübchen nicht. Und dieser militärisch anmutende Kurzhaarschnitt …

Keine Ahnung, welches Unternehmen jemanden mit so einem Haarschnitt einstellte. Er war sicher keiner dieser typischen, seriös wirkenden Bürohengste, weil auch seine legere Kleidung keinen modisch-exklusiven Geschmack bewies. Geschäftsleute sahen anders aus.

Andererseits waren wir im Urlaub, und vielleicht achtete er in seiner Freizeit nicht so auf sein Äußeres? Dann hatte er bestimmt eine Frau. Ja. Bestimmt war er verheiratet und einer dieser Männer, die Zeit ohne ihre Partnerin zu jeder Sekunde ausnutzten, um andere Frauen anzugraben. Ich nahm mir fest vor, einen Blick auf seine Finger zu werfen, sobald sie wieder in Sichtweite waren. Falls er den Ring überhaupt trug, wenn er auf Frauenfang ging.

Das Braun seiner Augen war eine Mischung aus Cappuccino, Haselnuss und Karamell und zog mich nicht das erste Mal in seinen Bann. Okay, zugegeben, er hatte wirklich schöne Augen … Und schöne Lippen. Weiche, sinnliche Lippen.

Mein Blick blieb an ihnen hängen, und meine Atmung wurde schneller. Sein Gesicht war inzwischen nur mehr wenige Zentimeter von meinem entfernt, und sein herber Duft raubte mir das letzte Fünkchen Verstand. Ich hob ihm mein Kinn entgegen und öffnete leicht meine Lippen.

Was zum Teufel passierte hier mit mir? Wollte *ich* ihn jetzt küssen? Wollte ich meine eigentliche Mission, wegen der ich mich für eine Woche aufs Land verzogen hatte, gefährden, mich vor mir selbst bloßstellen, indem ich es nicht einmal zwei Tage schaffte, mich an mein Vorhaben zu halten? War ich tatsächlich so schwach, so … erbärmlich?

Genau dieses Wort hatte ich gebraucht. Als hätte jemand die Tür wieder geschlossen, hörte der tobende Sturm in meinem Kopf auf und holte mich mit einem Schlag in die Realität zurück.

„Wagen Sie es ja nicht, mich zu küssen!" Ich fauchte wie eine Löwin und funkelte ihn wütend an.

Einen Moment dachte ich, mein plötzlicher Sinneswandel hätte ihn verwirrt, doch auch wenn es vielleicht so war, er hatte sich sofort wieder gefasst.

„Keine Angst. Das wird nicht passieren." Sein Blick war herablassend und schmerzte.

Eine blecherne Stimme krächzte hinter Sebastian und ließ uns erschrocken auseinanderfahren. „Hallo? Ist alles in Ordnung bei Ihnen?"

„Ja … alles okay. Wir mussten nur etwas … besprechen."

Wir gifteten uns noch einen Augenblick mit den Augen an, ehe Sebastian zurücktrat, den Aufzug startete und wir uns kurz darauf im Erdgeschoss wiederfanden. Er stieg aus dem Lift und ging, ohne sich noch einmal zu mir umzudrehen, zurück in den Frühstücksraum.

Jana Sommer
Hey Süße! Wenn Du nicht im Büro bist, fehlt was. Vermisse Dich! Bussi

Mir wurde warm ums Herz, und schnell tippte ich meiner Freundin eine Antwort-SMS.

Isa Seifert
Och, mein Häschen! Das ist so lieb von Dir! Ich vermisse Dich auch. Ich hätte Dich jetzt sooo dringend zum Händchenhalten gebraucht, aber so muss ich alleine ins kalte Wasser springen …

Jana Sommer
Was hast Du vor? Du willst doch nicht wirklich in einem kalten Gebirgssee baden gehen, oder?

Ich musste grinsen, als ich die Nachricht las. Jana würde sicher verrückt werden, da ich ihr nicht mehr dazu sagen und ihr auch nicht antworten würde. Zumindest vorerst nicht, denn was ich neben ihrer süßen Naivität so sehr liebte, war, wenn ich sie auf die Folter spannen konnte. Mal ganz davon abgesehen, dass ich schon spät dran war und vermutlich gerade mal pünktlich am Ziel ankommen würde.

In meiner rechten Hand hielt ich meinen Autoschlüssel, in der linken die Skizze der Wegbeschreibung zum örtlichen Friseur. Wenn sich etwas im Leben einer Frau ändert, dann lässt sie sich die Haare schneiden. Und ich redete mir fest ein, dass sich etwas ändern *musste*, wenn ich bereits im Vorfeld die Veränderung in Form eines neuen Hairstylings vornahm. Mal ganz davon abgesehen war dies die einzige Möglichkeit, mein hässliches Horn zu verdecken.

Ich hatte mich also nach dem sehr ärgerlichen Zwischenfall im Aufzug bei der Rezeption nach einem Friseur erkundigt, und einer hatte tatsächlich heute Vormittag einen Termin frei, da kurz vor meinem Anruf eine Kundin abgesagt hatte. Mir blieb gerade Zeit, meine Tasche aus meinem Zimmer zu holen (ich betete, Sebastian nicht über den Weg zu laufen) und zum Auto zu hetzen.

Wie immer, wenn ich es besonders eilig hatte, lief auch heute nicht alles wie am Schnürchen. Die Scheiben waren nämlich gänzlich zugefroren, und ich konnte nur hoffen, dass ich die dicke Schicht runterkratzen konnte. Und das möglichst schnell, denn ich sollte in vier Minuten beim Friseur sein.

Ich öffnete die Fahrertür und lehnte mich über den Beifahrersitz zum Handschuhfach, in dem ich den kleinen rosaroten Eiskratzer aufbewahrte. Mit etwas schlechtem Gewissen der Umwelt gegenüber startete ich den Motor meines weißen Dreitürers. Das heißt … ich wollte es. Außer einem kurzen Husten gab dieser nämlich keinen Laut mehr von sich.

„Verdammte Karre!“ Ich probierte es erneut, aber das Ergebnis war nicht erfolgreicher. Ich legte die Stirn auf das Lenkrad. Wieso ließ mich mein Baby genau jetzt im Stich? Wusste es nicht, dass ich den neuen Haarschnitt dringend nötig hatte?

„Brauchst du Hilfe?“ Die tiefe Stimme war nah an meinem Ohr, sie war rau und sexy.

So ein Mist, wieso passiert so was immer mir? Sieht der da oben denn nicht, dass ich mich von Männern fernhalten will? Oder ist das ein Zeichen? Hätte ich Urlaub in einem Nonnenkloster machen sollen?

Mit einem genervten Seufzer drehte ich mich Sebastian entgegen, der eine Hand auf die geöffnete Wagentür gestützt hatte und sich zu mir ins Wageninnere herunterbeugte.

„Sind Sie eigentlich in Behandlung? Oder sind Sie wo ausgebrochen? Das ist es, oder? Sie waren in psychiatrischer Behandlung, sind aus der Klapse ausgebüxt und machen nun unter fremdem Namen mit gestohlener Kreditkarte Urlaub hier im Hotel.“

Sebastian klappte der Mund auf, und einige Sekunden starrte er mich sprachlos an. Sein Blick wechselte von überrascht über schockiert zu … verletzt?

„So denkst du also über mich? Ich muss sagen, ich bin … enttäuscht. Ich wollte nur freundlich sein. Also, wenn du meine Hilfe nicht brauchst, dann … auf Wiedersehen. Und viel Glück mit deinem Auto.“ Er schnaubte wütend und ließ mich einfach sitzen.

Verzweifelt sah ich dem Mann hinterher, der mich jetzt womöglich als Einziger gerade noch rechtzeitig zu meinem Friseurtermin bringen konnte (den ich vermutlich gar nicht hätte, wenn ich diesem Mann nicht begegnet wäre).

„Warte!“ Ich stieg aus meinem Wagen und lief ihm nach, soweit es mit meinen Stiefeln mit viel zu hohen Absätzen für dieses Wetter möglich war. Sebastian hatte bereits den Motor seines Autos gestartet (der natürlich sofort ansprang), und hielt beim Schließen der Türe inne. Fragend zog er eine Augenbraue nach oben.

„Es …“ *Gott, kostet mich das Überwindung.* „Es tut mir leid. Ich hab nicht nachgedacht, und …“

„Sondern? Hast einfach intuitiv das gesagt, was du über mich denkst? Weißt du, was du mich kannst?“ Er wollte die Türe schließen. Mit aller Kraft hielt ich dagegen.

„Nein. So war das nicht gemeint. Bekomme ich nicht die Chance, mich bei Ihnen zu entschuldigen? Ich wollte sagen, ich hab nicht nachgedacht und einfach meinen Frust und Ärger über mein Auto bei Ihnen abgeladen. Ich hab vielleicht ein bisschen überreagiert, und … es tut mir leid.“

Ich atmete tief ein, ehe ich bildlich auf allen vieren vor ihm kroch. „Wären Sie vielleicht so freundlich und würden mich mitnehmen? Ich muss runter in den Ort.“

Sebastian lehnte sich zurück, verschränkte die Arme vor seiner Brust und musterte mich schweigend von oben bis unten. „Es tut dir also leid?“

Ich nickte artig und blickte verschämt zu Boden.

„Weißt du, was ich denke?“

Ich schüttelte langsam den Kopf.

„Ich glaube, du bist nur deshalb so … schuldbewusst, weil du kein Auto hast, das funktioniert. Unter anderen Umständen würde es dir nicht im Traum einfallen, dich für deine bissigen Antworten zu entschuldigen. Und ganz unter uns: Ich kauf sie dir nicht ab. Ich glaube nämlich, dass hinter dem attraktiven Blondchen keine naive Tussi, sondern eine Frau mit Grips steckt. Ich frag mich nur, wieso du sie nicht zeigst.“

Das war ja mal eine Ansage!

„Und das sagt mir ein Mann, der vermutlich doch nicht so schwanzgesteuert durch die Gegend läuft, wie es auf den ersten Blick den Anschein macht. Oder missverstehe ich Ihr Angebot, mir zu helfen, und Sie sind doch nur hinter meinem Körper her?"

„Das ist jetzt eine Fangfrage, die beantworte ich nicht."

Er zwinkerte mir zu, und ich musste grinsen. „Also gut, ich nehme dich mit. Aber nur unter einer Bedingung."

„Die da wäre?"

„Du hörst mit dem Siezen auf. Und ich darf dich Isabella und Bella nennen, wann immer ich will."

„Das sind zwei Bedingungen. Drei, wenn man es genau nimmt."

„Diskutieren wir jetzt wieder, oder steigst du ein?"

Ich biss mir kurz auf die Unterlippe, aber ich hatte sowieso keine andere Möglichkeit, wenn ich den kurzfristigen Termin einhalten wollte. Zweifellos lief mir die Zeit davon. Würde ich ein Taxi nehmen, müsste ich wieder rein ins Hotel, um die Nummer zu erfragen. Dann noch darauf warten, und bis ich beim Friseur wäre, hätten sie womöglich eine Laufkundschaft dran genommen und ich müsste warten. Oder ein anderes Mal wiederkommen. Alleine der Gedanke daran verursachte mir Magenstechen. Wenn ich meine Beule verdecken und den ersten offensichtlichen Schritt in mein neues Leben wagen wollte, musste ich *jetzt* diesen ersten Schritt wagen und in Sebastians Bedingungen einwilligen.

Na ja, ich werd es überleben …

Die Fahrt war kurz und schmerzlos. Nach nur wenigen Minuten hielt Sebastian seinen Wagen vor der *Hairlounge*, einer Kombination aus Friseurgeschäft und abgetrenntem Barbereich.

„Vielen Dank fürs Mitnehmen." Sebastian winkte ab, und ich hängte noch schnell ein „Ich denke, ich bin in einer guten

Stunde fertig“ an. Er würde mich doch sicherlich wieder zum Hotel mitnehmen, oder?

„Mach dir keinen Stress, wer weiß, wie lange ich mit meinen Erledigungen und Vorbereitungen brauche. Und wenn, dann warte ich auf dich.“

Diese Idee gefiel mir nicht. Ich konnte mir nicht vorstellen, ihn beim Friseur hinter mir stehen zu haben, weil er mir erstens völlig fremd war und mich zweitens dann mit zerzausten, ungestylten Haaren sehen würde. Ich unterließ aber eine weitere Diskussion mit ihm, denn ich wollte mir die Möglichkeit, mit seinem Auto wieder zurück ins Hotel zu kommen, dadurch nicht verspielen. Und ob es in diesem kleinen Ort überhaupt ein Taxi gab, das nicht erst aus der nächsten Stadt gerufen werden musste … Immerhin standen die ja nicht wie in Linz an jeder Straßenecke.

„Ist gut, dann bis später. Und danke noch mal.“ Mit diesen Worten stieg ich aus und ging, das letzte Mal für sehr lange Zeit mit langen Haaren, in die *Hairlounge*.

Mein Stylist hieß Johann und war ganz anders, als man sich einen „Johann“ so vorstellte. Dafür entsprach er dem typischen Friseur-Klischee, denn er hatte einen sehr ausgeprägten weiblichen Touch. Auch wenn seine Glatze, sein Ziegenbart, seine Piercings im Gesicht, die Plugs in den Ohren und die Tattoos, die unter dem aufgekrempelten Hemd auf seinen Unterarmen hervorblitzten, auf den ersten Blick etwas anderes vermuten ließen. Gut, eines davon konnte ich als Cinderella identifizieren …

„Also, meine Hübsche, was soll es denn werden?“ Mit verliebtem Blick durchkämmte Johann mit seinen Fingerspitzen meine lange Mähne. „Spitzen nachschneiden? Etwas stufiger vielleicht? Ich könnte dir Strähnchen machen, nur eine Nuance dunkler als dein aktuelles Blond, und du wirst sehen …“

„Kurz!“ Ich wedelte mit meiner Handfläche auf Kinnlänge, um zu verdeutlichen, was ich mit dem einen Wort sagen wollte.

Johann hielt in der Bewegung inne und starrte mich entgeistert an.

„Das ist doch nicht dein Ernst, oder? Du willst deine traumhafte Länge opfern? Warte … Wie heißt der Mistkerl? Hat er dich verlassen? Oder hat er dich betrogen, und du hast ihn abserviert?“ Mitfühlend sah er mich über den Spiegel vor mir an.

Ich lachte laut auf und zeigte ihm die Beule. Bevor er jedoch zu toben begann und in ihm vermutlich der Beschützerinstinkt überhandnehmen würde (was ich dann doch total lieb fand), erzählte ich ihm kurz vom ersten „Aufeinandertreffen“ von Sebastian und mir.

„Ah, na, wenn das so ist, dann schneiden wir einen fransigen Pony – den können wir bei Bedarf an den richtigen Stellen noch etwas ausdünnen. Du wirst sehen, dann fallen die Haare ganz locker über deine Stirn. So verdecken sie auf jeden Fall mal deine Beule.“

Er kämmte erneut mit seinen Fingern durch meine Haare und zeigte mir genau, wie er meine Haare wo kürzen wollte.

Ich hatte zwar keine Vorstellung davon, wie ich danach aussehen würde, aber ich blendete alle Sorgen um meine Haare aus. Sollten alle Stricke reißen, würde ich gleich nach meinem Urlaub einen Emergency-Termin bei der Extensions-Expertin ausmachen.

Nach eineinhalb Stunden saß mir eine völlig neue Frau im Spiegel gegenüber. Kinnlanges Haar mit dezenten, etwas dunkleren Strähnen zwischen blonden Locken und stufiger Schnitt in der Gesichtspartie, der tatsächlich meine Beule gut versteckte, ließen mich um Jahre jünger wirken. Mein Typ schien vollkommen verändert, und dieses neue Äußere gefiel mir.

„Und? Was sagst du?“ Johann hielt mir einen Spiegel schräg über die Schulter, damit ich die Frisur auch von hinten sehen konnte.

„Ich bin begeistert, Johann! Du bist ein Genie!“ Ich strahlte übers ganze Gesicht und steckte ihn damit an.

„Das freut mich, du Hübsche. Dann mach mal deinen Begleiter heiß und zeig ihm, wie die neue Isa tickt.“ Johann flüsterte mir den letzten Satz ins Ohr.

Mein Begleiter? Ich sah mich suchend um. Tatsächlich, da stand er – Sebastian. Er lehnte lässig an der Wand schräg hinter mir und beobachtete mich vermutlich schon eine ganze Weile. Er hatte seinen Posten so geschickt gewählt, dass ich ihn über die Spiegel nicht entdecken konnte. *So ein Mistkerl!*

„Wie lange stehst du schon da und beobachtest mich?“

„Noch nicht allzu lange. Hübsche Frisur übrigens. Steht dir weit besser als die langen Haare, jetzt sieht dein Gesicht nicht mehr so abgemagert aus.“

Dabei grinste er frech, und am liebsten wäre ich wieder aus der Haut gefahren. Doch ich dachte an sein Auto, mit dem ich hoffentlich wieder zum Hotel mitfahren durfte – und an meines, das oben auf dem Hotelparkplatz stand und mich im Stich gelassen hatte.

Ich erhob mich vom Stuhl. „Ich zahle, und dann können wir fahren.“

Er schüttelte den Kopf. „Ich glaube nicht.“

Fragend zog ich eine Augenbraue hoch. Johann betrachtete uns interessiert.

„Ich will mit dir einen Kaffee trinken.“

„Wozu?“ Hätte ich noch vor ein paar Tagen einem interessanten Mann gegenüber diese blöde Frage gestellt?

„Weil ich dich kennenlernen will.“

„Wozu?“ *Isa, halt den Mund!!*

„Weil ich …“ Verzweifelt fuhr er sich mit den Händen durch die Haare. „Verdammt, Isabella, was soll das jetzt? Ich möchte dich einfach etwas näher kennenlernen, will wissen, wer sich hinter der Fassade verbirgt, die du zeigst. Aber wenn du nicht willst, musst du natürlich nicht länger Zeit mit mir verbringen, als es für dich zumutbar ist. Geh zahlen! Ich warte drüben an der Bar auf dich. Wenn du noch was trinken möchtest, dann setz dich zu mir. Wenn nicht, dann können wir sofort aufbrechen.“

Mit diesen wütend klingenden Worten drehte er sich um und ließ mich stehen.

Fuck!

5. Doch nicht so übel

Johann wartete bereits an der Kasse auf mich.

„Also – ich würd den sofort vernaschen wollen.“ Er flüsterte und deutete schelmisch grinsend mit einer Kopfbewegung in Sebastians Richtung. „Wenn du ihn nicht willst, sag Bescheid.“

Ich musste kichern. „Du bist verrückt, das kann ich doch nicht machen. Ich mache hier nur ein paar Tage Urlaub.“

„Aber, Liebes, genau deshalb kannst du es tun!“ Johann schielte in Sebastians Richtung, „Ich würd jedenfalls an deiner Stelle sofort zugreifen und nicht auf Abstand gehen. Du könntest es bereuen, Liebes.“ Er tätschelte meine Hand, und seine Augen begannen, geheimnisvoll zu leuchten.

„Wieso? Was ist an ihm anders als bei den anderen Kerlen?“ Bekam ich jetzt etwa wirklich von meinem Urlaubsfriseur Nachhilfe in Sachen Männer?

Johann sah mich mit einem gekonnten Augenaufschlag an. „Ich kenn deine anderen Kerle nicht, und ich hab keine Ahnung, wie sie dich immer angesehen haben. Aber der da drüben … sieh doch, der schaut dich an, als wär er verliebt.“

What? Ungläubig starrte ich zuerst Johann an und schielte dann hinüber zu Sebastian. Als der es bemerkte, sah er sofort weg, als hätte ich ihn bei etwas ertappt, was ich nicht wissen sollte.

„Der da?“ Ich musste laut auflachen. „Das kann ich mir nicht vorstellen. Da musst du dich irren.“

„Wenn du meinst …“ Er lächelte mich nun freundlich an und schob mir die Rechnung über den Tresen. „Aber zu deiner Info – bisher lag ich mit solchen Vermutungen noch jedes Mal richtig. Kann ja sein, dass ich mich diesmal irre. Einmal ist schließlich immer das erste Mal.“

Ich hoffte für Sebastian, dass Johann falschlag. Denn, wenn er sich tatsächlich in mich verliebt haben sollte, dann würde sein Herz in spätestens zwei Tagen bei meiner Abreise gebrochen werden. *Verliebt, Sebastian in mich? Nee.* Da musste sich der gute Johann wohl irren. Wie sollte das denn überhaupt möglich sein – immerhin hatte ich Sebastian ja bisher nicht gerade meine beste Seite gezeigt – außer vielleicht gestern vor der Sauna …

Ich bezahlte und verabschiedete mich bei Johann. Dann ging ich langsam rüber in die Bar – doch etwas unsicher, was mich dort erwarten würde.

Sebastian saß mit ganz ernstem Gesicht auf einem Barhocker und drehte seinen Autoschlüssel zwischen den Fingern. Während ich mit wild pochendem Herzen auf ihn zuging, ließ er mich keine Sekunde aus den Augen, bis ich schließlich vor ihm zum Stehen kam. Ich zögerte.

„Alles klar, dann fahren wir!“ Er war immer noch wütend.

Gerade als er aufstehen wollte, setzte ich mich auf den Hocker neben ihn und stellte die Handtasche auf den freien Sitzplatz daneben. Demonstrativ griff ich nach der Getränkekarte und studierte sie ausgiebig. Sebastian sank langsam auf seinen Barhocker zurück, und aus dem Augenwinkel fiel mir auf, dass er mich nach wie vor mit finsterem Blick musterte.

„Was ist?“, fuhr ich ihn von der Seite an.

„Du bist echt unmöglich! Kein Wunder, dass du alleine Urlaub machen musst – die Person, die dich rund um die Uhr aushält, braucht starke Nerven.“

Ich schluckte und funkelte ihn an.

Die Bedienung unterbrach uns kurz, und wir bestellten jeder einen Espresso. *Bloß nicht zu viel zu trinken bestellen, damit wir im Notfall schnellstens das Schlachtfeld räumen konnten.*

„Wie kommst du darauf, dass ich immer so bin?“

„Sag nicht, du bist nur bei mir so?“

„Tja … Was, wenn ich Ja sage?“

„Dann würde ich gerne wissen, was ich dir getan habe?“ Seine dunkelbraunen Augen blickten interessiert zu mir hin. Cappuccino, Haselnuss, Karamell, kam mir wieder in den Sinn.

Ich deutete mit meinem Finger auf meine Stirn. „Ich musste mir deswegen sogar die Haare abschneiden lassen …“ Die ganze Wahrheit dazu musste er schließlich nicht wissen.

„Ach, komm schon, das kann doch nicht alles sein. Ich hab mich bei dir entschuldigt, ich hab mich um dich gekümmert und dich mit Eis versorgt. Ich hätte dir auch deinen E-Book-Reader ersetzt, falls er durch unseren Crash kaputtgegangen wäre. Also … was ist dein eigentliches Problem?“

Ich war mit einem Mal verunsichert und rührte in dem Espresso. In gewisser Weise hatte Sebastian recht, er hatte sich tatsächlich bemüht. Meistens. Na gut, manchmal. Und er sah gut aus (wenn ich mal genauer hinsah). Auch wenn er nicht mein Typ war, war er mir inzwischen nicht mehr unsympathisch … Ich horchte in mich hinein, um den wahren Grund meiner miesen Laune ihm gegenüber zu erfahren.

Doch ich kannte ihn bereits. Nur wollte ich es mir nicht eingestehen. Deshalb … zuckte ich nur mit den Schultern und begann, den kleinen Keks auszupacken, der auf dem Serviertablett neben der Espressotasse lag.

Wir saßen schweigend nebeneinander, und ich vermied es tunlichst, ihn anzusehen. Ich hatte keine Lust darauf, womöglich auf seinem Gesicht seine Gedanken lesen zu können, und biss von dem Keks ab.

„Also?"

Seine Stimme ließ mich zusammenzucken, und ich blickte ihm in seine Augen. Da war sie wieder, die Isa, die ich eigentlich gar nicht war, nicht mehr sein wollte, und die doch seit unserer ersten Begegnung immer wieder zum Vorschein kam. *Verdammt!* Aber ich kam nicht dagegen an.

„Was erwartest du von mir? Dass ich auf dich zulaufe und mich freue, mich mit dir hier bei einem Kaffee zu unterhalten?" *Zickig, Isa, zickig!*

„Ja! Genau so was in der Art hatte ich eigentlich erwartet. Etwas Höflichkeit!? Denn das wäre das Mindeste, nachdem ich dich in deiner Not mit dem Auto mitgenommen habe, oder?"

Ich merkte, wie mir immer heißer wurde. Er hatte ja nicht mal unrecht. Mir gingen die Argumente aus. Deshalb änderte ich meine Strategie und wählte den Frontalangriff: „Was machst du beruflich?"

Sebastian wollte eben von seinem Espresso trinken, als er in der Bewegung innehielt. Vermutlich überlegte er, wie er mit meinem Themenumschwung umgehen sollte. Wahrscheinlich hielt er mich inzwischen für völlig verrückt und durchgeknallt. *Und damit lag er vermutlich nicht einmal so falsch.*

„Ich hab mein Hobby zum Beruf gemacht."

„Ah ja … und das wäre?", tat ich interessiert.

„Ich fotografiere. Architektur zum Beispiel."

Ich nickte langsam. „Aha! Und was machst du *jetzt* in deiner Freizeit?"

„Ich lese liegengebliebene Frauen von der Straße auf." Er grinste spöttisch.

Wäre es sehr kindisch, wenn ich ihm jetzt die Zunge zeigen würde?

„Und wie verdienst du dein Geld für die Autoreparatur?", fragte er dann und nahm mir so die Möglichkeit für einen Konter.

„Siehst du? Wie soll ich mich dir gegenüber normal verhalten, wenn du mich ständig aufziehst?"

Sebastian grinste und trank seinen Espresso aus. „Lass mich raten … du bist Anwältin."

„Wie kommst du darauf?"

„Weil du keinen Humor besitzt und mir jedes Wort im Mund umdrehst?"

„Woher willst du wissen, dass Anwälte so sind? Hattest du schon des Öfteren das Vergnügen mit dieser Berufsgruppe?"

Das Lachen verschwand schlagartig aus seinem Gesicht. Aha, da gab es also ein Thema, das ihm übel aufstieß. *Da bin ich ja mal gespannt …*

„Und wie lange hast du vor, hier Urlaub zu machen?"

Aha, nun lenkte also er vom Thema ab. „Bis Sonntag, und du?"

„Auch. Und wieso wellnessen? Eine Woche Urlaub, da bietet es sich doch an, an einem Strand im Süden zu relaxen. Oder … einen Städtetrip zu machen."

„Meine Freunde waren davon überzeugt, dass ich in Paris oder London beim Shoppen nicht zur Ruhe kommen würde. Und die brauche ich wirklich."

„Ist dein Alltag so kräfteraubend?"

Ich konnte mir ein müdes Lächeln nicht verkneifen, und schon war es mir herausgerutscht: „Eher mein Privatleben."

Sebastian lehnte sich näher in meine Richtung, und ein Hauch seines Aftershaves wehte zu mir. „Jetzt hast du mich aber neugierig gemacht."

Mist! Jetzt hatte ich mein kleines Geheimnis ungewollt ausgeplaudert. Doch diesmal wollte *ich* nicht weiter mit ihm darüber reden, also grinste ich nur.

„Und weshalb machst du hier Urlaub?" Was er konnte, konnte ich ebenfalls.

„Ich hab hier meine Verpflichtungen. Und glaub ja nicht, dass du mir mit diesem Ausweichmanöver davonkommst." Er warf mir einen spöttischen Blick zu.

Ich lehnte mich ebenfalls vor und senkte meine Stimme. „Wie du mir, so ich dir."

„Ich erzähle dir mein Geheimnis, wenn du mir deines verrätst."

Was für eine Gelegenheit, einen Einblick in die Tiefen des Mister Undurchschaubar zu bekommen. Ich nickte. „Du zuerst."

„Einen Augenblick noch." Sebastian winkte der Bedienung. „Zwei Riesling, bitte."

„Du weißt aber schon, dass es noch Vormittag ist?"

„Und du weißt schon, dass du mir gleich was erzählen willst, über das es dir offensichtlich nicht leichtfällt, zu sprechen?"

Wo er recht hatte …

„Also gut, zwei Riesling." Ich nickte der Bedienung zu und sah ihr nach, wie sie zwei Weingläser aus dem Regal nahm. Als ich wieder zu Sebastian schaute, blickte ich in seine warmen, braunen Augen, die mich mit ganz seltsamem Blick beobachteten. Sofort fielen mir wieder Johanns Worte ein.

Sebastian klatschte in seine Hände und riss mich damit aus meinen Gedanken. „Also … wo soll ich anfangen …? Was möchtest du wissen?"

„Was hast du mit Anwälten am Hut?"

Er lachte bitter. „Meine Freundin – oder eigentlich Exfreundin – ist Anwältin. Was mich betrifft, ist diese Geschichte seit Wochen beendet, aber sie will meine Entscheidung nicht akzeptieren und ist der Meinung, dass ich nur eine schlechte Phase durchmache. Ich würde schon wieder zur Vernunft kommen, ist ihr Argument."

Er hatte also eine Freundin … Auch wenn es laut seiner Aussage seine Ex war und mir dieses Wissen um sie grundsätzlich egal sein müsste, so gab es mir doch einen heißen Stich in die Magengegend.

Die Bedienung stellte die Weingläser vor uns ab, und ich stürzte mich Halt suchend auf meines.

„Wieso hast du Schluss gemacht? … Du hast doch Schluss gemacht, oder?“ Gott, ich klang schon wieder wie ein Teenager!

„Wir waren vier Jahre zusammen. Sie ist bei mir eingezogen, da waren wir gerade drei Wochen ein Paar. Es war alles toll, wir genossen unser Leben, reisten viel …“

„Und was passierte dann?“

„Sie arbeitet in der Kanzlei ihres Vaters. Als dieser kurz vor der Pensionierung stand, übernahm sie seine Aufgaben. Inzwischen gehört ihr die Kanzlei.“

„Und sie arbeitet dementsprechend viel?“

Sebastian nickte. „All die Pläne, die wir für unser Leben hatten, rückten in den Hintergrund. Unsere Urlaubspläne lösten sich in Luft auf, ebenso wie die für unsere gemeinsame Zukunft.“

Er sprach plötzlich sehr leise, und ich musste mich konzentrieren, um ihn zu verstehen.

„Ihr wolltet heiraten?“

Ein gequältes Lachen kam über seine Lippen.

„Ich wollte Kinder. Sie wollte irgendwann mal heiraten. Gut, ich im Prinzip auch … Als sie dann die Kanzlei übernommen hat, wollte sie weder das eine noch das andere. Weißt du, was sie sagte? ‚Ich kann in meiner Position nicht mit einem Lebenskünstler verheiratet sein. Wie sieht das denn aus? Lass mich erst meine Position in der Kanzlei festigen und mir Respekt bei meinen Angestellten erarbeiten, dann können wir uns ja noch einmal darüber unterhalten.‘“

Er äffte die Stimme seiner Ex nach, und die Enttäuschung stand ihm ins Gesicht geschrieben.

„Verdammte Scheiße, das war vor über einem Jahr! Worauf soll ich denn noch warten? Ich hab dieses Spiel satt. Ich brauche keine Freundin-Schrägstrich-Verlobte-Schrägstrich-Frau, die sich für mich schämt. Ich bin kein Anwalt, aber mein Job ist deswegen auch nicht minderwertig. Ich hab mir etwas aus dem Nichts aufgebaut, und darauf bin ich stolz. Ich verdiene gutes Geld mit dem, was ich leidenschaftlich gerne tue, dafür brauche ich mich doch nicht zu rechtfertigen, oder?“ Seine Stimme war zunehmend lauter geworden.

Betreten schüttelte ich den Kopf. Sebastian griff nach seinem Weinglas und prostete mir zu, ehe er einen großen Schluck trank. Ich tat es ihm gleich.

„Vor gut zwei Jahren waren mein Bruder Florian und ich gemeinsam mit Angela, so heißt sie, und ihrer Cousine Denise im Kino. Zwischen Florian und Denise flogen die Funken, und ich freute mich total für die beiden. Wir unternahmen von diesem Zeitpunkt an viel zu viert. Im Frühling gaben die beiden ihre Verlobung bekannt, und ich hoffte, dass nun auch Angela bereit für den nächsten Schritt sein würde. Doch sie schob immer wieder alles auf die Arbeit und darauf, dass ihr Ansehen bei ihren Angestellten sinken würde, wenn sie mit einem Künstler verheiratet wäre.“

„Es tut mir leid, das muss sehr schlimm für dich gewesen sein, so behandelt zu werden.“ Ich merkte, dass der arme Kerl mir wirklich leidtat.

Er zuckte mit den Schultern. „Eine Zeit lang ließ ich es mir gefallen, aber dann kam ihr Geburtstag, und ich wollte sie zur Feier des Tages in ein teures Restaurant ausführen. Doch sie lehnte ab mit der Begründung, sie möchte nicht, dass ich sie mit einem Heiratsantrag in der Öffentlichkeit *blamiere*, denn sie würde sowieso Nein sagen.“

Ich musste schlucken. So viel Bosheit konnte ich mir nicht vorstellen. Was war das bloß für eine Frau, die so arrogant und egoistisch handelte? Was war das für eine Beziehung? Da lobte ich mir meine Kurzzeitaffären.

„Ich rastete aus und sagte ihr, sie solle ihre Sachen packen und verschwinden. Schließlich war sie in meine Wohnung eingezogen, und ich sah keinen Grund, weshalb *ich* ausziehen sollte."

„Lass mich raten – sie auch nicht?"

Sebastian atmete tief aus und fuhr sich mit den Händen über das Gesicht.

„Nein. Sie belagert nach wie vor meine Wohnung. Ich hab ihr bis nach dieser Woche Zeit gegeben, die Wohnung zu räumen, ansonsten würde ich weitere Schritte einleiten." Seine Augen verengten sich, als er weitersprach. „Sie ist immer noch davon überzeugt, dass ich mich schon wieder beruhigen würde."

„Was hast du vor?"

Sebastian drehte sein Weinglas zwischen den Fingern und blickte ins Leere. Er wirkte müde und ausgelaugt. Ich nahm an, dass ich auch nicht anders aussah als er.

„Vermutlich werde ich mir eine neue Wohnung suchen. Ich muss einen Schlussstrich unter mein altes Leben ziehen, damit ich ein neues beginnen kann. Und dazu gehört wohl auch diese räumliche Veränderung."

Ich ließ seine Worte sacken. Wir waren uns anscheinend nicht so unähnlich, wie ich zuerst dachte.

„Alte Gewohnheiten sind schwer abzulegen. Auch wenn es sich in deinem Fall um deine Exfreundin in deiner eigenen Wohnung handelt."

„Welche sind es bei dir, die du nicht los wirst?"

Erneut trank ich einen großen Schluck Wein. Sollte, konnte ich diesem mir eigentlich fremden Mann mein Innerstes anvertrauen? Ich zögerte einen Moment. Doch dann brach es aus mir heraus: „Kein Exfreund. Und keine Wohnung. Bei mir ist es eher meine Lebenseinstellung, die sich ändern muss."

„Inwiefern?"

„Lass es mich mal so erklären: Ich bin weit über dreißig, unverheiratet, und habe keine Kinder."

„Torschlusspanik?"

Ich schnaubte verzweifelt. „Nenn es, wie du willst. Jedenfalls wurde mir bewusst, dass sich meine Wünsche nicht erfüllen werden, wenn ich weiterhin einen Riesenbogen um feste Beziehungen mache. Beziehungsweise um Männer, die für eine Partnerschaft überhaupt infrage kommen."

Sebastian schaute mich interessiert an. „Das kann ich mir bei dir gar nicht vorstellen. Ich meine, versteh mich jetzt bitte nicht falsch, aber du wirkst nicht wie ein … Mauerblümchen auf mich. Du bist eine … sehr aufregende Frau, wenn auch geheimnisvoll, und die Männer müssten doch eigentlich bei dir Schlange stehen?"

„Wenn du wüsstest …" Ich lächelte ihn müde an. Gedankenverloren griff ich mir an die Haare und wollte eine Strähne so zwirbeln, wie ich es früher immer getan hatte. Nur dass dies bei der neuen Länge nicht mehr möglich war. Mein erster Schritt zum neuen Ich.

Ich leerte mein Glas.

„Und was denkst du, wie ich je wieder von hier wegkommen soll, so ganz ohne Auto?", lenkte ich von dem gefährlichen Thema ab.

Er lachte heiser auf. „Da mach dir mal keinen Kopf. Ich vermute, dass es nur die Batterie ist. Wenn wir wieder oben sind, schließen wir Starterkabel an. Wenn das nicht klappt … dann hab ich vorhin eine Autowerkstatt gesehen, in die wir dein Auto abschleppen können."

Ich kniff die Augen zusammen. „Nur die Batterie? Du meinst also, ich hätte eigentlich auch selbst fahren können, wenn du mit den Starterkabeln mein Auto gestartet hättest?"

Der Schalk lachte ihm aus seinen Augen, als er mir antwortete. „Ganz so ist es nicht. Wenn es wirklich an der Batterie liegt, dann solltest du auch eine Weile damit fahren, damit sie sich wieder vollständig auflädt. Wärst du nur die paar Kilometer zum Friseur gefahren, wäre die Wahrscheinlichkeit hoch, dass dein Auto dir beim erneuten Starten wieder nicht angesprungen wäre."

„Soso, du hast also nicht nur einen Grund gesucht, um Zeit mit mir zu verbringen?"

„Nicht ausschließlich." Er zwinkerte mir zu und winkte der Bedienung, um zu zahlen.

„Mach mal die Motorhaube auf." Ich öffnete die Fahrertür, ließ mich auf den Sitz fallen und zog am Hebel im Fußraum. Die Haube sprang auf, und ich sah Sebastian hinter dem großen Blech verschwinden.

Einen Augenblick blieb ich noch in meinem Auto sitzen, um zu verschnaufen.

Die Rückfahrt, die Nähe im Auto ... diesmal war es anders als bei unserer Fahrt hinunter in den Ort. Die Luft war mit Spannung geladen – aber nicht wie zuvor wegen unseres Streits, sondern ... prickelnd. Ich hatte ganz steif neben ihm gesessen und mich bemüht, nicht zu oft zu ihm hinzuschielen. Ein paar Mal wagte ich es doch und erwischte ihn nicht nur einmal dabei, dass er mich ebenfalls von der Seite musterte.

Hatten wir uns zu viel erzählt? Immerhin kannten wir uns so gut wie überhaupt nicht, und im Grunde waren wir uns fremd. Er hatte mit mir über seine gescheiterte Beziehung gesprochen, und ich hatte ihm meine Lebenskrise ansatzweise gebeichtet – machte man so was, wenn man sich erst zwei Tage kannte? Wobei „kennen" sicher nicht das richtige Wort war.

Ich ließ meinen Kopf aufs Lenkrad sinken und hörte, wie Sebastian seinen Wagen vor meinen parkte.

Alles, was ich hier bisher getan hatte, war das Gegenteil von dem, wie ich mich sonst verhielt. So kannte ich mich nicht. Normalerweise flirtete ich mit den Männern – *ihn* giftete ich an. Für gewöhnlich sprach ich nicht mit Männern über Beziehungen, mit denen ich keine haben wollte – mit *ihm* schon. Wieso?

Ich wurde nicht schlau aus meinem Verhalten. Wollte ich doch mehr von ihm? Ich war mir plötzlich nicht mehr so sicher … mal ganz davon abgesehen, dass ich mir diese Frage nicht stellen wollte … nicht stellen sollte! Denn ich war schließlich hier, um mich zu ändern.

Komme, was wolle, ich würde auf jeden Fall nicht mit ihm schlafen!

Wütend schnaubte ich auf.

„Alles in Ordnung mit dir?" Sebastian beugte sich zu mir ins Wageninnere. Wieder nahm ich seinen Duft wahr, welcher mir für einen Moment meine Gedanken vernebelte.

Ich nickte.

„Gut. Du siehst nämlich blass aus." Er streckte mir seine Hand entgegen. „Möchtest du mir zusehen, wie ich die Starterkabel anschließe? Oder kennst du dich damit aus?"

Ich schüttelte meinen Kopf, immer noch unfähig, zu sprechen.

„Nein, ich will nicht zusehen, oder nein, ich kenne mich damit nicht aus?", fragte Sebastian nach.

Verlegen lächelte ich ihn an und räusperte mich, bevor ich ihm antwortete. „Ich kenn mich damit nicht aus, und es wäre sehr nett von dir, wenn du es mir zeigen würdest."

„Wow!"

„Was ist?"

„So viel Freundlichkeit von dir bin ich nicht gewöhnt. Steht dir aber gut."

Ich konnte nicht anders und musste grinsen. Sebastian zwinkerte mir zu und zog mich aus dem Wagen.

Womit wir beide nicht gerechnet hatten, war die geringe Haftung meiner glatten Schuhsohlen auf dem immer noch etwas eisigen Asphalt. Ich rutschte aus, ruderte mit der freien Hand Halt suchend in der Luft und schrie vor Schreck leise auf. Sebastian reagierte geistesgegenwärtig und packte mich fest um meine Taille.

Mein Herz schlug um einige Takte schneller. Und daran war nicht nur das Adrenalin schuld, das durch meinen Körper rauschte. Ich schloss meine Augen und atmete heftig. Ich wollte mich nicht bewegen. Es wäre mir auch nicht möglich gewesen, denn Sebastian presste mich fest gegen seinen Oberkörper. Ich spürte seinen Atem an meinem Gesicht. Er roch nach Wein und nach … mehr. Ich wusste nicht, was es war, aber es zog mich wie magisch noch näher an ihn. Ich hatte plötzlich das Bedürfnis, meinen Kopf an seine Brust zu legen, mich eng an ihn zu schmiegen. Oder – noch schlimmer – ihn zu küssen, seinen Geschmack in mich aufzusaugen.

Meine Gedanken ließen mich zurückschrecken, und ich öffnete meine Augen.

Schwerer Fehler! Ich sah in sein warmes Kaffeebraun. Sein Blick war besorgt, beschützend … zärtlich. Seine Lippen hatte er leicht geöffnet, und kleine Atemwolken stiegen aus seinem Mund auf. Waren es zuerst nur die kleinen Wölkchen, die meine Aufmerksamkeit auf sich zogen, so bemerkte ich, wie sich plötzlich mein Blick an seine Lippen heftete. Für einen Mann waren diese außergewöhnlich schön geschwungen. Voll und trotz der kalten Herbstluft nicht rissig, sondern weich.

Neben uns startete ein Auto, und mir wurde schlagartig bewusst, wo wir standen. Was hier eben fast passierte.

„Danke … es geht schon wieder." Langsam löste ich mich aus seiner schützenden Umarmung, und ich merkte, dass er mich nur widerwillig losließ. Ich räusperte mich und beugte mich über den Motorraum. „Also, das hier ist die Batterie, oder? Dann zeig mal, wie das funktioniert …"

Sebastian trat langsam neben mich und ließ sich nicht anmerken, ob ihn die Situation eben genauso verwirrt hatte wie mich.

Kurz darauf sprang mein Wagen mit seiner Starthilfe an, als hätte er mich nie im Stich gelassen. *Verräter!*

„Du solltest jetzt gleich zumindest so lange damit fahren, bis der Motor warm ist. Dann dürfte es das nächste Mal keine Probleme mehr geben."

„Fährst du mit?" Ich wusste nicht, woher diese Frage plötzlich kam, und war von mir selbst überrascht. Sebastian antwortete nicht sofort, so als ob er darüber nachdenken müsste.

„Nein, ich hab noch was zu erledigen."

Seine Antwort war barsch, und ich zuckte kurz zurück. Ihm schien meine Reaktion nicht aufgefallen zu sein, denn er drehte sich zu seinem Wagen und öffnete den Kofferraum. Ich wollte nicht, dass er bemerkte, wie sehr mich seine Abfuhr traf, also stieg ich, ohne mich zu verabschieden, in mein Fahrzeug und fuhr, ohne ihm noch einmal einen Blick zuzuwerfen, vom Parkplatz.

6. Zu jung, zu alt

„Sag Bescheid, sollte dein Wagen trotzdem nicht anspringen, dann holen Julian und ich dich natürlich ab."

„Ha! Danke, das ist lieb von euch. Stell dir nur mal vor, was der alte Herr Kunst sagen würde, wenn ich meinen Urlaub noch um einen Tag verlängern würde."

„Ich weiß nicht, was mit dem ist, vielleicht liegt es am Alter, aber der war auch schon mal cholerischer."

„Wo du recht hast, Jana …" Ich musste schmunzeln.

„Apropos recht haben … ich hatte mich *doch* nicht geirrt, dass du jemanden kennengelernt hast? Also erzähl endlich, wer ist er?"

Ich konnte mir regelrecht vorstellen, wie Jana am anderen Ende der Leitung zappelte.

„Da gibts nicht viel zu sagen … Er ist nicht mein Typ, und – ganz davon abgesehen – bin ich ja hier, um endlich mein

Leben zu ändern." *Wenn ich es mir nur oft genug vorsage, dann geht es doch hoffentlich irgendwann in Fleisch und Blut über?*

„Wie heißt er?"

„Sebastian."

„Sebastian …" Ihre Stimme sang den Namen förmlich, und ich verdrehte meine Augen. Dann legte sie los. „Wie ist er denn so? Woher kommt er? Wie alt ist er? Was macht er …"

„Mensch, Jana, du hörst dich an wie meine Mutter! Ich weiß es nicht! Mehr, als seinen Vornamen und dass er fotografiert, hat er mir nicht verraten, und es ist mir eigentlich auch egal, wo er wohnt oder wie alt er ist."

„Hat er eine Freundin?"

„Nein, aber das …"

„Du weißt weder, wo er wohnt, noch sein Alter, aber du weißt, dass er Single ist? Dir ist schon bewusst, dass diese Details jetzt nicht für dich sprechen, oder?" Sie kicherte.

Doofe Nudel.

„Ich hab ihn nicht danach gefragt, dieses Detail hat er mir freiwillig erzählt."

„Also ist er an dir interessiert … Vielleicht solltest du einfach mal von deinem üblichen Typ Mann abschwenken und dich auf ein Abenteuer mit einem völlig anderen …"

„Jana!" Langsam, aber sicher riss mir der Geduldsfaden. „Verdammt, was soll das? Ich *will* kein Abenteuer. Weder mit Sebastian noch mit einem anderen Mann! Ich will überhaupt kein Abenteuer mehr!"

Ich hörte meine Freundin am anderen Ende der Leitung atmen, also war die Verbindung nicht abgebrochen. Aber sie schwieg …

„Jana? Bist du noch dran?"

„Ja … tut mir leid, ich bin echt blöd." Sie schnaubte in den Hörer. „Wenn es mir so verdammt schwerfällt, dich nicht immer in dieselbe Schublade zu zwängen, wie schwer muss es dir erst fallen, dein ganzes Leben neu zu ordnen? Ich bewundere dich für deinen Mut und deine Kraft. Vielleicht ist es besser, wenn wir nicht mehr telefonieren, bis du wieder zu Hause …"

„Blödsinn! Natürlich telefonieren wir! Ich würde es ja gar nicht aushalten, ohne dich und dein doofes Geplapper." Ich musste lachen, und Jana stimmte mit ein.

„Gut. Ich hoffe, du bist geduldig mit mir. Und ich verspreche dir, ich werde mich bemühen."

„Das ist lieb von dir. Also … ich möchte jetzt noch eine kleine Wanderung machen, bevor ich um vier Uhr zu meinem Heublumenbad muss. Du siehst also, ich hab Freizeitstress. Wir hören uns …"

Jana kicherte. „Du Arme! Alles klar, dann bis spätestens Montag. Und wirklich … melde dich, falls wir dich wo abholen sollen."

„Danke, das ist so lieb von euch, aber ich hoffe doch ganz fest, dass es nicht so weit kommen wird. Ich drohe meinem Auto, falls es sich sträubt, und dann hat es keine andere Wahl."

Mein Plan war, zum Panoramaturm zu wandern. Von dort oben hatte man, so die Beschreibung im Wanderprospekt, einen unvergleichlichen Ausblick auf einundzwanzig „Zweitausender" – sofern das Wetter mitspielte. Wenn ich schon mal hier war, wollte ich die Gelegenheit und das schöne Wetter nutzen.

Der Weg zum Turm war nicht so schwer zu bewältigen, wie es auf den ersten Blick von unten ausgesehen hatte. Mein regelmäßiges Sporttraining machte sich bezahlt – und die Wanderschuhe, die ich bereits seit einigen Jahren mein Eigentum nannte und die mindestens einmal im Jahr zum Einsatz kamen. Ich schaffte den Aufstieg gemütlich in etwas über einer halben Stunde. Ich hatte keine Eile und genoss die unberührte Natur. Und es stimmte, sobald man die Hektik und den Alltag einer Stadt hinter sich ließ und die Ruhe in sich akzeptierte, entspannte man sich deutlich. Ich merkte, wie ich mit jedem Schritt ein Stück innerer Anspannung verlor. Meine Gesichtsmuskulatur entspannte sich, und ich spürte, dass mein Blick nicht mehr so verbissen war wie noch unten im Hotel. Ich atmete tief ein und aus, pumpte meine Lungen mit der frischen, kalten Bergluft voll und hatte plötzlich ein befreites Lächeln auf den Lippen.

Ich wusste nicht, ob es an der Landschaft lag, aber ich fühlte mich beschwingt, voll positiver Energie und Tatendrang und hakte gedanklich den nächsten Punkt meiner Liste zum neuen Leben ab. Denn ich spürte, dass ich in der letzten Dreiviertelstunde Ballast abgeworfen hatte. Ballast in Form von Ängsten – meine Zukunft, mein aktuelles Leben betreffend. Die Zeit war doch viel zu schön und viel zu kostbar, um sich ständig wegen irgendwas den Kopf zu zerbrechen. Dazu war ich nicht der Typ, das war nicht meine Art. Ich hatte mich schon über mich selbst gewundert, denn üblicherweise lebte ich jeden Tag, ohne mir Gedanken über morgen zu machen.

Vermutlich lag es am Alter, dass ich so was wie – *Gott, ich hasse dieses Wort* – Torschlusspanik bekommen hatte. Ich schob es auch auf die Tatsache, dass Jana und Marco, meine besten Freunde, gleichzeitig glücklich und verliebt waren. Etwas, das in den ganzen Jahren noch nie vorgekommen war. Ich hatte irgendwann in meinem Leben eine Abzweigung verpasst. Doch Panik war noch nie die Lösung, um wieder auf den richtigen Pfad zu kommen. Und es gab immer einen Weg zurück, und wenn doch nicht, dann zumindest einen Weg in eine andere, ebenso spannende Richtung.

Ich war am Ziel angekommen, zwar nicht, was mein Leben betraf, aber zumindest am Panoramaturm. Von hier aus hatte man schon eine unglaubliche Aussicht. Ich stieg die Stufen hoch, gespannt, was mich oben erwarten würde. Und ich wurde tatsächlich nicht enttäuscht. Eine atemberaubende Bergkulisse tat sich vor mir auf. Fast zum Greifen nah, beinahe schon kitschig schön mit den grauen Felsflächen mit weißen Schneehäubchen auf ihren Spitzen.

Ich lehnte mich an die Brüstung und ließ auf mich wirken, was in Jahrmillionen entstanden war. In Anbetracht dessen kam ich mir plötzlich klein und nichtig vor, und ich musste kichern über meine Sorgen, ich würde irgendwann überbleiben und weder Mann noch Kinder um mich haben.

„Darf ich mitlachen?"

Sebastian! Mein Herz machte so einen Satz nach vorne, dass ich dachte, es würde über die Brüstung die einundzwanzig Meter in die Tiefe fallen.

„Sag mal, spinnst du? Willst du, dass ich einen Herzinfarkt bekomme?"

Ich presste meine Hand gegen die Brust. Mit der anderen hielt ich mich an der Brüstung fest, denn meine Füße waren plötzlich weich wie Butter. Ich versuchte, ihm finster in seine warmen Augen zu sehen. Doch die kleinen Fältchen in seinen Augenwinkeln und das feine Grübchen an seinem Kinn lenkten mich zu sehr ab. Und sein Blick, der mir durch und durch ging.

„Was ist? Hab ich was im Gesicht?" Bescheuerte Ablenkung von mir … Natürlich hatte ich dort nichts, aber ich wischte mir trotzdem über meine Wangen. Sebastian schüttelte wortlos grinsend den Kopf.

„Hat es dir jetzt die Sprache verschlagen?" Fragend zog ich eine Augenbraue hoch und versuchte mich erneut mit einem grimmigen Blick – vergebens. Blöde Natur, die hatte mir doch glatt meine miese Laune verdorben.

Sebastian lachte heiser auf.

„Nein, keine Angst. Ich bin nur überrascht von dir. Du strahlst ja – so hab ich dich bisher noch nicht erlebt."

„Tja, auch das soll vorkommen.“ Lächelnd lehnte ich mich wieder an die Brüstung und tat, als ob ich konzentriert die Berge beobachten würde.

„Das gefällt mir. Es macht dich noch viel schöner, wenn du von innen heraus strahlst.“

Wow! Das ging mir gerade runter wie Öl. Ich musterte ihn von der Seite.

„Baggerst du mich jetzt doch an?“

„Käme mir nie in den Sinn, das weißt du doch …“

„Du bist auch ein verdammt schlechter Lügner, ich hoffe, du weißt das.“

„Interessant.“

„Was?“

„Dass du deine Lüge eingestehst …“ Wieder dieses Grinsen. *Der macht mich fertig.*

„Verfolgst du mich schon wieder?“

Als Antwort hielt Sebastian seine Spiegelreflexkamera hoch und drückte ab.

„Wer sagt, dass ich fotografiert werden möchte, hä?“ Unsicher schob ich meine graue Wollmütze hin und her, die ich letztes Jahr im Abverkauf erstanden hatte. Bis eben war ich das erste Mal so richtig froh über das Schnäppchen gewesen. Doch wenn Sebastian mich so ansah wie jetzt …und noch dazu Fotos von mir machte …

„Lass mich mal sehen, ob du es behalten darfst oder es löschen musst.“

Sein lautes Lachen prickelte unter meiner Haut. Ich wollte nach seiner Kamera greifen, doch er zog sie weg, und ich streifte nur seine Hand. Wobei „nur“ ein fast schon lächerliches Wort war angesichts der Reaktion meines Körpers auf diese flüchtige Berührung. Ich hielt den Atem an und starrte Sebastian in die Augen. Auch er schien innezuhalten, als ob ihn das leichte Streifen meiner Haut ebenfalls elektrisiert hätte.

Mein Unterleib zog sich zusammen, und sofort suchte ich wieder Abstand zu ihm. Das konnte doch nicht wirklich passiert sein, oder?

„Auf meiner Kamera wird nichts gelöscht." Seine Stimme war leise und rau.

Ich hörte das leise Klicken des Verschlusses und schnaubte. „Dann will ich wenigstens eines für meine Fotosammlung haben."

„Von da, wo ich herkomme, hat man den Kindern noch ein höfliches ‚Bitte' beigebracht."

„Und von da, wo ich herkomme, fotografiert man nicht einfach fremde Leute, ohne sie vorher um ihre Erlaubnis zu bitten."

„Das mit dem ‚fremd' hatten wir doch schon geklärt, oder etwa nicht?" Sebastian wackelte mit seinen Augenbrauen, was mich zum Lachen brachte.

„Und von wo kommst du her?" Wenn unsere Unterhaltung irgendwo zwischen *sinnlos* und *anzüglich* schwebte, dann wollte ich wenigstens etwas Neues über ihn erfahren.

Sebastian holte tief Luft und machte mit seinem Arm eine ausladende Geste, wie in einem Theaterstück.

„Nun denn – Das Licht der Welt erblickte der hochwohlgeborene Graf von Sebastian im Jahr 1980 im Zentrum der österreichischen Macht, in *Wien*." Er verstellte seine Stimme, machte sie noch tiefer, als sie bereits war, und verbeugte sich anschließend zum Applaus. Den ich ihm müde schenkte, denn ich wollte ihm den Spaß gönnen. Wien, das hatte ich mir bereits wegen seines Dialekts gedacht …

Doch dann hielt ich inne in meiner Bewegung.

„1980? Halleluja, du bist ja noch fast ein Kind!"

„Ein Kind? Also erst mal vielen Dank für die Blumen und … ein Kind? Wie alt bist du denn, wenn ich mit meinen dreiunddreißig Jahren in deinen Augen noch fast ein Kind bin?"

„Sechsunddreißig." Ich flüsterte die Zahl beinahe und nagte anschließend an der Innenseite meiner Wangen. Was für eine hässliche Zahl.

Sebastian war da anscheinend anderer Meinung, denn er lachte kurz auf und kratzte sich verwirrt am Kopf.

„Tut mir leid, aber ihr Frauen seid komisch. Was ist an sechsunddreißig so schlimm? Das sind gerade mal ein paar Monate mehr als bei mir."

Ein paar Monate? Süß! Was daran schlimm war? *Pah! Der hat Nerven …!*

„Das kann ich dir sagen … Warte erst mal ab, bis du in dieses Alter kommst. Du bist kein junger Anfangdreißiger mehr, nein, du bist der Vierzig so nahe wie noch nie zuvor!"

Meine Augen weiteten sich bei der Erläuterung, und ich griff sein Spiel von vorhin auf und machte ausladende Bewegungen mit meinen Armen inklusive der tiefen, mystischen Stimme. Jetzt fehlten nur noch die Rauchschwaden, die am Boden dahinzogen.

Doch Sebastian blieb reichlich unbeeindruckt von der blöden Zahlenangabe und zuckte nur mit seinen Schultern.

„Ich kann mir nicht vorstellen, was an sechsunddreißig so schmerzhaft ist. Oder am Vierziger. Mir hat der Dreißiger nicht wehgetan, und ich fürchte mich auch nicht vor den anderen runden Geburtstagen. Es hat doch was Schönes, wenn man so viele Jahre auf sein Leben zurückblicken kann. Das macht einen weise, lebenserfahren. Ich finde nicht, dass es was Negatives an sich hat."

Vermutlich hatte er damit sogar recht.

„Für euch Männer mag das ja stimmen. Ihr könnt auch in hohem Alter noch Kinder zeugen. Aber hörst du das? Tick, tack, tick, tack …" Ich wackelte im Takt mit dem Kopf. „Meine innere Uhr tickt, und das nicht mehr allzu lange. Meine Zeit, mich fortzupflanzen und viele kleine Isas zu bekommen, ist bald abgelaufen."

„Viele kleine Isas? Süß!“ Sebastian schenkte mir ein warmes Lächeln, für das ich im Moment kein Verständnis zeigen konnte.

Ich drehte mich wieder den Bergen zu und Sebastian den Rücken hin.

„Für dich mag es vielleicht komisch klingen, aber … ich hatte mal einen Traum, der irgendwann in Vergessenheit geraten ist …“

Ich hörte Sebastian fotografieren. Ich hoffte für ihn, dass er die Linse nicht wieder auf mich gerichtet hatte. Am leiser werdenden Klicken erkannte ich, dass er sich etwas von mir entfernte, und ich vermutete, dass er das Bergpanorama mit seiner Kamera einfangen wollte.

Wenn ich darüber nachdachte, wie nahe ich meinem Traum bereits vor Jahren gekommen war, tat mir heute noch das Herz weh. Nicht, weil ich nicht mehr mit Jürgen zusammen war. Aber ich wusste, dass etwas überaus Wichtiges in meinem Leben fehlte. Etwas, das nur durch mich existieren konnte, etwas, das ein Teil von mir war. Jahrelang hatte ich versucht, mit übertriebener Fröhlichkeit meinen Schmerz zu verdrängen. Doch im Grunde wusste ich die ganze Zeit über, dass die Sehnsucht nach einem Kind in mir schlummerte und darauf wartete, endlich erfüllt zu werden.

Sebastian riss mich aus meinen Gedanken. Wieder stand er so knapp neben mir, dass ich hochschreckte, weil ich nicht mit seiner Nähe gerechnet hatte.

„Und wo wohnst du?“, wollte er von mir wissen.

„In Linz. Ich liebe die Stadt!“

„Ja, ich auch.“ Sein warmes Lächeln verwirrte mich erneut.

Was ist das nur mit ihm? Mist, schon wieder verlor ich den Faden …

„Weißt du was? Wir beide machen heute einen drauf! Lass uns zur *Hairlounge* fahren.“ Sebastian riss mich aus meinen nicht ganz jugendfreien Träumereien.

„Wie bitte?“

„Mir gefiel es dort. Wir nehmen heute Abend ein Taxi und trinken einen Cocktail. Ich hab dich heute beobachtet, wie du dir beim Studieren der Getränkekarte die Lippen geleckt hast. Du magst Cocktails.“

Ich zögerte. „Ich weiß nicht so recht …“

„Komm schon. Wir haben doch Urlaub, und es wird sicher gemütlich. Oder willst du heute Abend vor dem Fernseher versauern?“

Da hatte er natürlich recht. Ich konnte nicht jeden Abend auf dem Zimmer verbringen. Und etwas Gesellschaft würde mir sicher nicht schaden.

„Also gut. Aber das ist *kein* Date! Ich bezahle selbst für meine Getränke …“

Sebastian lachte heiser auf. „Einverstanden.“ Er richtete noch einmal seine Kamera auf mich und drückte erneut auf den Auslöser.

„… und du musst mir mehr von dir erzählen.“

„Okay … was willst du wissen?“ Sebastian ließ die Kamera, die um seinen Hals hing, absinken und lehnte sich mit der Hüfte gegen die Brüstung, an der er sich mit einer Hand abstützte.

„Erzähl von deiner Familie.“

„Da gibt es nicht viel zu sagen. Meine Eltern leben in Wien in ihrer Wohnung im 13. Bezirk, wo ich aufgewachsen bin. Und Florian lebt mit Denise in Niederösterreich, in Sankt Pölten.“

„Ach komm schon, das kann doch nicht alles sein. Ist Florian dein einziger Bruder? Oder hast du noch andere Geschwister?“

„Nein, er ist mein einziger Bruder.“ Ein warmes Lächeln streifte seine Lippen.

„Du liebst ihn sehr, oder?“

„Er ist der beste Bruder, den man sich wünschen kann, ja.“

„Erzähl mir von ihm. Wie wart ihr als Kinder? Habt ihr euch oft gestritten?“

Er grinste von einem Ohr zum anderen.

„Gestritten? Nein, wir haben uns geprügelt – immerhin sind wir Jungs. Meinungsverschiedenheiten haben wir immer so ausgetragen. Unsere Mutter hatte ihre liebe Not mit uns, wenn wir wieder mit zerfetzten Jeans, schmutzigen Shirts und blutenden Lippen nach Hause kamen. Aber danach war für uns alles geklärt, und wir vertrugen uns wieder, als wäre nie etwas vorgefallen."

„Weswegen habt ihr euch geprügelt?"

„Hm. Nichtigkeiten. Einmal bekamen wir von unserem Großvater ein paar Schillinge, die wir sofort in Eis investierten. Auf dem Nachhauseweg rempelte mich Florian unabsichtlich an, sodass alle drei Kugeln auf die Straße fielen. Ich war fest davon überzeugt, dass es Absicht war, und hab ihn ebenfalls geschubst, in der Hoffnung, dass er sein Eis verlieren würde. Er war jedoch geschickter im Ausbalancieren. Aber er hatte sich geärgert über meinen Versuch und drückte mir die Eistüte ins Gesicht. Ich war stinksauer, und schon haben wir uns geprügelt." Grinsend zuckte er mit den Schultern.

„Also habt ihr euch gegenseitig nichts geschenkt. Ist er älter?"

„Nein, er ist drei Jahre jünger. Und du, hast du Geschwister?"

„Ich hab eine Schwester. Claudia ist vier Jahre älter als ich. Wir haben uns auch viel gestritten, aber wir waren eher in der Fraktion Kratzen, Beißen und hysterisches Anschreien."

„Oh, Zickenkrieg also."

„So in etwa, ja …" Ich musste schmunzeln.

„Und heute? Versteht ihr euch gut?"

„Nein." Ich wurde leise. „Wir haben seit Jahren kaum Kontakt. Wir sehen uns nur auf den … ‚Pflichttreffen' wie Weihnachten und Geburtstage, wo wir uns so weit wie möglich aus dem Weg gehen."

„Darf ich fragen, wieso?"

Ich atmete tief aus und nickte.

„Wir verstanden uns eigentlich sehr gut, bis ich damals, kurz vor der Hochzeit, von meinem Verlobten sitzen gelassen wurde. Jürgen und ich waren etwas über fünf Jahre zusammen gewesen und wollten heiraten. Jedenfalls dachte ich Einfaltspinsel das. Claudia begleitete mich dann als sein Ersatz auf die Hochzeitsreise – die hatten wir nämlich schon gebucht. Und sie war sozusagen live dabei, als ich den Wandel vom Mäuschen zur …"

„Partymaus?"

Ich musste lachen. „Okay … nennen wir es Partymaus. Also, wie ich mich in eine Partymaus verwandelte."

„Lass mich raten. Ihr gefiel dein neues Ich nicht?"

Traurig schüttelte ich den Kopf. „Nein. Sie war zwar der Meinung, ich sollte das Leben ohne Jürgen genießen, doch als ich mehr und mehr am Feiern war und Männer abschleppte – auch noch nach unserem Urlaub –, hatten wir einen fürchterlichen Streit."

Ich seufzte bei dieser Erinnerung, denn seitdem gingen Claudia und ich uns aus dem Weg.

„Sie und ihr Freund wollten ebenfalls heiraten, was sie im Herbst darauf auch taten. Ich hatte panische Angst davor, auf die Hochzeit zu gehen. Immerhin war meine nicht mal ein halbes Jahr zuvor geplatzt, und … mindestens die Hälfte ihrer Hochzeitsgäste wären auch meine gewesen. Denen gegenüberzutreten, war mir unendlich peinlich. Doch meine Mutter redete so lange auf mich ein, bis ich schließlich nachgab und auf Claudias Hochzeit erschien."

Ich rückte meine Mütze zurecht und fuhr nach einer kurzen gedanklichen Verschnaufpause fort.

„Während der ganzen Zeremonie saßen der Schmerz und die Scham über mir wie ein hämischer Schatten. Ständig hatte ich das Gefühl, hinter meinem Rücken würde getuschelt werden. Ich war hin- und hergerissen zwischen hysterischem Lachen und Heulkrampf und war kurz davor, die Trauung zu unterbrechen. Meine Mutter hatte wohl eine leise Vorahnung und schleppte mich – vermutlich im letzten Moment – vor die Kirche, wo sie mir die Leviten las."

„Und deine Schwester?" Sebastian schaute mich mit einem undefinierbaren Blick an.

„Ich war anschließend noch auf der Feier, doch ich konnte nicht anders, als alles schlechtzumachen. Ich meckerte über das Catering, über die Tischdeko, über die Band … Und zu späterer Stunde, als ich schon viel zu viel getrunken hatte, machte ich mich mit dem Bruder des Bräutigams vom Acker."

Ich vergrub mein Gesicht aus Scham in meinen Händen. Sebastian hingegen lachte laut auf. Beleidigt funkelte ich ihn an.

„Das war *überhaupt nicht* witzig! Was denkst du, wie erfreut meine Schwester darüber war? Sie hat mir vermutlich bis heute nicht verziehen, dass ich ihren schönsten Tag im Leben – wie man so schön sagt – ruiniert und mich zum Gesprächsthema Nummer eins all ihrer Gäste gemacht hatte."

Sebastian wischte sich lachend Tränen aus den Augenwinkeln, dann schaute er mich wieder an. „Das heißt, ihr habt euch wegen dieser Sache bis heute nicht mehr vertragen?"

„Na ja. Wir hatten einen ziemlich wilden Streit kurz danach. Erstens fand sie mein Verhalten auf der Hochzeit inakzeptabel, und zweitens machte sie mir die Hölle heiß wegen meines … Männerverschleißes und meines Partylebens. Sie hatte ehrlich ein Problem damit, dass ich nun aus Frust und Trotz mein Leben, meine Einstellung, alles komplett um hundertachtzig Grad veränderte, und … in ihren Augen auch so tat, als wäre alles in Ordnung und eitel Sonnenschein."

Ich biss auf meine Unterlippe, knetete meine Hände und versuchte, den Kloß in meinem Hals zu ignorieren.

„Weißt du, dass deine Schwester enttäuscht ist, weil du ihr die Hochzeit vermiest hast, das kann ich gut verstehen. Und du hast dich, wenn ich dich jetzt richtig verstanden habe, an jeden Kerl rangemacht, nur um … Selbstbestätigung zu bekommen? Das ist echt heftig!“ Sebastians durchdringender Blick fixierte mich, während er sich mit dem Ellenbogen auf die Brüstung stützte.

Meine Wangen wurden heiß, und ich wusste plötzlich nicht mehr, wo ich hinsehen sollte.

„Nein, natürlich bin ich nicht mit jedem x-Beliebigen ins Bett! Aber ich hab auch nicht wie eine Nonne gelebt. Und ich seh auch keinen Grund, mich dafür zu schämen!“

Ich hob mein Kinn und hielt nun seinem Blick stand. Wut packte mich.

„Wär ich ein Mann, wär ich ein Held! Als Frau muss ich mich dafür rechtfertigen. Ich bin keine Schlampe, wenn du das denkst. Ich schlafe nicht mit jedem, der mich haben will, sondern *ich* entscheide darüber. Und ich prahle auch nicht damit, wie es ein Mann vielleicht machen würde.“

Sebastian unterbrach mich nicht in meinem Redeschwall und schaute mich auch nicht an. Es wirkte, als müsste er erst verdauen, was ich ihm erzählt hatte. Ich sah, wie sein Kiefer mahlte, während er seine Hände zu Fäusten ballte.

Für einen kurzen Moment fragte ich mich, wieso es mir wichtig war, dass er es verstand.

Doch nach einigen Sekunden, in denen es heftig in ihm zu arbeiten schien, sah er mir tief in die Augen, während er mir antwortete.

„Vielleicht hast du recht. Die Gesellschaft gibt uns irgendwie vor, wie wir darüber denken sollen. Ich kann mich davon – leider – auch nicht ganz freimachen. Hat ein Mann viele Frauen, dann ist er ein ganzer Kerl, man klopft ihm anerkennend auf die Schulter, bewundert ihn vielleicht sogar. Eine Frau dagegen … da gehört sich das nicht, und es wird mit Verachtung bestraft. Sorry, ich …“

Ich nickte und hoffte, dass sich das unangenehme Gefühl in meiner Magengegend wieder legen würde. Ja, ich musste mich weder dafür rechtfertigen noch dafür schämen, und trotzdem hatte ich nun das Gefühl, als hätte ich mich die ganzen Jahre über nicht … richtig verhalten.

Ich schielte zu Sebastian hin, der offensichtlich mit sich und seinen Gedanken kämpfte. Vielleicht hatte ich gerade deshalb das Bedürfnis, mich zu erklären. Er war der Erste außerhalb meiner Familie, der mit meiner Vergangenheit nicht besonders … glücklich zu sein schien. Und diese Tatsache löste völlig unerwartet einen Sturm an Endorphinen in mir aus, der mein Herz zum Tanzen brachte und meine Wangen färbte, während sich meine Lippen zu einem leichten Lächeln formten.

Es schien ihm nicht gleichgültig zu sein.

Sichtlich entspannter rieb sich Sebastian kurz darauf übers Kinn.

„Ich verstehe nicht, wieso ihr nicht darüber reden könnt. Denkst du denn, dass deine Schwester noch immer kein Verständnis zeigt, was dein Privatleben betrifft?"

Ich zuckte mit den Schultern.

„Ich weiß auch nicht … Vielleicht hat sie ja ihre Meinung inzwischen geändert. Damals hatte ich jedenfalls ein Problem mit ihrer Intoleranz. Ich hatte gehofft, dass sie mich verstehen würde, besonders nach ihrer Hochzeit. Ich hatte versucht, ihr begreiflich zu machen, dass es für mich sehr schmerzhaft war, dass so kurz vorm großen Tag plötzlich der Traum zerplatzte wie eine Seifenblase. Noch dazu musste ich mir auf ihrer Hochzeit von allen möglichen Tanten und Freunden der Familie anhören, ob es nicht total schrecklich für mich sei, so kurz nach meiner geplatzten Hochzeit auf der meiner Schwester zu sein und mit ihr zu feiern."

„Feingefühl hoch zehn also …"

In Sebastians Augen konnte ich ehrliches Mitgefühl erkennen, was mich verblüffte und mir guttat. Verwirrt biss ich auf meine Unterlippe und schielte verlegen auf Sebastians schlanke Hände, die die Kamera festhielten, ehe ich weitererzählte.

„Ich habe nach unserem Streit noch einmal einen Versöhnungsversuch gewagt, als sie ihr erstes Kind zur Welt brachte. Knapp zwei Wochen nach der Entbindung ihrer Tochter hab ich sie zu Hause besucht – doch wir haben uns sofort wieder gestritten."

Ich zögerte einen Moment, ob ich weiterreden sollte. Aber, da ich sowieso gerade einem Fast-Fremden gegenüber meine Lebensbeichte ablegte …

„Sie sagte mir, ich solle mich besser fernhalten von Stefanie, da ich sie womöglich … mit einer der Krankheiten anstecken könnte, die ich mir sicher von meinen wechselnden Sexualpartnern eingefangen hätte."

Ich musste schlucken. Es war das erste Mal, dass ich darüber mit jemandem sprach. Nicht einmal Jana hatte ich davon erzählt. Und auch heute noch fühlten sich Claudias Worte an wie ein heftiger Schlag ins Gesicht. Ich war mir wie eine Aussätzige vorgekommen.

Sebastian sah mich mit großen Augen an. Dass ihn der Satz schockierte, konnte er nicht verbergen. Er schien sprachlos zu sein. Seine Augen verengten sich, und wieder mahlten seine Zähne aufeinander. Er wendete den Blick ab und ließ ihn über die Bergketten schweifen.

Oh Gott, ich hätte ihm das alles nicht erzählen sollen. Das Bild, das ich ihm von mir vermittelte, war … abstoßend!

Auch wenn er anscheinend einen Funken Verständnis für mich aufbrachte, seit ich ihm den Vergleich von Männern und Frauen mit häufig wechselnden Partnern vorgehalten hatte, so war ich mir jetzt sicher, dass er sich innerhalb der nächsten zehn Minuten verabschieden würde. Ich würde ihm, wenn überhaupt, nur mehr im Restaurantbereich des Hotels über den Weg laufen.

Ich öffnete meinen Mund, wollte mir die Peinlichkeit einer Abfuhr ersparen. Ich wollte mich von ihm verabschieden, ihm einen schönen Resturlaub wünschen und ins Tal zurückgehen, als er sich mir wieder zuwendete. Er kam näher, und seine Worte überraschten mich aufs Neue.

„Das war richtig fies von deiner Schwester. Und ich verstehe dich, dass du danach nicht noch einmal versucht hast, das zwischen euch aus dem Weg zu schaffen. Aber denkst du nicht, dass inzwischen Gras über die Sache gewachsen ist? Vielleicht heißt sie es ja gut, dass du dein Leben mittlerweile geändert hast? Und vielleicht war sie sich in der Situation der Wirkung ihrer Worte gar nicht so bewusst. Du weißt schon – junge Mütter, die ihre Babys beschützen wollen …"

Ich hätte mit allem gerechnet, aber nicht mit diesen Worten. Und da ich zu sehr dagegen ankämpfte, mich nicht sofort aus Dankbarkeit für sein Verständnis fest an ihn zu drücken, zuckte ich nur hilflos mit den Schultern. Er stand mir so nah, und die Verlockung war zu groß … Heimlich sog ich seinen Duft ein und schloss die Augen.

Doch Sebastian riss mich viel zu schnell wieder aus meinen Träumereien. „Wie kommst du wieder runter vom Berg?"

Ich war überrascht über den abrupten Themenwechsel. Wollte er mir jetzt doch aus dem Weg gehen? Hatte ich seine Worte falsch interpretiert? Ich war mir immer noch nicht sicher, was ich von seiner Reaktion auf meine Vergangenheit halten sollte. Also versuchte ich, meine Stimme neutral klingen zu lassen, als ich ihm antwortete.

„Zu Fuß? Oder hast du vor, zu fliegen?"

Sebastian lächelte mich jedoch schelmisch an, und plötzlich ahnte ich Böses …

„Weder noch … Wir fahren mit der Sommerrodelbahn, sie hat noch geöffnet!"

Ich wusste es! „Aber … es ist Ende Oktober!“ Ein kläglicher Versuch, dem rasenden Höllengefährt zu entkommen.

Um meine Worte zu unterstreichen, legte ich meine Arme um meinen Oberkörper. Und es war nicht einmal eine Vortäuschung falscher Tatsachen, denn, auch wenn die Sonne schien, so war es im Schatten schweinekalt. Ich mochte mir gar nicht ausmalen, wie kalt es erst im Fahrtwind sein würde. Doch Sebastian griff unbeirrt davon nach meiner Hand und zog mich zum Aufzug, der uns wieder zurück auf den sicheren Boden, aber leider auch in Richtung der Sommerrodelbahn brachte, die neben dem Panoramaturm begann.

„Sebastian, du bist verrückt! Bis wir unten ankommen, sind wir erfroren! So richtig eisbärenmäßig! Und wir haben uns garantiert eine Lungenentzündung eingefangen! Außerdem haben wir keine Tickets …“

Doch mein verzweifelter Widerstand schoss ins Leere. Sebastian hielt zwei Fahrkarten hoch. „Sei keine Spaßbremse, Isabella!“

Er hängte mir grinsend seine Kamera um den Hals, drückte mich auf einen der Rodelschlitten und, noch bevor ich ein zweites Mal protestieren konnte, saß er hinter mir.

Damit hatte ich natürlich nicht gerechnet, ich war fest davon ausgegangen, dass wir getrennt ins Tal rasen würden. Ich spürte seinen Oberkörper eng an meinem Rücken und versteifte mich. Konnte man den Herzschlag auch am Rücken erahnen? Ich hoffte nicht, aber ich konnte es im Moment nicht ausschließen.

Seine Hände griffen an meiner Seite vorbei zur Bremse, die sich zwischen meinen Beinen befand. Sein Mund berührte beinahe meine Wange, als er mir ins Ohr flüsterte: „Keine Sorge, ich wärme dich …“

Ich schnappte nach Luft, doch ich konnte nichts mehr darauf erwidern, denn schon setzte sich das Gefährt in Bewegung.

Ich suchte nach einer Möglichkeit, mich festzuhalten, sah aber nur die Bremse vor mir. Und seine Beine, die meine umschlungen. *Verdammte Scheiße, was mach ich jetzt?*

Ich hörte mich selbst aufschreien. Es war ein spitzer, greller Schrei, wie der eines jungen Mädchens bei einer Achterbahnfahrt. Zum Glück gab es hier kein Looping, aber ich musste feststellen, dass ich wirklich nicht für solche Adrenalinschübe gemacht war.

Sebastian packte eine meiner Hände und legte sie an die Bremse. Gut, diese Alternative war mir tatsächlich um einiges lieber, als die Gefahr, in einer Kurve hinauszufliegen. Oder mich an seinen muskulösen Oberschenkeln festzukrallen. Denn alleine die Vorstellung beschleunigte meine Atmung.

Ich fasste also auch mit der zweiten Hand nach der Bremse, und, als Sebastian seine warmen Hände auf meine legte, fiel die Anspannung von mir ab. Ich schmiegte mich an seinen Oberkörper, lehnte mich mit ihm in die Kurven und genoss die Geschwindigkeit.

„Wooohoooo!" Ich drehte mich um und sah in Sebastians ebenfalls strahlendes Gesicht.

Wir rasten auf die Talstation zu, und gemeinsam zogen wir die Bremse. Viel zu schnell war die Fahrt vorbei. Am liebsten wäre ich sitzen geblieben, angelehnt an seinen breiten Brustkorb, seine Wange dabei fast an meiner.

„Yeah, genial! Fahren wir noch einmal?" Wie bei einem kleinen Jungen grinste ihm der Schalk aus den Augen. Er stand auf und zog mich zu sich hoch. Direkt in seine Arme …

Seine Nähe raubte mir auf angenehme Weise fast den Atem. Der Schwarm an Flattertierchen in meinem Bauch schien mich einen kurzen Augenblick lang zum Schweben zu bringen und verwirrte meine Gedanken. Mit einem Lächeln auf den Lippen lehnte ich jedoch kopfschüttelnd ab.

„So verlockend das auch klingen mag, aber ich denke, so einen Adrenalinrausch packe ich heute kein zweites Mal."

Sebastian schenkte mir ein warmes Lächeln. Dieser Augenblick war einer derjenigen, den man als perfekt bezeichnen würde. Wäre das hier ein Film, würden wir uns jeden Moment küssen. Und doch musste ich ihn zerstören, denn ich wollte unbedingt etwas loswerden …

„Hör zu, das, was ich dir eben über mich erzählt habe …"

„Nein, Isabella, sag jetzt nichts … Du hast von deinem früheren Leben erzählt. Was aber wirklich zählt, ist das Hier und Jetzt."

Sebastian flüsterte beinahe und sah mir dabei flehend in die Augen, so tief, dass ich das Gefühl hatte, er würde alles sehen. Alles, was ich ihm bereits erzählt hatte, und noch viel mehr. Eine Gänsehaut kribbelte über meinen Körper, und ich gehorchte ihm. Ich schwieg. Kurz schloss ich die Augen. Sein unverwechselbarer Duft benebelte meine Sinne, und ich spürte seinen warmen Atem auf meinem Gesicht, während mein Herz in meiner Brust aufgeregt polterte.

„Die Fahrt war doch verdammt genial, oder etwa nicht? Hab ich dir zu viel versprochen?"

Ich sah ihn an und war ihm auch nicht böse, dass er das Thema wechselte.

„Nein, du hattest recht, ohne dich hätte ich glatt ein kleines Abenteuer verpasst." Sein schelmischer Blick machte mich auf die Doppeldeutigkeit aufmerksam, und ich biss mir auf die Unterlippe. *Was hatte ich da eben gesagt? Isa, Isa, die Landluft ist wohl doch nicht so gesund für dich …*

„Ich hoffe, dass es mehr ist als ein kleines Abenteuer."

Seine Worte hallten in mir nach, süß wie heiße Schokolade mit Sahnehäubchen – sogar noch, als ich etwas später den warmen, sommerlichen Duft des Heublumenbades einatmete und mit einem seligen Grinsen die Augen schloss.

7. (K)ein Date

„Marco? Du musst mir helfen!“

„Isa? Was ist passiert, wo bist du?“

„Im Hotel. Ich hab ein Date …“

„Okay …“

„Das ist nicht okay!“ Meine Stimme klang leicht panisch, und ich war mit den Nerven am Ende, als ich nach dem Heublumenbad nackt und nur mit Badetuch umwickelt in meinem Zimmer auf und ab tigerte. Denn, auch wenn wir es nicht als solches bezeichnen wollten, war es eindeutig ein Date.

„Isa, jetzt atme mal tief durch und erzähl mir, was passiert ist …“ Marcos tiefe, ruhige Stimme beruhigte mich, und ich brachte ihn auf den aktuellen Stand der Dinge.

„… oder wie nennt man das sonst, wenn sich Männchen und Weibchen abends auf ein Getränk in einer Bar treffen?“, schloss ich meine Erläuterungen.

„Keine Ahnung … bei mir nennt sich das Geschäftstermin.“

„Haha, Scherzkeks. Also …“ Ich atmete tief durch. „Panik! Hilf mir, bitte!“

Marcos leises Lachen machte mich nur noch nervöser. „So kenn ich dich ja gar nicht. Hast du dich etwa in ihn verguckt?“

„Pah! In den? Dass ich nicht lache …“ Ich blickte auf und sah, wie mein Spiegelbild rote Wangen bekam.

„Marco, kommst du, der Film fängt gleich an“, hörte ich Lena im Hintergrund. Verzweifelt ließ ich mich aufs Bett fallen. Ich ahnte bereits, was er mir gleich sagen würde.

„Isa-Schatz, ich muss gleich auflegen, aber … Hey, genieße den Abend und mach dir keinen Kopf. Sei nicht nervös. Du musst nichts und kannst alles … Du wirst schon sehen, wohin es dich führt. Aber wenn du jetzt beginnst, allen Männern krampfhaft aus dem Weg zu gehen, kommst du deinem Wunsch auch nicht näher.“

Er hielt offensichtlich die Hand vor die Sprechmuschel, denn ich hörte ihn dumpf „Ich komme schon“ rufen. „Also schönen Abend, Isa.“ Und schon hatte er aufgelegt.

Ich warf mein Handy auf das Bett und ließ mich daneben plumpsen. Den Blick auf die Decke gerichtet, dachte ich über seine Worte nach. Verdammt, konnte mir nicht jemand die Entscheidung abnehmen? Da biss sich doch die Katze in den Schwanz!

Wer garantierte mir, dass ich nicht wieder in mein gewohntes Muster abrutschte, wenn ich heute Abend mit Sebastian ausging? Dass ich nicht erneut mein oberflächliches Programm abspulte, einfach, weil es im Laufe der Jahre zur Gewohnheit geworden war …

Die Garantie kannst nur du dir geben!, flüsterte mir mein Über-Ich zu. Und fügte boshafterweise hinzu: Er ist ja nicht einmal dein Typ!

Nun ja, ich könnte mich wirklich auf eine nette Unterhaltung freuen.

„Alles kann, nichts muss …“ Ich sagte mir Marcos Worte noch einmal laut vor, und irgendwie … gefielen sie mir. Denn auch hier hatte er recht – würde ich ab sofort allen Männern aus dem Weg gehen, würde ich vermutlich einsam sterben, … mit fünf Katzen an meiner Seite. Oder einem Papagei. Letzten Endes bräuchte ich ja einen Gesprächspartner.

Mit einem Ruck setzte ich mich auf. Das Badetuch warf ich auf das Bett, bevor ich im Schrank nach passender Kleidung wühlte. Die Auswahl war nicht gerade mächtig, denn genau genommen war ich hierhergekommen, um … na, jedenfalls nicht, um ein Date zu haben.

Ein Klopfen an der Tür ließ mich zusammenzucken. Als ich gerade in Richtung Bett zum Handtuch eilen wollte, sah ich, wie ein kleiner Zettel unter der Tür hindurchgeschoben wurde.

Lust auf ein gemeinsames Abendessen? S.

Wie ein verrückter Teenager presste ich den Zettel an meine Brust und rief lachend ein lautes „Jaaaa!“ durch die geschlossene Tür, auf das im Flur ein Poltern folgte, so als hätte er eben einen Siegestanz aufgeführt. Auf seine knappe, äußerst cool wirkende Antwort „Ich hol dich um sieben ab“ hörte ich, wie seine Zimmertür ins Schloss fiel.

Ich spürte eine Unruhe in mir, wie ich sie nicht gewöhnt war. Fast erinnerte sie mich an meinen ersten Kuss. Was würde ich darum geben, dass das Leben noch einmal so einfach und unbekümmert wäre wie zu jener Zeit, als mir mein erster großer Schwarm aus der Schule in der Pause ein Briefchen zusteckte mit der hoch begehrten Frage „Willst du mit mir gehen?“ und den beiden Auswahlmöglichkeiten „Ja“ und „Nein“ mit einem großen quadratischen Kästchen davor.

Die Blöße, nicht pünktlich fertig zu sein, wollte ich mir nicht geben. Als Sebastian klopfte, stand ich bereits gute fünf Minuten wartend vor der Tür.

Meine Haare hatte ich laut Johanns Anweisung von heute Vormittag in Form gebracht und war nun doch sehr froh, mein Glätteisen eingepackt zu haben, mit dem ich durch geschicktes Drehen Wellen in meine Haare gezaubert hatte. Ich hatte mich mit Mascara und Kajal dezent geschminkt, genau so, wie es Jana immer tat, und hatte mich für die helle Jeans und den eng anliegenden, winterweißen Wollpulli mit Rollkragen und Dreiviertelärmel entschieden. Etwas Schickeres gab meine minimierte Garderobe nicht her, außer einem schwarzen Abendkleid, das ich eingepackt hatte für den Fall, dass bei einer Abendveranstaltung elegante Kleidung gewünscht war (man sollte schließlich für alle Eventualitäten vorbereitet sein) – doch das erschien mir zu … gewagt und auch unnötig für den heutigen Abend.

Eine goldene, lange Kette mit verschieden großen Perlen, die fast bis zum Bauchnabel reichte (und eigentlich für das schwarze Kleid mitgekommen war), rundete gemeinsam mit meinen kniehohen Winterstiefeln mit Keilabsatz mein Outfit ab.

Sebastian stand einige Sekunden sichtlich sprachlos vor der geöffneten Tür und musterte mich eingehend, bevor er sich kurz vor mir verbeugte, ein „Mylady …“ murmelte und mir ganz gentlemanlike seinen Arm anbot, bei dem ich mich unterhakte – nicht, ohne zuvor einen übertriebenen Hofknicks gemacht zu haben.

Ich war sehr überrascht, als wir im Hotel in einen separaten Raum mit dunklen Wandvertäfelungen, impressionistischen Gemälden und einem runden Tisch in der Mitte geführt wurden, auf dem eine Vase mit frischen Schnittblumen sowie eine Kerze in einem silbernen Leuchter standen. Unzählige weitere Kerzen im Raum spendeten ein warmes Licht, ebenso wie der gedimmte Kronleuchter über dem Tisch. Ein Sektkühler, an dem das Kondenswasser perlte, stand auf einem Tischchen.

„Was machen wir hier? Ich dachte, wir haben kein Date?“

„Später, in der *Hairlounge*, da haben wir *kein* Date. Das hier …“, Sebastian machte eine ausladende Handbewegung. „… das hier ist ein Date, und ich freue mich, dass du Ja gesagt hast.“

Er zwinkerte mir frech zu, sodass ich ihm nicht einmal böse sein konnte. Zumal für mich auch unser *Hairlounge*-Ausflug ein Date war – nur würde ich das vermutlich nicht vor ihm zugeben.

„Ich muss sagen, ich bin schwer beeindruckt.“

„Das solltest du auch. Ich war mir nicht sicher, ob du der Typ für so viel Romantik bist, aber solange du nicht deine Handtasche nach mir wirfst, bin ich ganz optimistisch.“

„Sebastian, ich bin schockiert … Was hab ich bloß für einen Eindruck bei dir hinterlassen?“ Ich schüttelte mit gespieltem Entsetzen den Kopf. Sebastian rückte mir den Stuhl zurecht, und ich ließ mich auf die gepolsterte Sitzfläche nieder.

„Ich war so frei und habe bereits vorab das Essen für uns beide bestellt. Ich hoffe, das ist für dich in Ordnung."

„Du bist heute ausgesprochen mutig", drohte ich ihm mit dem Zeigefinger. Aber ich konnte nicht lange ernst bleiben.

Sebastian schenkte uns beiden Sekt ein. Dankbar nahm ich das Glas entgegen, und, als er mir gegenüber Platz nahm und mir zuprostete, trank ich gierig von der prickelnden Flüssigkeit. Ich war doch etwas nervös. Er hatte sich mächtig viel Mühe gegeben, um mich zu beeindrucken. Und ich vermutete, dass sein Ziel nicht war, mich ins Bett zu bekommen. Oder … zumindest nicht ausschließlich. So schätzte ich ihn nicht ein. Bisher hatte er zwar mit mir geflirtet, aber sich auch viel mit mir unterhalten und sich für mich und mein Leben interessiert. Ganz anders als die Männer, die ursprünglich „mein Typ" waren. Er verhielt sich genau so, wie ich mir das von einem Mann im Grunde genommen wünschte.

„Sag mal, wie bist du eigentlich Fotograf geworden? Hast du schon immer gern fotografiert?"

„Genau genommen über Umwege. Ich hab, seit ich denken kann, alles Mögliche gemalt und bin irgendwann, als ich auf Motivsuche mit meiner Kamera unterwegs war, auf den Geschmack gekommen."

Da fiel mir etwas Wichtiges ein. „Hast du inzwischen schon die Fotos gelöscht, die du von mir gemacht hast?"

Sebastian schüttelte langsam den Kopf. „Ich hab dir doch gesagt, dass von meiner Kamera nichts gelöscht wird. Außerdem sind die Bilder super geworden, die machen sich bestimmt gut an der Wand."

„An der Wand? Du willst sie doch nicht etwa aufhängen?"

„Wieso nicht?" Sebastian zuckte mit den Schultern und nippte an seinem Sekt.

Wieso nicht? … Der hatte Nerven. Aber ich wollte uns den Abend nicht verderben und stattdessen mehr über ihn erfahren, deshalb sagte ich nichts dazu.

„Also dann erzähl mal. Wo willst du dir eine neue Wohnung suchen, falls du deine nicht wieder zurückerobern kannst?"

Sofort biss ich mir auf die Zunge, als ich den kurzen Schmerz in seinem Gesicht aufflackern sah. Doch es war bereits zu spät.

„Oh Gott, tut mir leid, ich bin eine Idiotin …"

„Nein, schon okay. Ich muss mich sowieso in wenigen Tagen mit dem Thema auseinandersetzen." Sebastian wich meinem Blick aus und schob das Besteck hin und her. „Also ich hab da noch keine festen Pläne. Ich möchte aber auf jeden Fall in Stadtnähe bleiben, da ich mir dort bereits einen Kundenstamm aufgebaut habe."

In dem Moment wurde uns die Vorspeise mit den Worten „Thunfischcocktail auf Blattsalat" serviert.

„Ich hoffe, du magst Fisch?"

Einen Augenblick musterte er mich unsicher, was ich total süß fand.

„Ich liebe Fisch."

Erleichtert lächelte er mich an und griff nach seinem Besteck. Der Kellner schenkte uns Wein in die bauchigen Gläser. Auch den hatte Sebastian wohl im Vorhinein ausgesucht. Und ich war dankbar, ebenfalls ein Glas Wasser daneben vorzufinden.

„Was muss deine zukünftige Wohnung auf jeden Fall haben?"

Irritiert sah mich Sebastian an. Ich half ihm auf die Sprünge.

„Also meine Wohnung hat einen Balkon. Ohne die Möglichkeit, mich mit einem Sessel und einem kleinen Tischchen an die frische Luft zu setzen, wäre für mich die Wohnung aus dem Rennen gewesen."

„Also ein Balkon wäre schon mal sehr wünschenswert … Oh, und eine Badewanne!"

Ich nickte nur heftig, da ich den Mund voll hatte.

„Und sie sollte mindestens achtzig Quadratmeter groß sein. Wenn nicht mehr.“

„Was, die Badewanne?“ Ich grinste ihn frech an.

„Na ja, ich hab dir ja bereits erzählt, dass ich Kinder möchte. Und da ist eine große Wanne …“

„Sebastian, Scherzkeks!“

„Okay, okay! Im Ernst, ich will nicht erneut eine Wohnung suchen müssen, wenn es mal so weit ist.“

„Du weißt aber schon, dass du eine Frau dazu brauchst?“

„Kommt Zeit, kommt Rat.“

Ich war ein Dummkopf, schon wieder in seinen Wunden zu bohren. Ich wollte es eigentlich nicht, aber es lag mir als Redakteurin und ehemaliger Studentin der Kommunikationswissenschaften vielleicht im Blut, dass ich genau dort nachhakte, wo es schmerzhaft war. Dort waren die besonders interessanten Geschichten verborgen.

Unsere leeren Vorspeisenteller tauschte der Kellner gegen die Hauptspeise aus. Ein saftiges Filetsteak ließ mir das Wasser im Mund zusammenfließen.

„Und was macht deine Wohnung so besonders? Abgesehen vom Balkon?“ Ob ihn meine Fragerei verletzt hatte, ließ er sich nicht anmerken. Er lächelte mich freundlich an und zeigte nach wie vor Interesse an mir.

„Ich liebe ihre Raumaufteilung. Sie ist klein, aber oho! Einzig eine Badewanne fehlt, aber ansonsten ist sie perfekt.“ Ich zwinkerte ihm zu.

„Klingt danach, als würdest du dich in ihr wohlfühlen.“

„Ja … ich könnte mir nicht vorstellen, sie hergeben zu müssen.“ Ich nippte am Weinglas.

„Und was, wenn du einen Freund hättest, der mit dir zusammenziehen will?“

„Ich … weiß es nicht.“

Und das war die Wahrheit. So weit hatte ich den Faden noch nicht gesponnen. In den letzten Jahren kam keiner meiner Männerbekanntschaften nur annähernd dafür infrage, dank meiner inneren Blockade. In den letzten Jahren war ich immer froh gewesen, meine Wohnung für mich alleine zu haben.

Früher wäre es undenkbar für mich gewesen, alleine zu leben. Schon die Vorstellung, niemanden zum Quatschen in meinen eigenen vier Wänden zu wissen, war der blanke Horror für mich. Schließlich hatte ich zuvor jahrelang mein Kinderzimmer mit meiner Schwester geteilt …

Aber wer weiß, vielleicht war ich auch gar nicht dafür geschaffen, mit jemandem zusammenzuleben? Immerhin stritten Claudia und ich jede freie Minute, und, als sie endlich auszog, wollte ich eigentlich eine Party schmeißen. Nur meine Eltern konnten dies verhindern.

Anschließend kam das Studentenleben, und neben der Unabhängigkeit genoss ich es sehr, auch im Studentenwohnheim nie alleine zu sein. Gegen Ende des Studiums hatte ich mehrmals einen Albtraum, in dem ich im Wohnheim erwachte und es komplett verlassen vorfand. Alleine der Gedanke daran ließ mich heute noch erschaudern – auch, wenn ich inzwischen das Alleinsein in meiner Wohnung genoss.

Jürgen hatte ich kurz vorm Abschluss des Studiums kennengelernt, und verliebt, wie ich zu Beginn war, wollte ich sofort mit ihm zusammenleben. Also hatte ich meinen Krempel gepackt und zog direkt von der Studentenbude zu ihm. Erst als er mir fünf Jahre später den Arschtritt im Brautsalon verpasst hatte, war ich von einem auf den anderen Tag Single und hatte zeitgleich die Nase voll von Beziehungen und allen kitschigen und romantischen Anwandlungen, die damit einhergingen. Wie zum Beispiel das Zusammenziehen.

Ich blinzelte mich wieder aus meinen Gedanken ins Hier und Jetzt. Sebastian wartete geduldig und mit interessierter Miene auf meine Antwort. Ich mochte diesen Ausdruck von Ruhe, den er genau in diesem Moment auf seinem Gesicht hatte.

„Derjenige, der sich tatsächlich traut, vier Wände mit mir zu teilen, müsste sich an eine lila Küche und meine dunkelrosaroten Ohrensessel im Wohnzimmer gewöhnen."

Wieder hatte er diesen ganz besonderen Blick, der jedes Mal ein Kribbeln in mir auslöste. Wie gerne würde ich jetzt wissen wollen, was er dachte!

„Du bist eine sehr … interessante Frau. Ich kenne niemanden, dessen Küche und Wohnzimmer Barbies Zuhause sein könnten, und andererseits mit so viel Tiefsinnigkeit, Witz und … Charme überzeugt."

Da zwinkerte er mir glatt noch zu. Und ich verlor für einen Moment den Faden.

„Komm mich doch mal besuchen."

Was zur Hölle ist denn mit mir los? Hatte ich das jetzt wirklich gesagt? In meiner Wohnung waren bisher nur Marco und Julian gewesen, und wäre der eine nicht mein bester Freund und der andere der Freund meiner besten Freundin, hätte noch kein Mann meine Wohnung betreten. Okay, von Handwerkern mal abgesehen.

„Ja? Meinst du das ernst?"

„Natürlich …" Ich musste mich räuspern, da ich befürchtete … oder hoffte? …, jeden Moment meine Stimme zu verlieren. „Wieso nicht?"

„Und du hättest keine Angst, dass ich über dich herfallen könnte, wenn wir in deiner kleinen Wohnung sind, nur wenige Meter vom Schlafzimmer entfernt?"

Halleluja!

„Müsste ich denn Angst haben?" *Böse Stimme, wieso zitterst du?*

„Niemals."

Alleine sein Grinsen machte mich nervös. Ich wischte meine Handflächen an meiner Jeans ab, als …

„Ich wäre ganz zärtlich, versprochen!"

Spätestens jetzt war es vorbei. Meine Nackenhaare stellten sich bei seinen Worten auf, und Bilder von nackten, sich windenden Körpern schoben sich unangemeldet in meine Gedanken. Und dabei hatte der Abend erst begonnen …

Das Abendessen war wirklich ausgezeichnet, das Ambiente gemütlich und kein bisschen überspitzt. Trotzdem war ich froh, als wir das Separee verließen, uns wieder unter anderen Menschen aufhielten und so etwas Distanz zwischen uns brachten. Meine Nerven waren die ganze Zeit zum Zerreißen gespannt gewesen, und länger hätte ich es vermutlich nicht in seiner knisternden Nähe ausgehalten.

Ein Shuttledienst brachte uns gemeinsam mit drei weiteren Gästen nach unten in die *Hairlounge*. Wir nahmen in den großen Loungesesseln Platz und bestellten uns extrem leckere Cocktails in bunten Farben, garniert mit frischem Obst, die mir das Wasser im Mund zusammenfließen ließen.

„Sag mal, vielleicht hältst du mich gleich für verrückt, aber kommt nur mir das so vor oder sind tatsächlich kaum mehr Gäste im Hotel? Ich komme mir eigenartig vor, so, als ob hier eine Verschwörung stattfindet, da es innerhalb kürzester Zeit total still und ruhig geworden ist."

Ich sog am Strohhalm und senkte den Blick, denn ich kam mir reichlich dämlich bei meiner Frage vor.

Doch Sebastian reagierte souverän. „Das liegt an der Hochzeit."

„Hochzeit?" Fast hätte ich mich verschluckt. „Was für eine Hochzeit?" Meine Stimme war fast schon schrill.

„Na, an diesem Wochenende findet die Hochzeit statt, und sämtliche Hochzeitsgäste sind in dem Hotel untergebracht. Die Anreise ist morgen, und dann wird das Hotel auf einen Schlag wieder voll besetzt sein."

Mir klappte die Kinnlade nach unten. Eine Hochzeit in meinem Hotel – das hatte mir gerade noch gefehlt. Jetzt ging ich schon seit so vielen Jahren jeder Hochzeit aus dem Weg, und nun, wo ich zum Wellnessen hier war … *Verflixt!*

„Das ist doch … Davon hat mir niemand etwas gesagt."

Sebastian sah mich peinlich berührt an, als wäre es seine Schuld. „Tut mir leid."

„Verdammt, ich bin hier, um zu entspannen. Hätte ich Lärm und Trubel haben wollen, wäre ich nicht aufs Land, sondern in eine Stadt zum Shoppen und Party machen."

Ich konnte nicht anders, auch wenn Sebastian mir leidtat, er war schließlich nur der Nachrichtenüberbringer. Doch er schwieg betreten und sprach mich nicht weiter darauf an, worüber ich froh war. Ich wollte nicht darüber nachdenken, was alleine das Wort *Hochzeit* in mir auslöste.

Der Abend war trotz des kurzen Zwischenfalls, der mich etwas aus dem Konzept gebracht hatte, unterhaltsam. Sebastian war ein angenehmer Gesprächspartner. Wir redeten über Gott und die Welt, und mir war nicht eine Sekunde langweilig.

Auch als ich ihm von meinem Beruf erzählte, hing er förmlich an meinen Lippen, hakte interessiert nach, und ich hätte am liebsten eines der Magazine zur Hand gehabt, um ihn die Artikel lesen zu lassen, die ich verfasst hatte.

So etwas war mir bisher noch nie bei einem Mann passiert. Die vielen Kurzzeitabenteuer wussten meist nicht einmal, welchen Beruf ich hatte. Und in Jürgens Augen war es sowieso nie gut genug gewesen, was ich machte. Also hatte ich mir relativ schnell abgewöhnt, von meinem Studium und später von meiner Arbeit zu erzählen.

Irgendwie konnte ich jetzt verstehen, was Jana so an Julian gefiel. Sie hatte mir gerade in der ersten Zeit ziemlich oft vorgeschwärmt, dass er sich für ihr Leben interessierte, was ihr Ex Georg nie getan hatte. Und wenn Marco von Lena erzählte, die Lehrerin war, dann hatte ich das Gefühl, als wäre er bei den Unterrichtsstunden dabei gewesen, so detailgetreu konnte er die Episoden aus ihrer Schule wiedergeben.

Ich genoss die Zeit mit Sebastian. Gestern noch wäre es mir undenkbar gewesen, mich in seiner Gegenwart so wohlzufühlen. Doch je länger ich hier mit ihm saß, mit viel zu geringem Abstand zwischen uns, da die Musik sonst unsere Unterhaltung übertönt hätte, umso schwieriger wurde es für mich, meine längst nicht mehr jugendfreien Gedanken unter Kontrolle zu halten.

Oh Gott, ich durfte ihn mir nicht vorstellen. Nicht an seinen Oberkörper denken, an seine breiten Schultern, an seinen flachen Bauch. Ich schob es auf den Alkohol, dass mir allein der Gedanke an nackte Haut direkt in den Unterleib fuhr. Oder vielleicht war der letzte Sex einfach zu lange her? Ich rechnete nach – drei Wochen … Das war doch noch völlig im Rahmen, oder?

Ich blickte ihm in seine Augen, die so warm und braun waren wie frischgebackenes Brot. Die kleinen goldenen Honigtupfer darauf hielten meinen Blick gefangen, und ich fühlte mich wie hypnotisiert.

„Tut mir leid, ich sehe schon, ich langweile dich mit den Geschichten über meine Exfreundin. Es ist auch wirklich kein Thema, über das man sich an seinem ersten Date unterhalten sollte."

„Äh … wie bitte?" Ich blinzelte, konnte mich nur schwer auf seine Worte konzentrieren, wusste aber, dass ich etwas Wichtiges versäumt hatte. Verdammt …

Sebastian schmunzelte. „Nicht so wichtig … Was hältst du von einem weiteren Cocktail? Und dann muss ich tanzen. Ich kann jetzt schon kaum mehr still sitzen."

Ein Mann, der freiwillig tanzen will? Sachen gibt's, die gibt's nicht …

„Das klingt auf jeden Fall vernünftig. Ich nehme einen *Sex on the Beach …*"

„Ich bin dabei …"

Bildete ich es mir nur ein, oder wirkte sein Grinsen tatsächlich anzüglich? Zum ersten Mal heute Abend war ich froh, dass die Beleuchtung eher dämmrig war und er so nicht sehen konnte, wie sehr mich seine drei Worte aus dem Konzept brachten. Ich hätte wohl eher ein kühles Eiswasser bestellen sollen …

Wir wechselten von den Loungesesseln zu den Stehtischen. Die Musik war genau nach meinem Geschmack. Lässige Beats animierten zum Tanzen, und die Passagen des Saxophons fuhren direkt in mein Gehirn, wo sie eine Ausschüttung an Glückshormonen auslösten.

Der eiskalte Cocktail schmeckte fast wie jener *Sex on the Beach*, den ich vor acht Jahren auf Ibiza an der Strandbar getrunken hatte. Die Reise damals war für mich der Startschuss zum Alleinsein gewesen. Die bereits gebuchte Hochzeitsreise konnte ich nicht stornieren, also flog ich mit Claudia in das Land, in das Hotel, in dem ich die romantischsten Tage meines Lebens hätte verbringen sollen. Zu meinem Glück war das Hotelpersonal sehr entgegenkommend, und ich konnte die Hochzeitssuite noch gegen ein Standardzimmer tauschen. Ich erhielt sogar die Differenz ohne zusätzliche Kosten zurück.

Ich war froh, dass meine Schwester so kurzfristig Urlaub bekommen hatte, um mich zu begleiten. Denn sie war die Einzige, die damals dafür infrage kam.

Während der Beziehung mit Jürgen hatte ich alle Kontakte zu meinen bisherigen Freunden aufgegeben. Seiner Meinung nach waren sie alle ignorant und selbstverliebt und würden sich nur dann bei mir melden, wenn sie etwas brauchten. Ich glaubte ihm, ich glaubte ihm alles, was er sagte. Dass ich ein naives Blondchen wäre, zum Beispiel. Dass ich mit meinem Studium höchstens in einer kleinen Firma als Texterin arbeiten könnte. Er war Handelsvertreter, und wenn er eines konnte, dann überzeugen. Keinen einzigen Moment zweifelte ich seine Worte an, bis zu dem einen Tag knapp vier Wochen vor der Hochzeit.

Ich wollte das Beste aus dem Urlaub machen. Claudia war wirklich geduldig und versuchte, mich zu trösten und aufzubauen. Nach dem dritten Tag beschloss ich für mich, dass Jürgen es nicht wert war, dass ich weiter litt. Ich wollte mich an ihm rächen. Und ein kleines bisschen wollte ich mir selbst beweisen, dass ich begehrenswert war. Dass ich keine dürre Bohnenstange war, die darüber glücklich sein musste, zumindest *einen* Mann gefunden zu haben, der sich für sie interessierte. Ich hatte auf Teufel komm raus geflirtet und nichts anbrennen lassen. Und genau in diesen zwei Wochen auf Ibiza war ich mir zum ersten Mal meiner Wirkung auf Männer bewusst geworden.

Ich schloss meine Augen und ließ mich – leicht berauscht – von der Musik treiben. Sanft bewegte ich meine Hüften zur Musik, ließ mich vom Rhythmus führen. So viele Jahre waren in der Zwischenzeit vergangen, und ich schauderte bei dem Gedanken daran, was mich die Verwandlung von einem unsicheren, hageren Mädchen zu einem verführerischen Vamp gekostet hatte: nämlich die Eigenschaft, aufrichtig zu lieben. Oder Liebe zuzulassen. Eine Bindung einzugehen. Die Gefahr zuzulassen, verletzt zu werden. Und nein, das war es nicht wert gewesen. Zumindest nicht aus heutiger Sicht. Wobei, wer weiß, was aus mir geworden wäre, wenn ich in Selbstmitleid versunken wäre …

Ich spürte einen Körper dicht hinter mir und hatte sofort Sebastians unvergleichlichen Duft in der Nase. Seine Bewegungen passten sich meinen perfekt an, und ich verspürte das Bedürfnis, mich an ihn zu schmiegen. Ich ließ meine Augen geschlossen, und mit einem Lächeln auf den Lippen begrüßte ich das Kribbeln in mir, das er jedes Mal in mir auslöste, sobald wir uns berührten.

Als sein warmer Atem meine Wange streifte, konnte ich mich kaum zurückhalten, mich nicht sofort umzudrehen und ihn zu küssen. Was zog mich nur so an ihm an? Ich wusste es nicht. Er war nicht mein Typ, war keiner meiner üblichen Schönlinge. Er hatte einfach … das gewisse Etwas, das mich berührte. Das Besondere, Männliche, das auch animalische Gelüste in mir weckte. Ich wollte mich an ihn schmiegen, da ich wusste, dass ich mich bei ihm sicher und geborgen fühlen würde. Und, was ihm hoch anzurechnen war, er ertrug meine miese Laune, und das bereits seit Tagen.

Wir wiegten uns im Takt, und bald hatte ich vergessen, wo ich war. Es gab nur mehr uns beide, und ich fühlte mich so wohl wie … vermutlich noch nie in meinem Leben. Ich fühlte mich, als wäre ich angekommen.

Ich dachte an meine Wohnung und stellte mir Sebastian darin vor. Und das Bild, das ich vor Augen hatte, fühlte sich an, als ob es immer schon so gewesen wäre. Wie er in meinem Wohnzimmer saß, auf einem der pinken Ohrensessel, mit Jeans und T-Shirt, barfuß, mit Dreitagebart. Seine Beine hatte er lässig auf dem Hocker davor gelegt, und in seinen Händen hielt er eines der Magazine, für die ich schrieb. Er las einen meiner Texte, und seine Augen funkelten mich stolz an. Das Glück, das ich in seinem Blick erkennen konnte, machte sich in meinem Bauch in Form von Schmetterlingen breit. Sie flatterten ein wildes Hin und Her, und das Einzige, das mir einfiel, um ihren Rausch zu besänftigen, war, meinem eigenen Durst nachzugeben.

Also tat ich das einzig Sinnvolle – ich drehte mich zu ihm um. Sein Blick war verschleiert, vermutlich genauso wie meiner. Er war mit Garantie genauso angetrunken wie ich, doch er sah mich außerdem gierig und voll Sehnsucht an.

Mein Blick glitt über sein Gesicht und blieb an seinen vollen Lippen hängen. Als er sich mit seiner Zunge darüber leckte, konnte ich nicht mehr länger die Distanz zwischen uns aufrechterhalten. Als würde mein Mund von seinem magisch angezogen werden, näherten sich unsere Lippen. Mein Herzschlag hatte sich in der Zwischenzeit verdreifacht. Alles, was ich wollte, war seinen Mund auf meinem, und, als sich unsere Lippen endlich berührten, küssten wir uns, als würden wir ohne den anderen verdursten, verhungern, ersticken …

Ich presste mich an seinen Körper, ließ meine Hände seinen kräftigen Rücken erkunden. Sebastian hatte eine Hand in meinem Nacken, mit der anderen drückte er mich ebenfalls an sich. Er wollte mich in diesem Moment – das fühlte ich ganz deutlich – genauso sehr wie ich ihn.

Unsere Umgebung rückte in den Hintergrund, spielte keine Rolle mehr. Es gab nur noch uns beide und die Leidenschaft, die unsere Küsse nur noch mehr anfachten. Mein Vorhaben, mein Leben zu ändern, mich nicht auf das nächste Abenteuer einzulassen, geriet gefährlich ins Schwanken. Doch ich wusste, es gab kein Zurück. Alles, was ich in diesem Moment wollte, war er. Sein Duft, seine markante Kinnpartie, das Grübchen, seine kurzen, stacheligen Haare … Ich wollte wissen, wie sich sein Körper auf meinem anfühlen würde, und ich ahnte, dass es mit nichts zuvor vergleichbar sein würde.

Schwer atmend und nur mit Widerwillen brachten wir wieder etwas Distanz zwischen uns. Ich wollte nicht aufhören, doch ich wusste genau, wo es enden würde, wenn wir jetzt nicht unterbrechen würden. Als kleinen Trost ließ ich meine Hände etwas länger als nötig auf seinen Unterarmen ruhen.

Mit einem letzten intensiven Blick in seine Augen und einem tiefen Seufzer drehte ich mich wieder unserem Tisch zu. Ich hatte Durst, doch ich wollte seinen Geschmack noch etwas behalten. Ich wollte das herrlich prickelnde Gefühl seiner Lippen auf meinen noch eine Weile genießen. Also hielt ich mich vorerst nur am Glas fest. Auch aus Sicherheit, denn ich hatte Angst, meine Knie würden nachgeben.

„Also das war …“

„Tut mir leid, ich hab keine Ahnung, was eben in mich gefahren ist. Das muss wohl am Alkohol liegen. Vergiss am besten, was passiert ist. Wir sollten vielleicht einfach zurück ins Hotel. Schlafen wird mir guttun, ich hab vermutlich zu viel getrunken."

Ich plapperte. Aber es war mir egal. Ich war verwirrt, und irgendwie war mir mein Überfall sogar ein bisschen peinlich. Schließlich hatte ich Sebastian vor nicht allzu langer Zeit noch anvertraut, weshalb ich Auszeit vom Alltag brauchte. Und dann fiel ich ihm kurz darauf so um den Hals … oder besser gesagt auf den Mund.

Er lächelte mich mit verschwommenem Blick an (oder war es nur mein Blick, der verschwommen war?), ehe er mir antwortete. „Ich werde mal kurz nach draußen gehen und uns ein Taxi rufen. Du läufst mir doch in der Zwischenzeit nicht davon, oder?"

Ich schüttelte nur den Kopf und sah ihm hinterher, als er die Tür ansteuerte. Sprachlos, benommen, berauscht. *Verdammt, was passiert hier mit mir?* Ich war komplett durch den Wind. Ich hatte das bisher alles für einen Mythos gehalten, hatte vor Monaten Jana milde belächelt, als sie mir von ihren Gefühlen erzählte, die sie bei Julian empfand. Und jetzt?

Jetzt saß ich hier, doof grinsend wie ein Teenager, mit einem unglaublichen Kribbeln im Bauch, und konnte es kaum erwarten, ihn wiederzusehen. Am liebsten wäre ich ihm hinterhergerannt. Wie bescheuert war das denn? Er ging ja nur nach draußen, um uns ein Taxi zu organisieren, und nicht ans andere Ende der Welt. Ich würde ihn in maximal fünf Minuten wiedersehen. Nicht in zwei Jahren …

„Komm, Isabella, das Taxi wartet schon."

Sebastian riss mich aus meinen Gedanken.

Holy Shit, wir fahren zurück ins Hotel. Wo unsere Zimmer direkt nebeneinanderliegen. Was, wenn wir … Nein! Ich darf nicht. Ich sollte doch nicht …

Und was, wenn doch? War es bei ihm anders? Natürlich war es das, oder? Aber ich kannte ihn nicht. Was wusste ich schon über ihn? Das mit uns beiden hatte keine Zukunft, immerhin wusste er noch nicht einmal, wo er nach diesem Wochenende wohnen würde …

Nein, ich werde garantiert nicht mit ihm schlafen, ich werde meinen Prinzipien treu bleiben. Und ich werde garantiert einen Therapeuten aufsuchen, sobald ich daheim bin, denn ich brauche definitiv Hilfe.

Was für ein Irrsinn!

Sebastian zwinkerte mir zu und griff nach meiner Hand. Ich schnappte meinen Mantel und folgte ihm mit Herzklopfen zum Ausgang.

8. Mein Zimmer – Sein Zimmer

Es hatte zu schneien begonnen. Dicke Flocken fielen vom Himmel, und die Straße war bereits kaum mehr zu sehen. Ich war froh, dass es das Taxi bis zum Hotel geschafft hatte, und war fasziniert von den Schneemassen, die in dieser Menge in Linz nur äußerst selten zu sehen waren. Auf dem großen Parkplatz vor dem Hotel stiegen wir aus dem Taxi.

Der Alkohol schien sich in meinem Kopf noch einmal zu verdichten, als wir an die frische Luft kamen. Um mich drehte sich alles, und ich war froh, nicht weit laufen zu müssen. Ich hakte mich bei Sebastian unter.

Doch mit einem Schlag war ich wieder nüchtern. „Verdammte Scheiße, ich Idiotin hab meine Tasche vergessen."

„Im Auto?"

„In der *Hairlounge*!"

Panik stieg in mir auf. Mein Handy, meine Geldtasche inklusive Führerschein, Bankomat- und Kreditkarten befanden sich darin, ebenso mein Schlüsselbund. Und mein Zimmerschlüssel! Ich dumme Nuss, das hatte ich nun davon, zu viel Alkohol und dann noch daran gedacht, mit ihm zu schlafen. Kleine Sünden werden eben sofort bestraft, hatte meine Oma schon immer gesagt. Vielleicht gab es den da oben ja doch …

„Ich ruf sofort an." Sebastian griff nach seinem Handy und telefonierte kurz. „Okay, da haben wir noch einmal Glück gehabt. Wir rufen uns noch mal ein Taxi und holen sie sofort ab … Aha. Kann man da nix mehr machen? … Mhm. Danke!"

Das klang ja grundsätzlich nicht so schlimm. Ich merkte, wie ich wieder etwas Farbe im Gesicht bekam.

„Sie ist also noch da?"

Sebastian nickte. „Der Kellner hat sie gefunden, gleich nachdem wir gegangen waren. Er ist uns nach, aber das Taxi war bereits losgefahren. Wir können morgen jederzeit vorbeischauen und sie abholen."

„Gott sei Dank! Für diese Art von Action bin ich heute nicht mehr zu haben."

Puh … Ich presste meine Hand auf meine Brust, unter der mein Herz immer noch wie irre raste.

„Aber … Moment mal …" Erst jetzt wurde mir bewusst, was das bedeutete. „Wieso erst morgen? Wie komme ich jetzt in mein Zimmer? Können wir die Tasche nicht heute noch holen?"

Doch Sebastian schüttelte den Kopf. „Nein, die Bar hat schon geschlossen. Der Kellner meinte, wir sollen morgen kommen. Ist ja nicht so schlimm, deine Tasche ist in Sicherheit, das ist das Wichtigste. Komm, gehen wir erst mal rein, du bekommst sicher bei der Rezeption einen Ersatzschlüssel."

Doch diese war, aus welchem Grund auch immer, selbst nach fünfzehn Minuten Wartezeit nicht besetzt.

Sebastian schaute mich an. „Also ich hab keine Ahnung, ob da heute noch jemand auftaucht, aber ich bin hundemüde.

Ohne irgendwelche Hintergedanken schlage ich vor, dass du heute Nacht bei mir schläfst."

„Nein!" Okay, das war etwas zu panisch. „Ähm … ich meine … ich kann ja auch alleine hier in der Lobby warten und …"

„Das kommt überhaupt nicht in die Tüte, Isabella. Ich werde auf der Couch schlafen, und du kannst dich in mein Bett legen. Oder ich lege mich auf den Boden … Aber ich lass dich auf keinen Fall alleine hier unten."

Mit diesen Worten griff Sebastian nach meiner Hand und marschierte in Richtung Stiegenhaus. Da ich kein Gegenargument mehr hatte, ließ ich es geschehen.

Sein Zimmer sah fast genauso aus wie meines, nur spiegelverkehrt. Ich fand diese Tatsache etwas verwirrend, doch ich war zu müde, um darüber mit mir selbst zu philosophieren. Außerdem war ich nervös. Tierisch nervös.

Auch Sebastian schien etwas unsicher zu sein. Er räumte einige Kleidungsstücke vom Bett und deutete anschließend darauf. „Hier kannst du schlafen, diese Seite ist unbenutzt. Also … Ich meine, ich schlafe hier drüben … also nicht heute Nacht, aber normalerweise. Du kannst dich also hier hinlegen."

Verlegen kratzte er sich am Kopf und drehte sich etwas planlos im Kreis. „Ich habe eine zweite Zahnbürste mit, die ist noch verpackt. Und ich gebe dir eins meiner T-Shirts, in dem du schlafen kannst."

Er drückte mir beide Dinge in die Hand. „Ich … schlage vor, du gehst zuerst ins Bad, und ich richte mir in der Zwischenzeit meinen Schlafplatz."

Ich nickte kurz. Dann huschte ich ins Bad und lehnte mich von innen gegen die Tür. Mein Atem ging schnell, ich war mit der Situation leicht überfordert. Wie sollte ich bitte meinen neuen Prinzipien treu bleiben, wenn ich jetzt in seinem Zimmer war? Wenn ich gezwungen war, in seinem Bett zu übernachten! Ich sah Jana förmlich vor mir, die sich kaputtlachen würde über mich und die schräge Situation.

Mechanisch putzte ich mir die Zähne und hielt die Luft an, als ich mir sein T-Shirt überzog. Doch das war zwecklos, denn sein unverwechselbarer Geruch drang in meine Nase und brachte mich noch mehr aus dem Konzept. Ein letztes Mal atmete ich tief durch, bevor ich mich zurück in die Höhle des Löwen wagte.

Sebastian stand mit dem Rücken zu mir und wühlte in einer großen Tasche. Ich nutzte die Gelegenheit und schlüpfte unter die Decke. Das Rascheln des gestärkten Stoffes machte ihn auf mich aufmerksam, und mit einem Lächeln auf den Lippen drehte er sich um.

„Ich bin fertig. Das Bad ist frei …“ Ich räusperte mich verlegen, und Sebastian verschwand wortlos hinter der Tür.

Seine Decke und das Kissen hatte er auf die Couch gelegt, wobei ich mir bei näherer Betrachtung nicht vorstellen konnte, wie er auf dem schmalen Möbelstück nur annähernd gut schlafen würde.

Ich löschte das Deckenlicht. Nur noch eine kleine Lampe über der Couch erhellte den Raum. Die Decke zog ich mir bis zur Nase und schloss meine Augen. Auch wenn er behauptete, er hätte nie auf dieser Seite des Bettes geschlafen … Sein Duft war hier so präsent, als läge er neben mir im Bett. Wie sollte ich so in dieser Nacht Ruhe finden?

In mir begann es wieder zu kribbeln, und ich musste grinsen. Wie absurd war diese Situation, bitte? So etwas konnte doch nur mir passieren, oder? Selbst wenn ich nicht vorhatte, mit ihm im Bett zu landen, so lag ich jetzt doch darin. Ich kicherte albern.

„Was ist so lustig?“ Seine Stimme ließ mich hochschrecken.

„Die Situation … Jetzt liege ich hier in deinem Bett. Ich meine, wie schräg ist das denn?“

„Ja … mit diesem Ausgang hatten wir wohl beide nicht gerechnet …“

Aber darauf gehofft. Mir lagen die Worte auf den Lippen, doch ich biss mir auf die Zunge, damit sie auf keinen Fall meinen betrunkenen Mund verließen. Seinem Blick nach zu urteilen, wollte wohl auch er etwas Ähnliches hinzufügen. Ohne jeden Zweifel.

„Also dann … wünsch ich dir eine gute Nacht.“

„Ich dir auch.“ Ein *Schlaf gut* kam mir dann doch wie Hohn vor, wenn ich an die schmale, viel zu kurze Couch dachte. Er löschte das Licht und rollte sich auf ihr zusammen. Die Knie standen über, mit dem Kopf und den Füßen berührte er die Armlehnen. Er stöhnte auf, drehte sich auf den Rücken und ließ seine Beine angewinkelt. Und streckte die Beine aus, die dann weit über die Armlehne hingen.

Ich wollte wirklich schlafen, machte meine Augen zu, doch kaum hatte ich sie geschlossen, sah ich Sebastian mit dem hautengen T-Shirt sowie seinen Boxershorts vor mir, so, wie er vorhin das Bad verlassen hatte. Ich vernahm einen tiefen Seufzer aus seiner Richtung, und seine Bettdecke raschelte, als er erneut versuchte, bequem zu liegen.

„Wieso bist du eigentlich alleine hier? Ich meine, fahren Frauen denn nicht mit ihrer Freundin wellnessen? Oder mit ihrem Freund? Oder Ehemann?“

„Ach komm schon, das Thema hatten wir doch bereits. Ich bin nicht verheiratet und …“

„Ich weiß, das war auch nur ganz pauschal gesagt.“

„Mhm, pauschal also …“ Ich drehte mich ihm zu und schlang mein Bein um die Decke. „Es tut mir, denke ich, ganz gut, dass ich mal alleine bin. So kann ich mir am besten über mich und mein Leben Gedanken machen.“

„Ach ja … die Torschlusspanik!“

Ich konnte sein freches Grinsen beinahe sehen.

„Du bist schon wieder unheimlich nett zu mir, weißt du das? Das ist auch der Grund, weshalb *du* auf der Couch liegst und nicht ich …“

„Anders hätte ich es gar nicht zugelassen. Also … wieso hast du keinen festen Freund? Neulich in der *Hairlounge* bist du nicht mehr näher darauf eingegangen, als ich meinte, die Männer würden bei dir Schlange stehen.“

„Was hätte ich auch darauf sagen sollen?“

„Die Wahrheit?“

„Du willst also hören, dass ich seit Jahren Single bin?“

„Bist du es denn?“

„Nun … in gewisser Weise … ja. Meine letzte … längere Beziehung ist gut acht Jahre her.“

Ich lauschte in Sebastians Richtung. Ich hörte ihn atmen, aber sosehr ich meine Augen auch zusammenkniff, ich konnte nicht mehr als seine Silhouette erkennen.

„Also sind ausschließlich One-Night-Stands für dich die Alternative?“

Autsch! Hörte ich da wieder Verachtung in seiner Stimme?

Obwohl ich wusste, dass manche Menschen so über mich dachten, schmerzte es. Bei Sebastian dreimal mehr als bei jedem anderen. Wie hatte ich nur denken können, dass er als Mann mich verstehen würde?

Ich räusperte mich.

„Siehst du – genau *das* muss sich ändern. Wie soll ich je den Mann fürs Leben finden, wenn alle in mir nur die Frau für eine Nacht sehen?“

Meine Antwort kam nur langsam und flüsternd über meine Lippen, meine Kehle war vor Scham und Wut wie zugeschnürt.

„So hatte ich das nicht gemeint“, antwortete er bestimmt, und ich war verwirrt.

„Sondern?“

„Ich wollte nur wissen, ob denn eine feste Beziehung für dich gar nicht mehr infrage kommt. Ich wollte nicht sagen, dass du auf mich wirkst wie eine, der egal ist, mit wem sie schläft."

„Oh …" Das war doch gut, oder? Zumindest war mein Ruf nicht komplett im Eimer. Andererseits kannte mich Sebastian erst seit wenigen Tagen, und ich wusste nicht, was andere Leute in meinem täglichen Umfeld von mir dachten … Was im Moment allerdings auch reichlich egal war.

„Aber du hast … dich schon ausgelebt?"

War ihm meine Beichte auf dem Panoramaturm noch nicht genug? Oder versuchte er immer noch, zu verstehen?

„Das habe ich dir doch schon auf dem Turm erzählt." Ich knetete die Bettdecke zwischen meinen Fingern. „Ich habe nicht mit jedem Typen Sex gehabt, wenn du das denkst!"

Aber ich lasse … ließ … trotzdem nichts anbrennen.

Ich nagte an meiner Wangeninnenseite und spürte eine Träne der Scham in meinem Augenwinkel. Die musste wohl der Alkohol ausgelöst haben.

Sebastian ließ sich Zeit mit seiner Antwort. Er schien die Worte wohl genau abzuwägen, und ich vermutete, dass ihn die Thematik nicht kaltließ.

„Ich denke, du bist eine Frau, die Sex liebt. Aber ich denke auch, dass du sehr wohl deine Prinzipien hast. Du bist niveauvoll und intelligent und genießt deine Ungebundenheit in vollen Zügen. Was man dir ja nicht verübeln kann. Würde ich an deiner Stelle vermutlich nicht anders machen …"

Seine Worte beruhigten mich etwas, auch wenn ich merkte, wie er sich bemühte, mich nicht wieder in den Topf zu schmeißen, in dem alle Frauen „schlecht" waren, die ein buntes Sexleben hatten. Vielleicht machte ich mich aber auch einfach nur schlechter, als ich war …

Ein tiefes Seufzen kam über meine Lippen. Dieses Gerede über Sex trug nicht wirklich dazu bei, um in den Schlaf zu finden. Im Gegenteil, ich fühlte mich aufgewühlt und sehnte mich plötzlich nach Nähe. Ich versuchte, mich zu konzentrieren und mich nicht von den unvermittelt aufkommenden Hormonstürmen mitreißen zu lassen. Also griff ich das Thema noch einmal von der anderen Seite auf.

„Nur ändert es nichts daran, dass ich mein Leben wieder in den Griff bekommen muss … Du weißt schon – Torschlusspanik."

Schemenhaft konnte ich erkennen, dass Sebastian sich aufsetzte und auf sein Kissen lehnte, das er sich auf den Schoß zog.

„Ich weiß, ich hab leicht reden. Ich bin ein Mann, bei dem die Zeit nicht so eine ausschlaggebende Rolle spielt wie bei euch Frauen. Aber ich denke, dass du dir keine Sorgen machen musst, jemand Passenden zu finden. Der Richtige kommt auch für dich, wenn deine Zeit reif ist, Isabella."

Wenn seine Worte nur wahr wären … Ich murmelte ein müdes „Mhm …" und gähnte.

„Dann schlaf schön, Isabella."

Ich grummelte etwas vor mich hin und drehte mich auf die andere Seite. Aus Sebastians Richtung vernahm ich wieder das Rascheln der Bettdecke. Genervt seufzte er und schien auf das Kissen einzuboxen und die Decke mit den Beinen zu bearbeiten.

„Ach, komm schon, das ist doch idiotisch."

Ich setzte mich auf und starrte durch die Finsternis in seine Richtung. „Leg dich ins Bett, ich kann nicht schlafen, wenn ich die ganze Nacht höre, wie du dich auf dem unbequemen Sofa hin und her wälzt. Und du machst dort sowieso kein Auge zu."

Ich klopfte auf die leere Seite neben mir. „Wir sind doch zwei erwachsene Menschen, oder? Wir können wohl in einem Bett liegen, ohne übereinander herzufallen …"

Böser Alkohol! Als ich die Worte aussprach, war ich mir nicht mehr so sicher, ob es mir tatsächlich so leichtfallen würde, mich daran zu halten.

Sebastian erwiderte nichts. Ich dachte schon, er wäre eingeschlafen, doch kurz darauf nahm er meinen Vorschlag schweigend an und legte sich in die andere Betthälfte. Ich konnte ihn im finsteren Raum nur schemenhaft erkennen, doch sein naher Duft machte mich wahnsinnig. Verzweifelt schloss ich die Augen und presste mir die Decke an die Nase.

Das hast du ja sehr schlau angestellt, Isa, wie sollst du so schlafen?

Ich versuchte, mich abzulenken, an die Arbeit zu denken, die ab Montag wieder auf mich wartete. Steif lag ich auf dem Rücken und starrte an die Decke. Ich dachte an Jana und Julian, die vermutlich gerade in diesem Moment … Verdammt! Schlechte Gedanken! Ich lauschte erneut Sebastians Atem und merkte, wie sich mein ganzer Körper anspannte. Er lag vielleicht eine Armlänge von mir entfernt. Würde ich meine Hand nach ihm ausstrecken, ich würde ihn berühren …

„Was hältst du davon, wenn du mit mir auf die Hochzeit gehst?" Er sprach zwar leise, aber seine tiefe Stimme und vor allem das Wort „Hochzeit" schreckten mich aus meinen Gedanken hoch.

„Wie bitte?" Ich setzte mich auf und versuchte, Sebastian in der Dunkelheit zu erkennen.

„Welche Hochzeit?"

„Na, morgen. Hier. Im Hotel."

„Wir können doch nicht einfach auf eine fremde Hochzeit gehen …"

„Wieso fremd? Ich stelle dich Florian vor und …"

„Moment mal … Florian? Dein Bruder? Dein Bruder heiratet morgen Abend hier im Hotel, und du findest es nicht der Mühe wert, es einmal zu erwähnen?"

„Ich dachte, das hätte ich?"

Hatte er? Nein, ich konnte mich nicht daran erinnern. Aber ich war zu müde, um zu diskutieren. Ich ließ mich wieder zurück aufs Kissen fallen und atmete tief aus. Dieser Mann machte mich fertig.

„Ist das jetzt ein Ja? Oder muss ich doch … alleine hin?“ Sebastian hatte sich auf seinem Unterarm aufgestützt, sodass jetzt er auf mich hinabblickte. Und er war mir dabei verdammt nahe. Fast zu nahe. Das Blut rauschte in meinen Ohren, und das Kribbeln in mir breitete sich weiter aus.

„Von mir aus.“ *Isa!* Ich wusste nicht mehr, was ich sagte. Das musste auch am Alkohol liegen. Oder an der Tatsache, dass ich seine Körperwärme schon spüren konnte. Er lag eindeutig viel zu nahe neben mir. Nur mit T-Shirt und Boxershorts bekleidet. Oh Gott, worauf hatte ich mich da bloß eingelassen?

Ich war mir sicher, dass ich es morgen bereuen würde. Dass ich hier neben ihm lag und ich tatsächlich zugesagt hatte, ihn auf eine Hochzeit zu begleiten. Das war doch verrückt, oder?

„Danke, Isabella. Du rettest meinen Tag. Da hast du auf jeden Fall was gut bei mir …“

Es war vielleicht einfach nur freundschaftlich gemeint, als er sich zu mir herabsenkte und mir einen Kuss auf die Wange gab. Doch er entfernte sich nicht so schnell, wie er sich meinem Gesicht genähert hatte. Er blieb ganz knapp über meinem, schloss die Augen und atmete tief ein.

„Weißt du eigentlich, wie gut du riechst?“

Ich lag da, bewegungsunfähig. Denn ich traute mir selbst nicht mehr. Hatte er denn eine Ahnung davon, wie gut *er* roch? Am liebsten hätte ich ihn festgehalten, mich an ihn gepresst und meine Nase an seiner Brust vergraben, da ich den Geruch nie mehr verlieren wollte. Ich wollte ihn küssen, noch mehr als zuvor, wollte mit meinen Fingern durch seine Haare fahren, ihn festhalten, an mich pressen. Ich wollte seine Haut küssen, seinen Geruch in mich aufsaugen und in meinen Gedanken verewigen. Ich wollte wissen, wie er sich anfühlte, wie er schmeckte und wie er aussah, wenn er …

„Ich schlafe auf der Couch …“

Ich keuchte vor Panik und Aufgewühltsein, wand mich unter ihm hervor, schnappte Kissen und Decke und wollte bereits aufstehen, als ich seine kräftige Hand an meinem Oberarm spürte.

„Bella …"

„Lass mich los … und nenn mich nicht immer so … Ich bin Isa! Schreib dir das hinter deine Ohren! Weder Isabella noch Bella … Ich hasse meinen Namen, und ich bin auch nicht die Twilight-Tante!"

Inzwischen überschlug sich meine Stimme beinahe, und ich hatte das Gefühl, gleich durchzudrehen. Es wurde einfach alles zu viel für mich. Die Erregung, die seine Nähe in mir auslöste. Die überraschende Hochzeitseinladung, die Tatsache, dass er mich gerade in dem Moment „Bella" nannte, und die damit einhergehende Konfrontation mit meiner Vergangenheit. Viel zu oft in den letzten Tagen kam die Erinnerung, obwohl ich sie eigentlich endgültig verbannen wollte. Wieder einmal.

Wunderte ich mich wirklich? Sebastian tat genau das Gegenteil von dem, was ich von ihm verlangte. Denn er saß plötzlich neben mir und hatte seine Hände an meine Oberarme gelegt. Er hielt mich fest, bestimmt, aber ohne mir dabei wehzutun. Und er sah mir in dem schwachen Licht, das der Mond durch die halbherzig zugezogenen Vorhänge warf, in die Augen.

„Ich möchte dich aber nicht Isa nennen, denn ich finde, dass dieser Name nicht zu dir passt. Also … sagst du mir endlich den Grund, weshalb du darauf bestehst und deinen schönen Namen ablehnst?"

Langsam schüttelte ich den Kopf und schob trotzig die Unterlippe vor.

„Du bist ganz schön stur, weißt du das?"

Verschmitzt grinste Sebastian mich an, bevor er wieder auf seine Seite des Bettes zurückrutschte. „Na, komm schon …" Er klopfte beherzt auf die freie Stelle neben ihm. „Leg dich wieder her. Auf dem Sofa liegst du nicht bequem. Vertrau mir, ich weiß, wovon ich spreche."

Jetzt musste auch ich schmunzeln. Und vermutlich hatte er recht, denn schließlich war ich auch kein kleiner Mensch. Kapitulierend warf ich das Kissen wieder an seinen Platz und legte mich neben Sebastian. Ich rollte mich in die Decke ein. Mein Gesicht war ihm zugewandt, und erneut rang ich mit mir, ihn nicht zu berühren. Wieso kam ich einfach nicht aus dieser … verzwickten Situation raus? Wieso gab es für mich kein Entkommen? Jedes Mal, wenn ich Abstand suchte, fand ich mich kurz darauf in seiner Nähe wieder, die mich so sehr um den Verstand brachte.

Geräuschvoll stieß ich den Atem aus. Ich wollte es ihm ja erzählen. Und mein Verhalten war mehr als kindisch. Also tat ich es. Ich war froh, dass es so dunkel war, sodass Sebastian vermutlich mein Gesicht nicht genau erkennen konnte, wenn … Ich wusste nicht, wie ich heute, hier und jetzt mit der Geschichte umgehen würde.

9. Isa...bella

„Also mal vorweg: Ich hab das alles zuletzt vor Jahren meiner besten Freundin erzählt. Außer ihr und meiner Familie kennt niemand die Geschichte, und … dementsprechend schwer fällt es mir, darüber zu sprechen."

„Es ist okay … Du musst es mir nicht erzählen, wenn du nicht möchtest."

„Vielleicht sollte ich es aber tun. Es ist jetzt womöglich für dich nicht so dramatisch, wie es für mich war … und ist. Also bitte, lach mich nicht aus und spar dir die blöden Kommentare."

„Ich bin ein humorvoller Mensch und mache gerne Scherze. Manchmal auch auf Kosten anderer. Aber ich weiß, wo die

Grenzen liegen. Und ich würde nie etwas tun, das dich verletzen könnte."

Zärtlich streichelte er mir dabei über meine Wange, und ich brauchte einen Moment, ehe ich zu erzählen anfing.

„Für meine Eltern bin ich Isabella. Sie haben mich noch nie Isa genannt, obwohl mich alle so rufen und ich sie mehrmals darum gebeten habe. Da das Verhältnis zu ihnen eher … kompliziert ist, muss ich, denke ich, nicht näher darauf eingehen, weshalb mir mein Vorname nicht besonders gefällt."

„Okay. Das verstehe ich. Und was ist mit Bella?"

„So nannte mich mein Ex, Jürgen. Ihn lernte ich während meines Studiums der Kommunikationswissenschaften in Salzburg kennen. Er war sozusagen ein Meister seines Faches, wenn es darum ging, andere zu manipulieren. Und ich war damals jung, einfältig, formbar und betete ihn an. Für mich war er das Zentrum meines Universums, und ich hätte seine Worte nie angezweifelt."

Je häufiger ich mich zurückerinnerte, umso unverständlicher wurde mir mein Verhalten. *Du warst vielleicht blöd, Isa!*

„Als ich mein Studium erfolgreich beendet hatte, zog ich zu ihm in die Wohnung. Wir waren damals ein knappes halbes Jahr ein Paar. Er gab den Ton an, bestimmte, wann wir was wie machten. Was ich wollte, interessierte ihn nicht. Was ich tat, war in seinen Augen nichts wert. Und ich wollte ihm gefallen, deshalb stellte ich meine Wünsche zurück und handelte nur nach seinen Vorgaben, war wie seine Marionette. Ich machte mich komplett abhängig von ihm und gab meine Selbstständigkeit vollständig auf. Heute frag ich mich, was damals in mich gefahren war, doch ich war verliebt und jung und … so dumm."

„Was war mit deiner Familie? Sind die hinter deiner Entscheidung gestanden? Ich meine … die müssen ja gemerkt haben, dass er dich komplett im Griff hatte und wie du dich verändert hast, oder?"

„Na ja, zu meinen Eltern hatte ich damals schon keinen sehr guten Draht. Mein Vater wollte unbedingt, dass ich Anwältin werde ..."

Ich musste grinsen, und Sebastian lachte laut auf.

„Du weißt schon, dass das sehr ... unheimlich ist, oder?"

Auch ich musste lachen. „Ja, das dachte ich mir bereits am Vormittag in der *Hairlounge*, aber ich wollte nicht näher darauf eingehen."

„Und du hattest andere Pläne für deine Zukunft ...?", lenkte er wieder ein.

„Genau. Ich wollte lieber schreiben. Meine Mutter hat hinter meinem Vater gestanden, hielt sich aber raus. Es hat mich zwar gekränkt, aber ich war nichts anderes von ihr gewöhnt. Sie arbeitet heute noch an der Seite meines Vaters in seiner Firma und hätte sich eine erfolgreiche Tochter mit *anständigem* Beruf in der Familie gewünscht, nachdem meine Schwester bereits vor Jahren ihren Kopf durchgesetzt hatte und Röntgenassistentin wurde. Aber mir ist es egal, ich hab mir abgewöhnt, mir über die Meinung meiner Familie Kopfzerbrechen zu machen. Ich bin mit meinem Job als Lifestyle- und Moderedakteurin mit Garantie glücklicher als mit der Berufswahl, die meine Eltern für mich getroffen hatten."

„Falls es dich beruhigt, mir gefällt, was du machst."

Ich musste grinsen und erzählte weiter. „Jürgen und ich waren inzwischen rund vier Jahre ein Paar. Und ich fraß ihm nach wie vor aus der Hand. Was ich die ganzen Jahre über nicht sehen wollte: Seine Kumpels, die alle ungebunden waren, zählten mehr als ich. Er verbrachte viel Zeit mit ihnen. Sie zogen von Bar zu Bar und lebten ihr Singleleben in Saus und Braus." Ich seufzte tief, als ich mir die Bilder von damals vor Augen rief.

„Ich dachte, es sei ihm ernst, als er mir einen Antrag machte. Ich meine, es war ja nicht so, als ob er nicht gewusst hätte, dass ich Ja sagen würde. Immerhin hab ich ihn mehr als einmal wissen lassen, dass ich gern heiraten würde, um eine Familie zu gründen."

„Hat er seine Meinung vor oder nach der Hochzeit geändert?"

„Er hat mit seinen Kumpels das Land verlassen. Sie sind gemeinsam für einen Monat nach Australien geflogen, kurz bevor die Hochzeit stattfinden sollte. Jürgen hatte nicht den Mumm, es mir zu sagen, sondern ließ mich im Glauben, dass er nur eine Woche beruflich unterwegs sei. Zwei Tage, nachdem er weg war, hatte ich den Anprobetermin im Brautsalon, wo ich erfuhr, dass die Hochzeit nicht stattfinden würde …"

„Wie jetzt? Er hat es denen gesagt, aber dir nicht?"

„Er hat, ohne dass ich davon wusste, mein Kleid storniert …"

„Wow …!"

„Ja, wow, das dachte ich mir damals auch."

Die Traurigkeit und die Demütigung von damals schlichen sich wieder langsam durch meinen Körper, und ich schüttelte mich vor plötzlicher Kälte.

„Jahrelang habe ich versucht, alles von damals zu vergessen. Doch jedes Mal, wenn mich jetzt jemand Bella nennt, werde ich an den Mistkerl erinnert. Und das will ich einfach nicht."

Sebastian streichelte mir über den Arm. „Und deshalb hattest du seit damals auch keine Beziehung mehr?"

„Vermutlich aus Selbstschutz, ja. Und sozusagen als Bestätigung, dass ich doch nicht so übel war, wie er mir immer vermittelt hatte, schlief ich mit den attraktivsten Männern, die ich finden konnte."

„Dann wäre es doch ein großes Kompliment für mich, wenn du mit mir schlafen würdest …"

Wieso sagte er nur immer solche Dinge? Ich schluckte verzweifelt und hoffte, das Kribbeln in meinem Körper würde dadurch aufhören. Und doch wollte ich mich an ihn schmiegen, ein Verlangen, das ich jahrelang nicht mehr hatte ... Bei niemandem.

Meine Hand lag knapp unterhalb meines Kopfes auf dem glatten Bettlaken, und ich hätte sie nur ausstrecken müssen. Gerade mal zwanzig Zentimeter weiter würde ich die von Sebastian streifen. *Konzentration, Isa!* Ich schloss meine Augen und legte all meine Gedanken auf meine Atmung. *Einatmen, ausatmen. Einatmen ...*

Ich spürte eine zarte Berührung an meinen Fingerspitzen. Sofort hatte ich meine Augen wieder offen und starrte in die von Sebastian, die in der Dunkelheit schwarz glänzten. Er hielt einen Augenblick inne in seiner Bewegung, als ob er meine Reaktion erst abwarten wollte.

Es war doch nichts Falsches daran, seine Hände zu berühren, oder? Zögernd drehte ich ihm meine Handfläche zu, streichelte seine Fingerspitzen entlang, verschränkte meine Finger mit seinen. Ich genoss die Berührung seiner Haut, die warm und weich war. Seine Hand war um einiges größer als meine, und er hatte lange, schlanke Finger. Gepflegte Hände, mit sauber geschnittenen Fingernägeln. Das war mir bereits damals aufgefallen, als er meinen E-Book-Reader fast zerstört hatte. Und das Schönste an seiner Hand war, dass meine in seine passte, als wäre sie dafür gemacht.

Ich lauschte seinem Atem, schwankte immer noch, ob ich meinem Bedürfnis, ihn zu küssen, zu streicheln ... nachgeben sollte, als er sich räusperte.

„Hör zu, Isa...bella ... Ich weiß nicht, wie du unsere Situation siehst. Aber ich ... brauche eine ganze Menge an Selbstbeherrschung im Moment. Denn es gibt nichts, was ich jetzt lieber tun würde, als mit dir zu schlafen."

Angespannt hielt ich den Atem an und konnte gar nicht fassen, was da eben über seine Lippen gekommen war. Er sprach mir aus der Seele.

„Aber – und bitte versteh mich jetzt nicht falsch – ich werde es *nicht* tun. Nicht heute, nicht jetzt … Nicht, weil ich es nicht will, bei Gott, nein. Ich werde vermutlich die ganze Nacht kein Auge zutun …" Er seufzte tief und drehte sich auf den Rücken.

Halleluja, ich weiß genau, wovon du sprichst …

Dann wendete er sein Gesicht wieder in meine Richtung und fuhr fort. „Wenn ich mit einer Frau schlafe, dann … ist das für mich etwas ganz Besonderes. Und das soll es auch bei uns sein … also … das heißt, wenn es dazu kommen sollte."

Verlegen grinste er und küsste meine Fingerspitzen. „Aber, wenn wir es jetzt tun würden, dann wäre es für mich nicht richtig. Wir sind beide nicht das, was man nüchtern nennt, und auch wenn ich mir tausendprozentig sicher bin, dass ich dich will, heute wie morgen, und ich es nicht bereuen werde, so will ich nicht, dass …"

„Ich weiß, was du meinst."

„Ja?"

„Ja. Und ich verstehe und respektiere deine Einstellung. Und … verdammt, ich würde jetzt auch nichts lieber tun, als …"

Jetzt war ich es, die tief seufzte.

„Aber du hast recht, es hätte den schalen Beigeschmack eines One-Night-Stands. Und da so … spontaner Sex nicht mehr in mein neues Leben passt, … wäre es womöglich ein Fehler, der … etwas Besonderes zwischen uns kaputtmacht?"

Verdammt war das schwer, es auszusprechen …

Mir lag auch noch etwas auf der Seele, das ich unbedingt gesagt haben wollte.

„Außerdem … gibt es da noch etwas, das du im Fall des Falles wissen solltest. Ich spreche es lieber jetzt an, als … später … dann, wenn es so weit ist."

Das Blut rauschte laut in meinen Ohren, und ich zögerte. Aber ich hatte bereits angefangen, und ich wusste, dieses Thema musste besprochen werden, bevor mehr zwischen uns passierte – falls es jemals mit Sebastian so weit kommen sollte. Da jetzt der Moment der Ehrlichkeit war, nutzte ich ihn.

„Ich hatte kurz vor meinem Urlaub Sex mit einem Mann. Das Kondom ist geplatzt, und … ich war noch nicht beim Arzt. Ich weiß, das war nicht sehr vernünftig von mir, ich gehe auch davon aus, dass nichts ist …“ Oh Mann, sich so vor ihm zu öffnen, war ja schwerer, als mich meiner eigenen Vergangenheit zu stellen.

Sebastian schwieg, und ich zupfte unsicher am Stoff des Kissens.

„Jedenfalls möchte ich, dass du weißt, dass ich … also … Ich weiß nicht, ob mit mir alles in Ordnung ist. So etwas ist mir bisher auch noch nie passiert, aber … na ja, jedenfalls … jetzt weißt du es!“ Ich spürte, wie mir der kalte Scheiß ausbrach.

„Ich habe immer Safer Sex, Isa. Was anderes kommt für mich nicht infrage.“ Seine Stimme war ruhig, auch wenn er sich einige Sekunden Zeit ließ, um zu antworten. „Und ich bin gesund, vor gut vier Monaten ließ ich mich testen. Seitdem hatte ich keinen Sex.“

„Okay …“

Dieses Thema hatten wir ja nun zum Glück geklärt, aber … Seit mindestens vier Monaten? Das wollte ich mir gar nicht vorstellen.

Sebastian strich mir eine Haarsträhne aus dem Gesicht. Seine Bewegung verfolgte er mit seinen Augen und einem Lächeln auf den Lippen, das mein Herz zum Rasen brachte. „Du bist etwas Besonderes. Und … ich würde dich nach diesem Wochenende gerne wiedersehen. Vorausgesetzt, du willst das auch.“

Wie konnte er so was bloß infrage stellen? „Sehr gerne sogar.“

Oh Gott, ich kam mir vor wie mit dreizehn nach meinem ersten Date im Kino.

Er drückte einen Moment meine Hand und holte Luft, als würde er noch etwas sagen wollen. Doch er schien es sich anders überlegt zu haben. Verdammt, ich hätte so gerne noch etwas von ihm gehört, hätte so gern noch seinen Gedanken gelauscht. Doch vielleicht war es auch besser so.

Ich hatte schreckliche Sehnsucht nach Sebastian, und nur er konnte sie stillen. Ich beobachtete seine Gesichtszüge im Dunkeln, sein Grübchen am Kinn war kaum zu erahnen. Seine Augen funkelten wie die eines wilden Piraten, und der leichte Bartschatten ließ ihn noch geheimnisvoller wirken. Ich seufzte, erinnerte er mich ein bisschen an Captain Jack Sparrow.

„Schlaf gut, meine Schöne." Seine unterschwellige Anspielung auf meinen Vornamen entlockte mir ein Grinsen.

„Schlaf gut!" *Captain …*

Es war noch finster, als ich das erste Mal meine Augen öffnete. Ich fühlte mich gerädert, mir war heiß, und mein Kopf pochte. Ich brauchte einige Sekunden, um mich zu orientieren. Dann fiel mir wieder ein, wo ich war, in wessen Bett ich lag, und mit einem Schlag war ich hellwach.

Und schließlich wurde mir auch bewusst, weshalb mir so unglaublich heiß war: Sebastian hatte sich von hinten eng an mich gekuschelt, sein Oberarm lag schwer auf meinem. Seine Lippen spürte ich an meinem Nacken, seine Hand streifte beinahe meine Brustwarzen. *Himmelherrgott noch mal!*

Irgendwie musste ich es schaffen, mich von ihm zu lösen. Am besten, ohne ihn dabei zu wecken. Und noch besser: ohne dass er dabei noch mehr von mir berührte.

Ich lauschte in die Stille hinein. Seine Atmung ging regelmäßig und ruhig. Er schien wohl noch zu schlafen. Langsam ergriff ich sein Handgelenk, das ich vorsichtig anhob. Dann drückte ich meine Füße in die Matratze, um mein Becken langsam von ihm wegzuheben. Sebastian schmatzte und stieß eigenartige Schnarchlaute aus, die mein Herz vor lauter Schreck und Überraschung hart gegen meinen Kehlkopf pochen ließen.

Doch das war noch nicht alles. Sebastian entzog seine Hand aus meinem Griff, packte mich am Ausschnitt und presste mich gegen seinen Körper. Zusätzlich schlang er sein Bein um meine Oberschenkel, umklammerte mich wie ein Kuscheltier und machte jeden weiteren Versuch, etwas Abstand zwischen uns zu bekommen, zwecklos.

Fuck! So war das nicht geplant gewesen … Wieder war es still im Raum, einzig Sebastians regelmäßige Atemzüge waren wieder zu hören. Irgendwo draußen kläffte ein Hund. Ich fragte mich, wie spät es wohl war. Ich lag zu weit vom Nachttisch entfernt, um nach Sebastians Handy zu greifen und auf die Uhr zu sehen. Dem schmalen Streifen am Nachthimmel nach zu beurteilen, der zwischen den Vorhängen erkennbar war, musste es noch mitten in der Nacht sein.

Ich dachte an das letzte Mal zurück, als ich in einem fremden Bett lag und durch den Vorhang auf den Nachthimmel geblickt hatte. Dachte an den fremden Mann, der nackt neben mir gelegen hatte, von dem ich nicht einmal den Namen kannte.

Wenn ich ihn mit Sebastian verglich … Nein, die beiden konnte man gar nicht vergleichen. Zwar war der Unbekannte bei Weitem attraktiver gewesen. Doch ihm hatte der Tiefgang, das Interessante und Abenteuerliche gefehlt. Er war nicht in der Lage gewesen, mich mit einem Gespräch zu unterhalten, geschweige denn zu fesseln. Er hatte auch kein Geheimnis daraus gemacht, dass er mich flachlegen wollte. Gut, ich hatte auch keine anderen Absichten bei ihm gehabt und das auch von Anfang an klargestellt.

Bei Sebastian hingegen … natürlich gab es anfängliche Unstimmigkeiten. Aber das war vermutlich mitunter auch meine Schuld. Und inzwischen liebte ich die Unterhaltungen mit ihm. Ich hing gebannt an seinen Lippen und fand alles, was er erzählte, spannend. Seine Wörter saugte ich förmlich auf und … Im Moment wollte ich mir nicht vorstellen, wie es sein würde, wenn mich der Alltag wieder hatte. Wenn ich ihn nicht zu jeder Tages- und inzwischen auch Nachtzeit in meiner Nähe wusste. Da war es doch ein kleiner Trost für mich, dass er mich gerne wiedersehen wollte … Und andere hatten auch eine Fernbeziehung, warum sollte es also nicht für uns machbar sein? Wäre auf jeden Fall eine neue Erfahrung.

Mir wurde warm ums Herz, und ich musste grinsen. Ich kuschelte mich noch fester an ihn. *An diese Umarmung könnte ich mich gewöhnen.* Sie war so … liebevoll. Er hatte sein Gesicht in meinen Haaren vergraben – ich spürte seinen warmen Atem an meiner Kopfhaut, der von dort aus über meinen ganzen Körper prickelte.

Ich tastete nach seinem Unterarm, der quer über meinem Oberarm lag und mich beinah bewegungsunfähig machte. Ich konnte nicht mehr anders – ich musste ihn unbedingt berühren. Ich wollte ihn streicheln, ihm Zärtlichkeiten schenken. Ein warmes Gefühl, das von tief drinnen kam, löste diesen Wunsch aus.

Langsam strich ich seinen Arm auf und ab, die feinen Härchen entlang. Zuerst nur mit den Fingerspitzen, bald mit der ganzen Handfläche. Es war ein fremdes und doch sehr vertrautes Gefühl. Etwas, wonach ich mich vermutlich viel zu lange unbewusst gesehnt hatte. Ein zufriedenes Seufzen kam über meine Lippen, das so laut in der Stille war, dass ich selbst erschrak.

Doch es hatte sich nichts verändert – Sebastian lag genauso kraftlos und ruhig atmend hinter mir wie noch wenige Sekunden zuvor. Ich beruhigte mich wieder etwas und setzte meine Streicheleinheiten fort, von seiner Hand bis zum Ellenbogen und wieder zurück.

Ich verlor mich wieder in meinen Gedanken und genoss seine Nähe, die mir so viel Sicherheit und Geborgenheit gab. Ich wusste, ich konnte ihm vertrauen, wusste, dass er nicht einer der Typen war, mit denen ich bisher im Bett gelandet war. Für ihn war Sex etwas Besonderes, ein Zeichen von Wertschätzung und … Liebe. Kein Mittel zum Zweck, nichts, aus dem er nur selbst seine Befriedigung zog, ohne sich für den Menschen dahinter zu interessieren.

Plötzlich spürte ich eine zarte Bewegung an meinem Scheitel. Erneut blieb mir fast das Herz stehen, und ich holte geräuschvoll Luft, die ich gleich darauf anhielt. Sebastian spielte mit einer Haarsträhne von mir. Das … bedeutete, dass er wach sein musste. Ich hatte ihn aufgeweckt mit meinem Seufzer!

Was sollte ich jetzt machen? Mich schlafend stellen? Etwas sagen? Nur … was? Meine Hand lag wie erstarrt an seinem Unterarm. Als hätte ich mich verbrannt, nahm ich sie schnell von ihm. Gott, wie peinlich …!

„Nicht …! Nicht aufhören, Isa …!"

Isa? Er hatte mich Isa genannt … Zärtlich rieb er seine Nase an meinem Nacken, bis er damit meine Haut berührte, und hauchte einen Kuss zwischen meine Haare. Wie von selbst schlossen sich meine Augen. Ich legte meine Hand wieder auf seinen Unterarm und streichelte weiter liebevoll über seine warme Haut.

„Mhhh!" Genüsslich raunte Sebastian mir ins Ohr und lockerte seine Umklammerung etwas. Er schien meine Berührung tatsächlich zu genießen. Er drehte mich zu sich um, stützte sich ab und beugte sich über mich. Dann näherte er sich meinem Mund, die Lippen leicht geöffnet, bevor er wenige Zentimeter davor innehielt. Er sah mir in die Augen, als würde er einen inneren Kampf austragen.

Ich sehnte mich so sehr nach ihm, nach seinen Lippen, die sich auf meinen so unglaublich gut angefühlt hatten. Mein Herz raste noch immer, und meine Lunge verlangte nach Sauerstoff, als wäre ich eben ein Stück gelaufen. Ich schlang meine Arme um seinen breiten Rücken, glitt mit ihnen hoch zu seinem Nacken, wo ich zögernd mit meinen Fingernägeln Kreise zog.

„Isa … bitte …“ Er keuchte die Worte, flehend, die Augen geschlossen.

Mehr brauchte ich nicht. Ich wusste, was ich zu tun hatte, was ich tun *musste,* da ich befürchtete, ich bekäme keine zweite Chance mehr dafür. Ich zog ihn zu mir herab, presste meine Lippen auf seine, sog an ihnen, nagte zärtlich an seiner Unterlippe. Ein tiefes Grollen verließ seinen Rachen, das mich lustvoll erschaudern ließ.

„Weißt du, was du tust?“, fragte er flüsternd, bevor ich ihn erneut küssen konnte.

Ich nickte langsam, ohne den Blick von ihm abzuwenden.

„Ich meine, du musst das nicht …“

Ich legte meinen Finger auf seine Lippen, strich mit ihm zärtlich die geschwungene Linie entlang.

„Ich weiß, was ich will, Sebastian. Ich will dich. Nicht, weil es eine Art Gewohnheit von mir ist, mit Männern zu schlafen. Nicht, weil ich Selbstbestätigung brauche oder weil mich der Alkohol antreibt. Ich will mit dir schlafen, weil du mir etwas bedeutest. Weil du ein besonderer Mensch bist, weil du mich verwirrst und glücklich machst.“ Langsam glitten meine Finger durch sein Haar, das sich so weich und stachelig zugleich anfühlte.

„Ich weiß, ich kann dir vertrauen … Sebastian, ich will dich, hier und jetzt, weil du in mir Gefühle hervorrufst, von denen ich dachte, dass ich sie nie wieder empfinden würde.“

Himmel, war ich in diesem Moment ehrlich. Ich kannte ihn erst so wenige Tage und sagte ihm Dinge, die …

Einen Moment sah er mich schweigend an. Ich dachte, ich hätte es verbockt, hätte mich eben selbst aus dem Rennen katapultiert. Sebastian atmete geräuschvoll aus, strich langsam die Konturen meines Gesichtes nach. Nachdenklich folgte sein Blick seinem Finger vom blauen Fleck auf meiner Stirn zur Schläfe über das Jochbein zum Kinn. Bei meinem Mund stockte er.

„Isa …“

„Du musst mich nicht so nennen, Sebastian. Du … du kannst ruhig auch Isabella zu mir sagen.“ Und das war wirklich ernst gemeint. Ich mochte es, wie mein Name klang, wenn er ihn sagte.

Er hob seine Augenbraue, ehe er erneut ansetzte. „Isa, du bist eine wundervolle Frau, und jede Minute, jede Sekunde, die ich mit dir verbringe, bin ich mehr in dich vernarrt.“

Dann senkte er – endlich – seine Lippen auf meine, und gierig verschmolzen unsere Münder.

10. Die Eiskönigin

Meine Haare fielen in leichten Wellen um mein Gesicht. Ich war dezent geschminkt und trug mein schwarzes, rückenfreies Kleid mit langen Ärmeln, das nicht unbedingt meine erste Wahl für eine Hochzeit gewesen wäre, hätte ich zu Hause vor meinem Kleiderschrank eine Auswahl treffen sollen. Das Kleid reichte bis knapp über meine Knie und schwarze Stiefeletten mit Pfennigabsätzen betonten meine langen Beine.

Sebastian hatte mich zeitig geweckt, meine Handtasche auf dem Arm, die er für mich geholt hatte. Er hatte sich von mir für wenige Stunden verabschiedet, da er bereits am Vormittag bei seiner Familie war, um bei den restlichen Vorbereitungen für die Feier zu helfen.

Seine Familie! Ich musste den Kopf schütteln bei dem Gedanken daran, gleich seiner Familie vorgestellt zu werden. Ich war mir nicht mal sicher, ob ich das alles wollte. Letztendlich hatte es so eine Situation für mich jahrelang nicht gegeben. Wer lernt als erwachsene Frau denn die Eltern seiner Affäre kennen? Andererseits war Sebastian keine Affäre für mich. Zumindest in meinen Augen. Außerdem hatte ich ihm zugesagt, ihn zur Hochzeit zu begleiten, also hielt ich Wort.

Mit zitternden Knien ging ich die Treppe zur Eingangshalle hinunter. Sebastian stand am Fuße der Treppe und unterhielt sich angeregt mit einem blonden Mann. Das musste wohl Florian sein. Der Bräutigam trug zum schwarzen Hochzeitsanzug mit Seidenapplikationen am Revers ganz klassisch ein weißes Hemd. Das Stofftuch sowie die Krawatte waren jedoch in kühlem Flieder. Und Sebastian sah trotz des Schlafmangels verdammt gut aus in seinem schwarzen Anzug mit fliederfarbenem Hemd und dunkelvioletter Krawatte.

Ich blieb stehen, musterte ihn einen Moment, und sofort hatte ich wieder die Bilder der letzten Nacht vor Augen. Wie er mich leidenschaftlich geküsst, verwöhnt und zärtlich gestreichelt hatte, als wäre ich eine seltene Blume. Mit ihm bekam der Begriff „Liebe machen“ eine ganz neue Bedeutung. Ich spürte die Röte auf meinen Wangen, und ein verlegenes Lächeln stahl sich auf meine Lippen.

Genau in diesem Augenblick sah mich Sebastian. Er unterbrach seine Unterhaltung, schien mitten im Satz zu stocken. Sein Blick glitt unverhohlen über meinen Körper, und ich war mir sicher, dass er genau dieselben Bilder vor Augen hatte wie ich.

Auch Florian wendete den Kopf in meine Richtung und sah interessiert zu mir auf. Bevor ich hier oben noch Wurzeln schlug, schritt ich langsam weiter die Treppe hinab.

„Wow … du siehst umwerfend aus, Isa. Darf ich dir meinen Bruder vorstellen? Florian, das ist sie.“

Dieser lachte mich vergnügt an und schüttelte mir augenzwinkernd die Hand. „Aha, die Frau, die meinen Bruder nicht schlafen lässt. Schön, dich kennenzulernen, Isa. Es freut mich, dass du auch Gast auf unserer Hochzeit bist.“

„Danke, freut mich auch.“ Die Wahrheit war hier ja nun mal wirklich nicht angebracht. Eine Frage konnte ich mir aber nicht verkneifen. „Darf ich fragen, warum ihr euch gerade für dieses Hotel entschieden habt?“

Florian grinste Sebastian und mich an. „Nachdem es zwischen Denise und mir gefunkt hatte, buchten wir hier unseren ersten Urlaub. Eigentlich wollten wir Ski fahren, aber wir schafften es genau einmal auf die Piste."

Florian zwinkerte mir zu, und Sebastian lachte laut auf.

„Jedenfalls stand für uns sofort fest, dass wir hier auch heiraten wollten. Und Denise' Eltern haben sich bereit erklärt, uns diesen Traum in finanzieller Hinsicht zu ermöglichen."

„Wow." Ich staunte nicht schlecht. Die hatten wohl keine Geldsorgen. Zumindest bis heute. Es mussten weit über hundert Hochzeitsgäste hier sein.

Florian riss mich aus meiner überschlagsmäßigen Rechnerei. „Ihr müsst mich entschuldigen, aber für mich wird es gleich ernst …" Dann wandte er sich an Sebastian. „Wir sehen uns bei der Trauung."

„Herr Schwarz … du packst das." Freundschaftlich klopfte Sebastian seinem Bruder auf die Schulter, bevor dieser verschwand.

Ich musste innerlich grinsen, hatte er mir nun doch endlich seinen Familiennamen verraten. Aber ich war auch etwas verärgert und sprach Sebastian gleich darauf an.

„Du hast deinem Bruder von letzter Nacht erzählt?" Ich war garantiert nicht prüde, aber das überschritt dann doch meine Grenzen. Prahlte er etwa doch mit einer neuen Eroberung?

„Nur kurz. Ist das ein Problem für dich?"

„Ich kenne deine Familie nicht, und du stellst mich ihnen als deine Bettgenossin von letzter Nacht vor?! Meinst du nicht, dass das etwas … entwürdigend für mich ist?"

„Tut mir leid, so hab ich das nicht gesehen. Ich hab ihnen aber nicht von dir als meinem Betthäschen erzählt, sondern eher von einer Frau, die mir den Kopf verdreht hat."

„Oh …" Das hatte er zu mir aber noch nicht gesagt. „Hab ich das?"

Er beugte sich zu mir, flüsterte „Ich bin verrückt nach dir, Isa …“ in mein Ohr und schnappte mich an der Taille. Eine Hand legte er an meinen Rücken und vollführte eine Drehung mit mir, bis er mich in Schräglage küsste. Wie in einem Hollywoodfilm. Ich quietschte kurz auf und musste dann kichern. Offensichtlich nahm man automatisch so ein albernes Verhalten an, wenn man … verliebt war.

Verliebt? War ich verliebt? Die unzähligen Schmetterlinge, die in meinem Magen zu flattern begannen, sobald ich in seiner Nähe war oder nur an ihn dachte, sprachen jedenfalls dafür.

Sebastian brachte mich wieder in eine aufrechte Position, und ich zog kurz mein Kleid nach unten. Die Wangen gerötet, ließ ich meinen Blick durch die Hotelhalle schweifen. Wenn sich über die letzten Tage das Hotel mehr und mehr geleert hatte, so war es seit heute Morgen garantiert ausgebucht. Überall schwirrten Gäste umher, alle in schönen Kleidern und Anzügen. Süße Kinder sprangen zwischen ihnen umher – die Mädchen waren angezogen wie kleine Püppchen, die Jungen trugen Anzüge im Miniaturformat. Blumen in allen möglichen Violetttönen schmückten den Eingangsbereich und verströmten ihren berauschenden Duft.

„Was wird mich jetzt erwarten?“, fragte ich Sebastian, als er mich wieder losließ, während um uns herum die Leute ihre Köpfe zusammensteckten und sehr offensichtlich über uns tuschelten.

„Du brauchst dir keine Sorgen zu machen. Wir sind alle ganz nett und beißen nicht. Ich werde dich meinen Eltern vorstellen, und natürlich auch allen anderen, die ich kenne. Keine Angst, du musst dir die Namen nicht merken“, fügte er zwinkernd hinzu, als er mein geschocktes Gesicht sah.

„Ich … bin einfach unglaublich nervös. Ich hasse Hochzeiten, wie du weißt, und dann kenne ich hier niemanden …“ Sebastian griff nach meinen Händen und drückte sie fest.

„Zerbrich dir nicht so viel den Kopf darüber. Ich werde, so oft es geht, in deiner Nähe sein."

„So oft es geht? Oh Gott, bitte, bleib bei mir, ich fühle mich jetzt schon total unwohl. Alle sehen mich so komisch an …" Ich deutete mit dem Kopf in Richtung der anderen Gäste.

„Tut mir leid, das kann ich nicht. Ich bin Trauzeuge und …"

„Du bist was?" Fassungslos starrte ich ihn an. „Findest du es lustig, mir ständig die wichtigsten Details zu verschweigen? Das Beste ist wohl, wenn ich wieder auf mein Zimmer gehe, dort bin ich wenigstens jetzt alleine …"

Völlig aufgelöst wollte ich mich auf dem Absatz umdrehen, doch Sebastian zog mich an seine Brust.

„Das wirst du nicht tun, meine Süße. Und weißt du, warum?"

„Das würde mich tatsächlich brennend interessieren …"

„Weil ich dich hier bei mir brauche. Bleib … bitte, Isa!"

Mit seinem flehenden Blick tat er mir schon fast wieder leid. Unschlüssig drehte ich mich hin und her. *Oh Gott, ich hasse Hochzeiten, immer noch.* Das würde wohl nie anders werden. Ich hasste es, wenn ich dabei inmitten fremder Leute war, die mich alle so eigenartig anstarrten, und am meisten hasste ich es, wenn ich das Gefühl hatte, fehl am Platz zu sein.

„Sebastian!" Eine ältere Dame in elegantem Abendkleid kam auf uns zu. Sie hatte ihre blonden Haare mit silbernen Strähnen zu einer schicken Frisur gesteckt. Ihr Kleid glitzerte in dunklem Türkis und passte perfekt zu ihren blauen Augen, die dadurch noch mehr leuchteten.

Sebastian umarmte sie und drückte ihr Küsschen auf die Wangen. „Mama, darf ich dir Isabella vorstellen? Isabella, das ist meine Mutter Hannelore."

„Ich dachte …" Irritiert hielt sie einen Moment inne. „Oh, aber natürlich. Schön, Sie kennenzulernen." Mit einem aufgesetzten Lächeln schüttelte sie meine Hand, bevor sie sich sofort wieder an ihren Sohn wandte.

„Dein Vater braucht dich. Er wartet im Zimmer auf dich."

„Ich komme gleich."

„Nein, bitte sofort. Er hat seine Manschettenknöpfe vergessen, und ich weiß, du hast bestimmt ein zweites Paar eingepackt."

Seufzend gab er mir einen Kuss auf die Wange und drückte noch einmal kurz meine Hand, bevor er mich mit seiner Mutter stehen ließ und in Richtung Treppenhaus verschwand.

Na toll ... schneller als erwartet stand ich hier mehr oder weniger allein herum.

Sebastians Mutter ließ mir keine Zeit, mich lange darüber zu ärgern und mir den Kopf zu zerbrechen, ob ich nun hier auf ihn warten oder mich unter die Gäste mischen sollte. Mit zuckersüßer Stimme begann sie, mir Dinge zu erzählen, auf die ich noch weniger gefasst war.

„Ach, ich liebe ja Hochzeiten. Die schönen Kleider, die Blumen, die Musik ... Ich freue mich schon darauf, wenn Sebastian endlich heiratet. Ich dachte eigentlich, dass er mir bald einen Enkel schenken würde, aber Angela möchte zuerst heiraten. Wie es sich halt gehört. Eine Frau mit Anstand eben."

Ihr abschätziger Blick sagte eigentlich schon, was sie von mir hielt. Und es ging noch weiter.

„Mit Angela hat er wahrlich einen tollen Fang gemacht. Ein uneheliches Kind, das wäre ja sehr kompliziert, und sie muss es ja wissen als Anwältin mit eigener Kanzlei."

Sebastians Mutter würde sich blendend mit meiner verstehen. Und da ich wusste, dass ich bei meiner besser den Mund hielt, tat ich es jetzt ebenso. Was auch gar nicht lange nötig war.

„Bitte, entschuldigen Sie mich", sagte Hannelore nur wenige Sekunden später, „ich muss noch dafür sorgen, dass Florian den Brautstrauß nicht vergisst. Der steht noch in unserem Zimmer."

„Was sagst du? Kannst du das noch einmal wiederholen?“ Ich war zur Damentoilette mehr gerannt, als dem Anlass entsprechend gegangen und hatte in meiner Verzweiflung Jana angerufen.

„Du hast schon richtig verstanden. Ich soll allein auf diese fremde Hochzeit gehen. Allein! Verdammt, Jana, was soll ich jetzt machen?“ Die Panik in meiner Stimme war nicht zu überhören.

„Na … geh wieder zurück zur Hochzeit! Wann beginnt sie denn?“ Janas Stimme klang zwar beruhigend, was bei mir aber nicht seinen Zweck erfüllte.

„In einer Viertelstunde …“ Verzweifelt ging ich vor den Waschbecken auf und ab und nagte an meiner Nagelhaut.

„Ich bin mir sicher, du wirst es überleben. Und wenn du am Montag wieder im Büro bist, wirst du das Ganze völlig relaxed sehen.“

„Aber ich habe fürchterliche Panik! Was ist, wenn ich … wenn ich …“

Die Tür ging auf, und eine dunkelhaarige Schönheit in einem blassblauen, wallenden Kleid betrat den Raum. Prima, konnte die Tussi nicht warten, bis ich mit meinem Telefonat fertig war?

Die Frau musterte mich kurz mit zusammengekniffenen Augen und verschwand in einer der Kabinen. Einen Moment war ich abgelenkt, doch als Jana, die natürlich nichts davon mitbekam, weitersprach, war ich mir meiner Situation sofort wieder voll und ganz bewusst.

„Was sollte denn schon Schlimmes passieren? Du kennst weder die Braut noch den Bräutigam. Du kannst dich mit ihnen freuen, oder aber dir geht die Trauung am – sorry – Arsch vorbei. Dann stürzt du dich nachher aufs Buffet und schlägst dir den Bauch voll.“

„Aber was ist, wenn ich hysterisch zu lachen beginne? Oder, wenn ich Rotz und Wasser heule?“ Leise zischte ich die Worte ins Telefon.

„Wieso solltest du denn heulen? Es hat dich doch niemand kurz vor der *heutigen* Trauung sitzen lassen, es ist ja nicht mal deine eigene Hochzeit …“

„Und ob mich jemand sitzen lässt, gerade in diesem Moment – Sebastian ist nicht bei mir!“, zischte ich Jana ins Telefon.

„Isa-Schatz, ich bin mir sicher, dass es niemandem auffällt, solltest du ein paar Tränchen verdrücken. Schließlich bist du auf einer Hochzeit, dort wird im Normalfall immer geheult.“ Da hatte sie allerdings recht.

„Also gut.“ Ich atmete tief durch. „Ich tu es.“

„Gut so! Immer rein in die Höhle des Löwen! Besiege deinen inneren Dämon.“

Als ich aufgelegt hatte, stützte ich meine Hände auf den Waschbeckenrand und starrte in mein blasses Gesicht. Mir war äußerst mulmig im Magen. Ich hatte das Gefühl, als wäre ich auf hoher See oder als würde die Erde beben. Meine Knie wurden weich, und, was viel schlimmer war, eine üble Hitze stieg in mir hoch. Ich keuchte, wollte mein Gesicht noch mit kaltem Wasser kühlen, überlegte es mir im letzten Moment jedoch anders und stürzte in eine der freien Kabinen, wo ich mich in die Toilette übergab.

Unschlüssig stand ich etwas abseits und beobachtete die vielen Gäste, die sich um das Brautpaar drängten. Florian und Denise gaben wirklich ein schönes Paar ab. Sie strahlten unentwegt und wirkten so glücklich, dass es ansteckend war. Das Kleid von Denise war ein Traum in Weiß mit fliederfarbener Schleife und Stickereien im selben Farbton. Die Trauzeugin, die der Braut auf Schritt und Tritt folgte, trug ein knielanges Kleid, das in demselben Farbton wie Sebastians Hemd schimmerte. Mir gefielen diese aufeinander abgestimmten Farben, die sich auch in der Tischdekoration und im gesamten Blumenschmuck widerspiegelten.

Die Trauung hatte ich gut überstanden. Ich hatte im hintersten Winkel Platz genommen, wo ich keine fremden Blicke auf mir spürte. Den Stich, den ich einen kurzen Moment in meinem Herzen spürte, als ich gedanklich das Gesicht von Denise mit meinem austauschte, versuchte ich, sofort wieder auszublenden.

Ich lenkte meine volle Konzentration auf Sebastian, der unglaublich glücklich und stolz neben seinem Bruder stand. Sein Lächeln ging mir durch und durch, und am liebsten wäre ich nach vorne gelaufen, um mich in seine Arme zu werfen. Ständig schmuggelten sich Bilder der letzten Nacht vor mein inneres Auge und lenkten mich von negativen Gedanken ab. Als die Trauung vorbei war, hatte ich vermutlich ein dümmliches Grinsen auf den Lippen und hochrote Wangen. Aber es war mir egal – ich war plötzlich unglaublich gelöst, wollte tanzen und die ganze Welt umarmen. Ich wollte nicht nach Hause fahren, ich wollte mich nicht von Sebastian trennen. Ich wollte, dass der Urlaub noch einen Monat andauerte. Oder länger …

Ein Kellner mit einem Tablett mit Sektgläsern ging an mir vorbei. Ich griff nach einem Glas, leerte es in einem Zug und scannte die Menschenmassen nach Sebastian ab. Inzwischen war die Trauung fast eine halbe Stunde vorbei, doch er war in der Menge der Gratulanten verschwunden, und nur hin und wieder sah ich kurz seinen Kopf aufblitzen. Und die arrogante Tussi, die mich vorhin bei meinem Telefonat mit Jana auf dem Klo gestört hatte, klebte an ihm wie zäher Kaugummi.

Mein Magen knurrte, vermutlich auch, weil sich sein Inhalt vor fast zwei Stunden verflüchtigt hatte. Also schlenderte ich langsam und unauffällig in Richtung des großen Büffets, das bereits nach und nach aufgebaut wurde. Wenn ich mir eine klitzekleine Kleinigkeit von einer der Platten stahl, es würde nicht auffallen, oder? Im Vorbeigehen griff ich nach einem kleinen

Lachsbrötchen mit Zitronenspalte und biss herzhaft hinein. Was für ein Genuss …

Da sah ich, wie Mini-Knödelchen in einer großen Pfanne an mir vorbeigetragen wurden. Sie waren mit Brösel und einer Staubzuckerschicht bedeckt. Ich liebte süße Knödel! Und wenn dort einer fehlen würde, würde es wirklich nicht auffallen. Unauffällig bewegte ich mich in Richtung Süßspeisen. Ich griff nach einem dieser Leckerbissen und ließ ihn im Mund verschwinden. Mit einem leisen Seufzer und geschlossenen Augen biss ich auf die kleine Köstlichkeit, aus der eine süße Nougatfülle in meinem Mund eine wahre Geschmacksexplosion auslöste.

„Hier bist du ja, ich hab dich überall gesucht!"

Ich schreckte auf und wirbelte herum in die Richtung, aus der Sebastians Stimme kam und … verschluckte mich fast.

Vor mir stand die Toilettentussi, die just in diesem Moment ihren Arm bei Sebastian einhakte, mich abschätzend betrachtete und kalt anlächelte. Der Knödel schien plötzlich größer zu werden, und ich merkte, wie ich rot anlief.

„Schmeckt's?" Sie schüttelte den Kopf – *Warum schüttelt dieses Weib über mich den Kopf?* –, wischte sich über die Mundwinkel und verdeutlichte mir so, dass neben dem vollen Mund auch Brösel meinen kleinen Diebstahl verrieten.

Ich würgte den weichen Teig mit der Nougatcreme hinunter und wischte mir mit der freien Hand verlegen über den Mund. Die andere hatte ich mitsamt dem halben Lachsbrötchen hinter meinem Rücken verschwinden lassen. Ich brachte nur ein heiseres „Hi" zustande und wollte mich am liebsten in Sebastians Arme werfen, doch ihr Arm, der provokant auf seinem lag, hielt mich zurück. Wie gebannt blickte ich darauf. Ich spürte, wie sich die Härchen in meinem Nacken sträubten.

Das war doch nicht etwa … Das hätte er mir doch gesagt, oder nicht?

Mein Blick schoss zwischen den beiden hin und her, in der Hoffnung, Antworten auf meine lautlos gestellte Frage zu bekommen. Sebastian lächelte mich verlegen an, wischte sich mit der freien Hand über das Kinn und deutete anschließend verzweifelt zwischen uns Frauen hin und her.

„Tja, ähm … also … Isa, das hier ist …"

„Sebastian, ich brauche dich hier!", rief Florian aus der Menschenmenge in unsere Richtung.

Nein! Bitte nicht! Geh jetzt nicht, lass mich nicht allein mit dieser …

Er verdrehte die Augen, lächelte dabei aber und zuckte entschuldigend mit den Schultern.

„Tut mir leid. Ich bin gleich wieder da, versprochen …!"

Schon sah ich ihn im Getümmel verschwinden. Ich blickte ihm nach, wollte am liebsten mit ihm mit, doch der eisige Blick seiner Begleitung hielt mich zurück.

„Schwanger, wie?"

Die Stimme der Tussi ließ mich zusammenzucken. Ihr Blick glitt über meinen Bauch, bevor sie mir ihre perfekt manikürte Hand entgegenstreckte.

„Herzlichen Glückwunsch. Ich bin übrigens Angela, Sebastians Lebensgefährtin."

Bewegungsunfähig starrte ich auf ihre knöchernen Finger, die sie mir entgegenhielt. Beide Äußerungen – Angelas Mutmaßung und ihre eigene Vorstellung als Sebastians Lebensgefährtin – brachten mich völlig aus der Fassung. Ich atmete tief durch und wollte gerade zu einer Antwort ansetzen, als Angela ihre Hand zurückzog und mit zuckersüßer Stimme meinte: „Oh, bitte entschuldigen Sie mich, ich sehe gerade, dass mir meine *Schwiegermutter* zuwinkt."

Mit diesen Worten rauschte sie davon, direkt in die Arme von Sebastians Mutter, die sie mit strahlendem Schwiegermutterlächeln empfing.

In ihrem blassblauen Kleid sah Angela aus wie die Eiskönigin höchstpersönlich, und eine Gänsehaut schüttelte mich. Aber weniger wegen des Vergleichs mit der Eiskönigin, als wegen dem, was diese Tussi zu mir gesagt hatte.

Schwanger? Ich? Die spinnt doch!

Unbewusst griff ich mir an meinen flachen, gut durchtrainierten Bauch. Ich wollte wieder nach einer der Sektflöten greifen, die in Augenhöhe an mir vorbeischwebten, zuckte dann aber zurück. Was, wenn sie recht hatte? Denn genau genommen war ich in den letzten Tagen und Wochen nicht ich selbst gewesen. Meine Stimmungsschwankungen, die plötzlich auftretende Übelkeit und jetzt: Lachsbrötchen mit Nougatknödel!

Das konnte nur in der Nacht passiert sein, als das Kondom geplatzt war. Ich hatte wie üblich am nächsten Morgen die Pille eingenommen und mich kurz darauf übergeben. Vermutlich hatte ihre Wirkung ausgesetzt!

Shit, ich bin von einem Fremden schwanger! Ich kannte nicht einmal seinen Namen … Was sollte ich dem Kind sagen, wenn es nachfragen würde, wo und wer sein Vater sei? Deine Mutter war zu blöd, bei ihrem anonymen One-Night-Stand richtig zu verhüten …

Ich sah plötzlich schwarze Punkte vor meinen Augen tanzen und musste dringend an die frische Luft. So schnell ich in meinen hohen Schuhen vorwärtskam, eilte ich aus der großen Glastür ins Freie, wo einige Raucher standen. Die Nikotinwölkchen, die sie in die Luft pafften, vertrugen sich nicht besonders mit meinen Kreislaufbeschwerden, und so stapfte ich ein kleines Stück weiter in Richtung Parkplatz und hoffte nur, dass ich nicht auf dem gefrorenen Asphalt ausrutschen würde.

Sofort kroch die Kälte in meine Knochen, und ich begann zu zittern. Aber langsam wich das Schwindelgefühl, und nach einigen Zügen Frischluft entschied ich, dass ich lieber wieder hineinging, bevor ich mich komplett erkältete.

Zum Glück kam mir ein strahlender Florian entgegen, der vermutlich nach dem ersten Ansturm ebenfalls eine kurze Raucherpause nötig hatte.

„Herzlichen Glückwunsch! Das war wirklich eine sehr schöne und bewegende Hochzeit."

„Vielen Dank! Hey, du zitterst ja …"

„Ja, ähm … draußen ist es kalt." Ich deutete mit dem Daumen über meine Schulter. „Sag mal … hast du eine Ahnung, wo Sebastian stecken könnte?"

Ich sehnte mich nach seiner Umarmung nun noch mehr als zuvor. An seine Reaktion, falls ich tatsächlich schwanger sein sollte, wollte ich jedoch nicht denken. Vermutlich war es dann sowieso vorbei mit uns beiden.

Das hast du ja wieder mal toll hinbekommen, Isa. Bloß nicht glücklich werden, das könnte ja womöglich … ungesund sein … oder wie auch immer.

„Der ist mit Angela in die Küche, wenn ich mich nicht irre."

Angela … wie ich bereits jetzt diesen Namen hasste!

Ich murmelte ein „Danke" und peilte sofort den Küchenbereich an. Ich hoffte nur, Florian empfand es nicht als zu unhöflich, dass ich ihn einfach so stehen ließ, doch ich *musste* Sebastian sehen, sonst … Ja, ich weiß auch nicht. Sonst würde ich vermutlich kurz vor einem Nervenzusammenbruch stehen.

Ich war mir nicht sicher, ob ich einfach so in die Küche reingehen durfte. Doch die Angestellten eilten geschäftig hin und her, dekorierten eben die letzten Nachspeisenplatten für das Büffet und schenkten mir keine weitere Beachtung. Ich wollte schon fast wieder umdrehen, als ich hinten in einer verwinkelten Ecke jemanden stehen sah. Das musste Sebastian sein. Ich eilte auf ihn zu. Vielleicht sah er eben nach der Hochzeitstorte oder …

Ich wollte „Hallo" rufen, doch die Worte blieben mir im Hals stecken. Er war nicht alleine. Vor ihm stand die Eiskönigin, und der Abstand zwischen den beiden war … minimalistisch. Seine rechte Hand hatte er an ihren Hals gelegt. Langsam beugte er sich zu ihrem Gesicht hinab. Sie sahen sich tief in die Augen, sie lächelte ihn verliebt an und flüsterte ihm etwas zu. Sein leises Lachen ließ mir fast das Blut in den Adern gefrieren. Gleich würden sie sich küssen.

Nein …! Nein! NEIN!

Geschockt und gedemütigt drehte ich auf dem Absatz um und eilte zwischen den Küchenbediensteten hindurch. Ich hatte es nicht nötig, mir den Kuss auch noch mit anzusehen. Und den Teufel würde ich tun, sie jetzt dabei zu unterbrechen. Und eine Szene würde ich ihm hier sicher nicht machen, auf diese erniedrigende Stufe ließ ich mich nicht herab. Das Recht hatte ich nicht, genau genommen hatten wir ja *nur* miteinander geschlafen.

Genau das, was hier gerade geschah, war der Grund, weshalb ich die letzten Jahre nur bedeutungslosen Sex hatte. Männer! *Scheißkerle!*

Deshalb hatte ich mich nie länger auf einen Mann eingelassen, als dass er meine Bedürfnisse befriedigen konnte. Das hatte mich immer vor solchen Situationen, die ich nicht beherrschen konnte, bewahrt.

Wie hatte ich nur so dumm sein können, zu glauben, dass Sebastian anders wäre, dass er mich nicht enttäuschen würde? Schließlich kannte ich ihn nicht, im Grunde wusste ich gar nichts von ihm.

Ich hätte vor Wut und Enttäuschung laut schreien und verzweifelt heulen können. Ich eilte zum Aufzug. Wieder begann alles zu schwanken. Ich konnte nur hoffen, es noch in mein Zimmer zu schaffen, bevor ich mich hier mitten in der Lobby zum zweiten Mal an diesem Tag übergeben würde.

11. ... und das Leben geht weiter

Ich hatte die Schnauze gestrichen voll vom „Erholen" auf dem Land. Denn entspannt fühlte ich mich auf keinen Fall, als ich, den Tränen nahe, wütend und enttäuscht die Hotelrechnung beglich und mich ins Auto setzte. Die Hotelgäste schenkten mir zum Glück keine Beachtung, da ich mein Abendkleid gegen Jeans und Pullover getauscht hatte. Ich betete zu Gott, dass der Wagen anspringen würde, und zumindest diese kleine Gefälligkeit wurde mir gewährt. Ich wollte Sebastian auf keinen Fall über den Weg laufen. Nicht nur wegen der Szene, die ich unfreiwillig hatte mit ansehen müssen, sondern auch wegen der Nachricht, die ich in meiner Wut noch schnell auf einen Zettel gekritzelt und ihm unter der Zimmertür durchgeschoben hatte.

Ich schimpfte und fluchte während der ganzen Fahrt über meine Naivität. Ich hatte gewusst, dass mein Herz in Gefahr sein würde, sobald ich jemanden hineinlassen würde. Und so, wie es aussah, hatte ich recht damit. Wie konnte ich mich nur so sehr in ihm täuschen? Eigentlich hatte ich ihn völlig anders eingeschätzt.

Die ganzen Jahre über hatte ich gedacht, ich wüsste, wie Männer ticken. Und bei Sebastian war tatsächlich alles anders gewesen als bei denen, die ich die letzten Jahre kennengelernt hatte. Vielleicht war auch genau das der Grund, weshalb ich schlussendlich die Echtheit des Kusses anzweifelte – vielleicht war ja doch alles ganz anders, und ich hatte nur voreilig falsche Schlüsse gezogen.

Ich fühlte mich innerlich zerrissen. So weit es ging, versuchte ich, den brennenden Schmerz in meinem Herzen unter Kontrolle zu halten.

Als ich gut ein Drittel des Nachhausewegs hinter mir hatte, war ich sogar so weit, dass ich überlegte, ob ich nicht noch einmal umdrehen sollte, um mir Sebastians Version anzuhören. Doch ich hatte Angst vor der bitteren Wahrheit. Oder vor an den Haaren herbeigezogenen Lügen. Vielleicht dachte er ja, er könnte mich für blöd verkaufen.

Ich drehte und wendete die Situation gedanklich in alle Richtungen. Wenn er mit der Erklärung kommen würde, er und Angela seien nur noch Freunde, könnte ich dieser Ausrede nur ein müdes Lächeln schenken. Warum? Marco war ebenfalls ein Freund, mein bester Freund sogar, doch *so* eng und vertraut standen wir uns zuletzt vor fast vier Jahren gegenüber, nämlich als wir beide für gerade mal drei Monate ein Paar waren. Das machte man unter „guten Freunden" einfach nicht.

Andererseits: Sebastian hatte mir erzählt, Angela wolle es nicht wahrhaben, dass sie getrennt seien. Deshalb hatte sie sich mir vermutlich als seine Lebensgefährtin vorgestellt. Wenn *sie* ihm so nahe gekommen wäre, wäre es für mich unter diesem Aspekt ja vielleicht noch nachvollziehbar gewesen. Aber *er* war es, der so nahe bei ihr gestanden hatte. *Er* hatte seine Hand in ihrem Nacken und sich zu ihr hinabgebeugt, um sie zu küssen.

Also bitte! Welche lächerliche Ausrede wäre nur halbwegs glaubwürdig, um diese Nähe zwischen den beiden zu rechtfertigen? Sagte er nicht, er wolle nichts mehr mit ihr zu tun haben, er hätte die Beziehung beendet? Danach hatte das für mich ganz sicher nicht ausgesehen.

„Ach komm schon, Isa, lass den Kopf nicht hängen. Vielleicht ist alles nur halb so schlimm", riss mich Jana aus meinen Gedanken, die sich auch eine Woche später noch immer um die wenigen Tage des Glücks und den tiefen Fall danach drehten.

Meine Freundin hatte sich natürlich sofort bereit erklärt, mich zum Termin bei meiner Frauenärztin zu begleiten. Sie saß neben mir im Wartezimmer und hielt meine Hand. Genauso wie letzten Montag, als ich auf das Ergebnis des Schwangerschaftstests gewartet hatte, den ich mir kurz zuvor in der Apotheke besorgt hatte.

„Wer weiß, vielleicht hat der Test ja doch richtig funktioniert und du bist tatsächlich nicht schwanger."

Ich hatte in meiner Panik erst ewig lange keinen Tropfen herausbekommen, und dann war es auch nicht wirklich bemerkenswert, was ich auf das Stäbchen pieselte. Nun war ich mir nicht sicher, ob die Menge ausreichend war. Jedoch war ich zu feige gewesen, mir noch einen Test zu besorgen. Nicht, dass es mir an Courage gefehlt hätte, ein zweites Mal einen Schwangerschaftstest in der Apotheke zu verlangen. Aber ich hatte unglaubliche Angst vor dem Ergebnis und würde es doch nur wieder infrage stellen.

Was, wenn nun doch ein zweiter Strich auftauchen würde? Was würde *ich* mit einem Kind machen – alleine, ohne Partner an meiner Seite? So hatte ich es nie geplant. Jedenfalls kam in dieser Familienzukunftsversion immer ein Mann an meiner Seite vor, nämlich der Vater meiner Kinder.

„Hoffen wir es", erwiderte ich mit zittriger Stimme.

Wild blätterte ich durch die Frauenmagazine, die sich auf den Tischen im Wartezimmer stapelten, ohne deren Inhalt wahrzunehmen. Jana las in einem der Hefte und schielte hin und wieder mit mitleidigem Blick in meine Richtung.

Ich seufzte schwermütig. Meine Hoffnung war, dass meine Frauenärztin diese Situation kannte, in der Patientinnen vollkommen überfordert mit dem Ergebnis waren. Sie war doch darauf geschult, den Frauen die Angst zu nehmen, oder etwa nicht? Hätte ich alleine (oder im Beisein meiner Freundin) zu Hause einen Schwangerschaftstest gemacht, der positiv ausgefallen wäre, wer weiß, in welche Sinnkrise ich mich gestürzt hätte?

Meine Ärztin würde sicher sofort vernünftig argumentieren können, mir alle Möglichkeiten aufzählen, die ich als Schwangere ohne Partner hätte. Sie würde wissen, wo ich mich über meine finanziellen Möglichkeiten informieren könnte, welche Absicherungen ich treffen müsste, um gut für das Kind sorgen zu können, das ja eventuell keinen Vater haben würde. Denn das war nach wie vor mein Problem: Ich wusste immer noch nicht, wer der potenzielle Vater war – beziehungsweise, wie er hieß.

Mein Kopf war so voll von Fragen und trotzdem irgendwie völlig leer.

„Würdest du es behalten?", raunte Jana in mein Ohr, als hätte sie meine Gedanken verfolgt.

„Aber natürlich!" Meine Antwort war fast etwas zu laut, denn die beiden anderen Frauen im Wartezimmer schauten wie auf Kommando in meine Richtung.

„Ich werde nicht die womöglich letzte Chance auf ein Kind vertun", zischte ich etwas leiser, wobei ich das Magazin vor mein Gesicht hielt, damit die beiden neugierigen Zuhörerinnen auf keinen Fall meine Antwort von den Lippen lesen könnten.

„Gut. Das hatte ich auch nicht von dir erwartet. Du kannst auf mich zählen, das weißt du doch. Oder, Isa? Also wenn du mal jemanden zum Babysitten brauchst, wenn du mal Schlaf nachholen musst oder … wie auch immer. Ich bin da für dich."

Meine Kehle war wie zugeschnürt vor Rührung, und so nickte ich dankend in ihre Richtung.

„Frau Seifert, bitte." Der Klang meines Namens sprengte die Enge in meinem Hals und machte Platz für das heftig hämmernde Herz. Jana drückte fest meine Hand, ehe wir aufstanden und meiner Frauenärztin ins Untersuchungszimmer folgten.

„Also vorweg kann ich Ihnen versichern, dass Sie nicht schwanger sind."

Nicht schwanger! Sollte mir jetzt eigentlich ein Stein vom Herzen fallen, so waren es nur ein paar Kieselsteine. Auch wenn es eine mittlere Katastrophe gewesen wäre und mein Leben komplett aus der Bahn geworfen hätte, so hatte ich doch irgendwie auf einen kleinen Bauchbewohner gehofft. Ich atmete tief aus, während Jana, die neben mir saß, mir aufmunternd zunickte.

„Und … wie sieht es mit Geschlechtskrankheiten aus?“

„Nun, dazu muss ich erst das Blut ins Labor schicken, das man Ihnen abgenommen hat. Hätten Sie sich mit HIV oder Hepatitis infiziert, werden wir es so herausfinden. Das Ergebnis erhalte ich noch diese Woche, und ich werde mich auf jeden Fall bei Ihnen melden. Sie sollten jedoch unbedingt den Bluttest in einem halben Jahr noch einmal wiederholen, denn selbst wenn der Test heute vielleicht negativ ausfällt, heißt das nicht, dass Sie sich nicht infiziert haben. Das wird in dem zweiten Test noch einmal überprüft.“

Ein mulmiges Gefühl breitete sich in meiner Magengegend aus. „Und … was ist mit anderen Geschlechtskrankheiten?“

„Die konnte ich alle ausschließen. Grundsätzlich gilt es jedoch, beim Geschlechtsverkehr mit unbekannten Partnern nicht auf den Schutz zu verzichten. Nur so können Sie dem Risiko einer Ansteckung entgegenwirken.“

Vielen Dank auch. Als ob ich das nicht selbst wüsste. Immerhin hatte ich sogar doppelt verhütet.

„Und weshalb war mir dann regelmäßig schlecht?“

„Nun, da müssten Sie schon Ihren Hausarzt kontaktieren, das kann ich so nicht sagen. Aber ich tippe mal auf eine Bauchgrippe. Die ging in letzter Zeit um.“

Jana nickte. „Mensch, Isa, denk doch mal an Lena und die Mitarbeiter im Café. Vielleicht hast du dich ja bei ihnen angesteckt.“

Das wäre natürlich auch eine Möglichkeit. Zum Glück hatte die Übelkeit mittlerweile aufgehört, also ging ich davon aus, dass ich diese Magengeschichte überstanden hatte. *Aber das nächste Mal gehe ich auf jeden Fall sofort zum Arzt, wenn ich mich übergeben muss.*

„Auf deine Gesundheit und deine Nicht-Schwangerschaft!“ Jana prostete mir zu und trank von ihrem Chardonnay. Wir waren nach dem Arzttermin noch ins *Café au Lait* gegangen. Über den kleinen Abstecher war ich sehr froh, denn ich hätte die Einsamkeit in meiner Wohnung nicht ausgehalten. Doch ich war irgendwie auch nicht wirklich in Feierstimmung. Denn, was auch immer es war, das da in mir für das stimmungsmäßige Chaos sorgte, es war noch nicht verschwunden.

„Oder … etwa nicht? Du siehst aus wie sieben Tage Regenwetter.“ Jana stellte ihr Glas auf den Tresen und sah mich fragend von der Seite an. Ich drehte mich auf dem Barhocker hin und her und kaute auf der Innenseite meiner Wangen.

„Klar, ich bin natürlich erleichtert, dass ich mir höchstwahrscheinlich keine Geschlechtskrankheit eingefangen habe.“

Ich seufzte und nippte am Wein. „Und irgendwie auch, dass ich nicht schwanger bin. Ach … ich weiß auch nicht. Ich dachte irgendwie, wenn ich das Ergebnis erfahren würde, wäre alles wieder wie vorher. Ich wäre wieder gut gelaunt, und mein Leben würde – bis auf die wechselnden Partner – weitergehen. Doch irgendwie …“

Ich zuckte mit den Schultern. „Es fühlt sich trotzdem so an, als würde etwas fehlen. Ich meine, auch wenn ein Kind mein Leben komplett verändert hätte, so hätte sich dadurch zumindest *ein* Traum von mir erfüllt.“ Ich hatte keine Ahnung, ob meine Freundin nur ansatzweise nachvollziehen konnte, wie es in mir aussah.

„Ich kann mir ja schlecht von irgendeinem Fremden ein Kind machen lassen. Außerdem *will* ich das gar nicht. Ich will einen lieben Partner an meiner Seite haben, mit dem ich mich gemeinsam dazu entschließe, ein Kind in die Welt zu setzen.“

„Schade, dann wird es vorerst nichts mit Tante Jana.“ Sie zwinkerte mir zu.

„Pah, du bist gut. ‚Vorerst nichts …‘“ Ich deutete mit meinen Zeige- und Mittelfingern Anführungsstriche in die Luft. „Ich denke, das war es mit meiner Chance auf Nachwuchs. Aus und vorbei.“

„Hm. Und was hast du jetzt vor?“

Ich seufzte tief. „Wenn ich das wüsste …“

„Was ist mit Sebastian?“

„Was meinst du?“

„Na ja … du wirkst irgendwie jedes Mal … verliebt, wenn du von ihm sprichst.“

Mein Herz verkrampfte sich allein beim Gedanken an ihn. Ich biss meine Zähne zusammen und drehte den Stiel des Weinglases zwischen meinen Fingern.

„Wow! Kein Einspruch? Also hat es dich tatsächlich erwischt?“

Vermutlich so sehr, wie überhaupt noch nie in meinem Leben. Aber es auszusprechen, schaffte ich nicht. Es wäre ein Eingeständnis, für das ich vielleicht noch nicht bereit war. Oder aber ich wollte es nicht wahrhaben. Vielleicht hatte ich einfach nur Angst vor den Folgen. Also zuckte ich mit den Schultern und nippte an meinem Wein.

„Hör zu, Jana, es war ein anstrengender Tag für mich, ich werde jetzt nach Hause fahren und mir eine heiße Dusche gönnen. Ich hoffe, du bist jetzt nicht böse auf mich?“

Doch diese winkte ab. „Julian kommt später noch vorbei. Wir wollen ins Kino.“

„Alles klar. Dann viel Spaß euch. Liebe Grüße an Julian …“

„Hey, Ladys, seid ihr schon auf dem Sprung?“ Neben uns tauchte unser großer, dunkelhaariger Freund mit dem Dauerlächeln auf.

„Hey, Marco! Ja, ich will nach Hause, ich … brauche eine entspannende Dusche.“

„Da hast du recht. Besser entspannen, bevor du irgendwann noch ein Burn-out bekommst.“

„Das sagt der Richtige! Wann hast du zuletzt Urlaub gemacht?“

Marco kniff seine Augen zusammen, als würde er die Antwort auf diese Art schneller finden. „Mal sehen … wie lange ist das mit uns beiden her?“

„Fast vier Jahre.“

„Dann vor fünf Jahren.“ Er ließ sich auf den freien Hocker neben uns sinken und wischte sich seine Hände an der schwarzen Barschürze ab. „Mag sein, dass du recht hast und ich mir tatsächlich wieder mal eine Verschnaufpause verdient habe. Aber erst will ich den Wohnungswechsel hinter mich bringen.“

„Oh toll, habt ihr schon eine Wohnung gefunden?“, hakte ich nach.

„Ja. Wir bekamen die Zusage, als du wellnessen warst. Sie ist in perfekter Lage. Lena braucht nur fünf Minuten auf die Autobahn und nur zwanzig Minuten zur Arbeit. Und eine Straßenbahnhaltestelle ist in der Nähe, mit der ich ebenfalls innerhalb kürzester Zeit im Café bin. Fast einhundert Quadratmeter mit großer Dachterrasse. Traumhaft! Wir freuen uns schon sehr darauf.“

„Dann könnt ihr euch ja endlich regelmäßig sehen. Das wird sicher toll für euch und macht doch einiges leichter, oder?“

„Davon kannst du ausgehen.“ Marco strahlte über beide Ohren und steckte mich damit an.

Jana lehnte sich auf den Tresen, um seinen Schwärmereien besser folgen zu können. „Wann könnt ihr einziehen?“

„Noch dieses Jahr. Wir haben jedenfalls schon unsere Wohnungen gekündigt. Den Mietvertrag haben wir ebenfalls unterschrieben. Jetzt müssen wir nur noch warten, bis die Vormieter die Wohnung geräumt haben. Dann geht es los.“

„Das klingt toll! Na, dann drücke ich euch fest die Daumen, dass alles schnell und glatt über die Bühne geht! Falls ihr Hilfe braucht, sagt Bescheid."

„Ich schick eine Rundmail raus", grinste mich Marco an.

„Mach das." Ich zwinkerte ihn an und legte das Geld für meinen Wein auf den Tresen. „So, ich muss jetzt wirklich los."

Dann küsste ich meine beiden Freunde auf die Wange und rauschte aus dem Lokal.

Mit einem leisen Seufzen ließ ich das warme Wasser auf meine Schultern prasseln und schloss meine Augen. Musik drang aus dem kleinen Lautsprecher, den ich mir ins Bad gestellt hatte. Seit einigen Tagen schwirrte ein weiteres Thema in meinem Kopf herum, das mich nur selten losließ – neben der Möglichkeit einer Schwangerschaft, die sich ja jetzt zum Glück (oder doch nicht) in Luft aufgelöst hatte.

Ich musste ständig an Sebastians Worte denken, die er gesagt hatte, als wir auf dem Panoramaturm gewesen waren: *„Vielleicht heißt sie es ja gut, dass du dein Leben inzwischen geändert hast."* – Dieser Satz ließ mich nicht zur Ruhe kommen. Ich sollte wirklich einen weiteren Versuch wagen, mich mit meiner Schwester zu versöhnen.

In diesem Punkt hatte er mich nämlich mitten ins Herz getroffen. Ich vermisste sie schrecklich! Schließlich waren wir jahrelang unzertrennlich gewesen. Sie war quasi meine beste Freundin, bevor ich Jana kennenlernte. Sie hatte all meine Ängste und Sorgen gekannt, und ich hatte genau gewusst, dass ich jederzeit zu ihr kommen konnte, wenn mir etwas auf dem Herzen lag.

Vielleicht hatte Sebastian recht, und ich sollte es einfach probieren. Mehr als eine erneute Abfuhr konnte mir wohl nicht passieren, oder? Die Frage war nur, wie ich es angehen sollte. Bei einem Anruf von mir würde sie vermutlich nicht einmal abheben. Ich müsste sie also zu Hause besuchen. Wobei ich zuerst noch wissen sollte, wann sie zu Hause war und ob sie dann neben ihren Kindern, ihrer Ehe und dem Haushalt auch noch Zeit für eine Unterhaltung haben würde.

Ich hatte riesigen Bammel davor. Denn ich wollte nicht erneut mit ihr streiten. Und … sie hatte ja auch recht, dass ich einen … na ja … etwas übertriebenen Lebenswandel hatte. Aber andererseits hatte ich sie nie um ihre Meinung dazu gebeten.

Klar, nach Jürgen hatte ich mich verändert. Und das nicht wenig, immerhin war ich vorher ein schüchternes Mäuschen und tat genau das, was er damals von mir wollte. Doch nach dem Desaster im Brautsalon und nach den peinlichen Stunden am Telefon, in denen ich *allen* geladenen Gästen wieder absagen musste (das überließ mir dieser Vollpfosten nämlich auch), schwor ich mir, dass ab sofort keiner mehr auf meiner Nase herumtanzen durfte, so wie er es getan hatte. Meinem Selbstwertgefühl hat es jedenfalls nicht geschadet, dass ich meine biederen Kleidchen in supersexy Minis und elegante Businesskostüme tauschte und meine Schuhsammlung um etliche High Heels erweiterte.

Außerdem lernte ich, mich zu schminken. Ich ließ meine Haare wachsen, die dank meiner Friseurin durch einige Highlights noch intensiver leuchteten, ging ab sofort zur Nageldesignerin. Und ich schrieb mich in ein Fitnessstudio ein.

Ich fand eine neue Wohnung, einen neuen Job, neue Freunde – und ich liebte meine neu entdeckte Wirkung auf die Männer. Ich liebte mein neues Ich. Nur meine Schwester, die hasste es. Vielleicht gönnte sie mir mein neues Leben einfach nicht. Ich wusste es nicht. Aber ich musste es herausfinden. Egal, was kommen würde.

Ich beschloss, meine Mama anzurufen. Sie würde sich sicherlich freuen, mal wieder von mir zu hören. Und sie würde genau wissen, wann ich Claudia überfallen könnte.

Ich stieg aus der Dusche, wickelte mich in ein flauschiges Badetuch und griff entschlossen nach dem Handy.

„Meine verschollene Tochter! Wie schön, wieder einmal was von dir zu hören …" Der Vorwurf und dieser Sarkasmus in ihrer Stimme trieben mich sofort wieder auf die Palme.

„Du darfst dich ja gerne auch mal bei mir melden, Mama!" Das war ein toller Gesprächsauftakt.

„Isabella, du weißt genau, dass ich das nicht machen werde. Immerhin bin *ich* deine Mutter. Aber nun sag mal, was verschafft mir die Ehre deines Anrufs?"

Ich verdrehte die Augen und kämpfte mit mir, nicht sofort wieder aufzulegen. Ohne Umschweife kam ich gleich zur Sache.

„Wann ist Claudia zu Hause, und wann kann ich sie dort am besten besuchen, um mit ihr ungestört zu reden?"

„Mit ‚ungestört' meinst du doch hoffentlich nicht ohne deine Nichte und deine beiden Neffen?"

„Doch, Mama, genau das meine ich damit. Ich möchte etwas mit ihr besprechen, das nichts für kleine Kinderohren ist."

„Du willst also mit ihr über dein Sexleben sprechen. Also, ich weiß nicht, ob sie Lust hat, darüber …"

„Ich hab dich weder um deine Meinung noch um deinen Segen gebeten, Mama. Würdest du mir bitte einfach sagen, wann ich Claudia am besten besuchen kann?"

„Wieso rufst du sie nicht einfach an? Macht man das jetzt nicht mehr, dass man ein Treffen persönlich ausmacht?"

„Das frag mal deine ältere Tochter. Ich bin mir nämlich sicher, dass sie nicht einmal ans Telefon geht, wenn sie meine Nummer sieht."

„Du könntest ja mit unterdrückter Nummer anrufen."

„Oh Gott, Mama, wie kindisch ist das denn? Ich rufe doch nicht bei meiner Schwester an und unterdrücke meine Nummer! Falls sie tatsächlich abhebt, würgt sie mich spätestens nach dem ‚Hallo' ab. Komm schon! Sag mir, bitte, ob sie morgen Abend zu Hause ist. Wann kann ich zu ihr? Passt halb acht abends?“

Ich konnte förmlich hören, wie die Backenzähne meiner Mutter aufeinander mahlten. Doch ich wusste auch, dass ihr viel daran lag, dass wir uns endlich wieder vertragen würden. Also war ich mir sicher, dass sie mir die Information geben würde, die ich dafür brauchte.

„Acht Uhr. Und bring ihr eine Großpackung Schokolade mit. Dann ist sie … vielleicht nicht mehr allzu wütend auf dich.“

„Danke.“ Ich atmete hörbar aus. Mensch, war das anstrengend, mit ihr zu telefonieren. „Papa gehts gut?“

„Ja, der ist zum Pokern bei Karl.“

„Dann … sag ihm liebe Grüße von mir, okay? Danke für deine Hilfe.“

Als ich aufgelegt und das Handy wieder auf die Waschmaschine gelegt hatte, stützte ich mich am Waschbeckenrand ab und schnaubte mein Spiegelbild grimmig an. Tja, seine Familie konnte man sich leider nicht aussuchen …

12. Altes und Neues

Am nächsten Tag konnte ich mich kaum auf meine Arbeit konzentrieren. Ständig kreisten meine Gedanken um meinen geplanten Besuch bei Claudia. Ich war nervös und hoffte inständig, dass wir uns nicht sofort in den Haaren liegen würden. Nein, eigentlich hoffte ich, dass sie mir überhaupt die Tür öffnen würde!

Ich hatte heute viel zu tun, was nicht gerade ein Vorteil für mich war, da ich umso länger brauchte, um alles abzuarbeiten. Nach der Arbeit fuhr ich noch kurz in meine Wohnung, um mich umzuziehen und besorgte anschließend – meine Mutter würde schon wissen, weshalb – eine große Packung Pralinen.

Für die Kinder hatte ich kleine Stofftierchen gekauft. Ich hätte zwar viel lieber nach altersgerechtem Spielzeug gesucht, aber ich hatte erstens keine Ahnung, was bisher schon alles in ihrem Besitz war, und zweitens war ich mir nicht sicher, ob es Claudia recht gewesen wäre. Gegen die süßen Plüschhäschen würde sie ja hoffentlich nichts sagen.

Dann machte ich mich auf und fuhr die knappe halbe Stunde auf der Autobahn nach Amstetten, wo meine Schwester seit ihrer Hochzeit lebte.

Ich war genauso schrecklich nervös wie bei meinem Vorstellungsgespräch bei der *Kunst & Partner Verlagsgesellschaft*, als ich gegen acht Uhr abends auf den Parkplatz ihres Einfamilienhauses fuhr. In den Fenstern brannte Licht, worüber ich froh war, denn so hatte ich die Fahrt nicht umsonst gemacht.

Schneeschaufeln in Erwachsenen- und Kindergrößen standen entlang der Hausmauer und warteten auf ihren Einsatz. Ebenso ein Schlitten, der im Vorgarten auf den wenigen Schneeresten abgestellt war.

Ich drückte die Klingel und hörte auf der anderen Seite Kindergeschrei. Mist verdammt! Waren die Kleinen noch munter? Oder hatte ich sie aufgeweckt? In dem Moment wurde die Tür aufgerissen, und meine Schwester stand mit zerzaustem Haar und einem weinenden Kleinkind auf dem Arm vor mir.

„Hallo, Claudia. Tut mir leid, dich zu stören, ich komme vermutlich gerade zu einem schlechten Zeitpunkt. Ich hätte mich vorher anmelden sollen, aber ich war mir sicher, du würdest nicht mit mir am Telefon sprechen, also bin ich gleich hergekommen und … ich hab dir Pralinen mitgebracht, da Mama sagte, du isst gerne Schokolade. Für die Kleinen hab ich süße Plüschhäschen mitgebracht. Ich … melde mich mal wieder, und dann können wir uns ja was ausmachen, wenn du Zeit hast.“

Ich drückte ihr die Schachtel und die Tierchen, die in einer kleinen Tüte waren, in die freie Hand, drehte mich auf dem

Absatz um und ging schnurstracks Richtung Auto. Was für eine bescheuerte Idee, eine Hausfrau und Mutter unter der Woche abends ohne vorherige Anmeldung zu überfallen. Eigentlich hätte mir klar sein müssen, dass sie keine Zeit haben würde.

„Wenn du jetzt gehst, rede ich kein Wort mehr mit dir!", hörte ich sie rufen.

Ich blieb stehen und musste lachen. Ich hatte das nicht vor, aber es kam einfach so aus mir raus.

„Das tust du sowieso seit Jahren nicht mehr", japste ich.

„Na, komm schon rein und sag mir, weshalb du hier bist. Du bist sicher nicht gekommen, um meinen Schokovorrat aufzustocken. Und mach schnell, Niklas erkältet sich sonst."

Ich warf einen Blick auf den kleinen Jungen auf ihrem Arm, der bereits im Pyjama war und sich schluchzend an seine Mama kuschelte, während immer noch dicke Tränen über sein Gesicht liefen. So schnell wie möglich stöckelte ich über die Pflastersteine zur Haustür zurück und schlüpfte an Claudia vorbei ins Haus.

„Es tut mir ehrlich leid, ich hätte nicht …"

„Schon gut. Hilf mir lieber, Niklas' Wuffel zu suchen. Kleiner brauner Stoffhund mit Knopfaugen. Ohne ihn kann er nicht einschlafen."

Ich schlüpfte schnell aus den Schuhen und hängte meinen Mantel auf, ehe ich den beiden ins Wohnzimmer folgte. Dort sah es aus, als hätte eine Bombe eingeschlagen. Spielzeug, wohin man nur sah, Bücher, Legosteine, Bälle, Puppen …

„Himmel, was ist denn hier passiert?"

Claudia sah mich mit hochgezogenen Augenbrauen an. „Was denkst du, hm? Ich hab drei Kinder, die hier spielen." Dann setzte sie ihre Tour fort und hob Decken und Kissen an, um nach Wuffel zu suchen. Also half ich mit, auch wenn ich keine Ahnung hatte, wie dieses Tier tatsächlich aussah.

„Sag mal, Niklas, wo hast du ihn denn zuletzt gesehen? Wo warst du, als du zuletzt mit ihm gespielt hast?“ Ich war mir zwar nicht sicher, ob der kleine Mann sich daran erinnern konnte, aber einen Versuch war es zumindest wert.

„Weiß net“, schniefte der Kleine verzweifelt. Er war so herzig in seinem Jammer.

„Kann auch sein, dass eines der beiden anderen ihn versteckt hat. Wäre nicht das erste Mal“, seufzte Claudia.

„Und die sind bereits im Bett?“

„Natürlich. Stefanie muss morgen wieder zur Schule, und Tobias soll in den Kindergarten. Niklas war schon im Bett, aber dann kam er plötzlich aus seinem Zimmer und weinte, da er seinen Wuffel nicht bei sich hatte. Ich hatte gehofft, wir würden es die ganze Nacht ohne sein Schmusetier schaffen, aber da hab ich mich wohl getäuscht.“

Also drehten wir alles um, wo sich ein Stofftier darunter verstecken konnte. Claudia versuchte nebenbei, etwas Ordnung in das Chaos zu bringen, doch mit dem Kleinen auf dem Arm war es offensichtlich nicht einfach.

„Na, komm mal, kleiner Mann. Steig auf und fahr mit mir eine Runde mit dem Raumschiff.“ Ich deutete auf meinen Rücken. „Ich bringe dich in ferne Galaxien und zeige dir die … ähm … Sterne.“

Dankbar sah mich Claudia an und gab mir Niklas, der mich etwas skeptisch musterte. Doch als ich ihn huckepack trug, Raumschiffgeräusche zischte und mich im Kreis drehte, begann er zu kichern.

„Jaaaaa! Sneller! Sneller!“

Binnen kürzester Zeit tauchte auch besagter Wuffel wieder auf, der sich im Inneren eines Rutschautos versteckt hatte. Mit einem seligen Grinsen auf den Lippen verabschiedete sich Captain Niklas bei mir und ließ sich ohne Widerrede von Claudia zu Bett bringen.

Bevor ich tatenlos im Wohnzimmer saß und wartete, schlug ich die Decken zusammen und legte die Kissen wieder auf die Couch. Das übrige Lego räumte ich in eine Kiste, in der es noch mehr davon gab. Als Claudia wieder zurückkam, kochte sie einen Tee und setzte sich zu mir auf die Couch.

„Also? Ich bin ganz Ohr.“ Sie verschränkte ihre Arme vor der Brust und sah mich abwartend an. Seit ich Claudia das letzte Mal gesehen hatte, war sie um einiges älter geworden. Die Jahre, die seit unserem Streit vergangen waren und die Zeit als Mutter und Ehefrau hatten ihre Spuren hinterlassen. Doch ich fand, dass ihr das Älterwerden stand. Die kleinen Fältchen um ihre Augen und ihre Mundpartie zeigten, dass sie nach wie vor gerne und viel lachte.

Der Haaransatz ließ erkennen, dass auch sie regelmäßig färbte – was mich ehrlich gesagt beruhigte. Einen guten Finger breit schimmerten einige graue Strähnchen im Licht der Deckenleuchte in ihren dunkelblonden Haaren. Doch auch das wirkte sich in keinster Weise negativ auf ihr Erscheinungsbild aus. Sie verbrachte wohl einfach lieber ihre Zeit mit ihrer Familie, als sich in Beautysalons aufbügeln zu lassen. Vielleicht sollte ich die grauen Strähnchen an meinem Haaransatz auch nicht mehr so eng sehen?

„Kein ‚Hallo, liebe Schwester, wie geht es dir? Lange nichts mehr von dir gehört.‘.“

„Meine Zeit ist kostbar, also nein, sparen wir uns dieses belanglose Geschwafel. Was möchtest du mir sagen, weshalb bist du hier?“

Gut. Ohne Umschweife also. Konnte sie haben. Ich atmete tief aus, bevor ich ihr anvertraute, was mir auf dem Herzen lag.

„Ich vermisse dich, Claudia. Und … ich wollte mich entschuldigen … es tut mir so leid, dass ich deine Hochzeit beinahe zerstört habe. Und … ich vermisse dich so!“ *Teufel, ist das schwer!* Ich nagte an meiner Wangeninnenseite und wartete auf eine Reaktion.

Sie sah mich ernst an. „Isa, du hast mich vor meiner gesamten Familie und allen Freunden bloßgestellt, als du mit Richards Bruder völlig betrunken verschwunden bist. Ihr habt es ja bereits fast an der Bar getrieben, als ihr euch geküsst habt, als würdet ihr … keine Ahnung. Ekelhaft … Peinlich!"

„Es tut mir leid. Ehrlich!", sagte ich noch mal leise. Und das meinte ich tatsächlich so.

Ich sah ihr in die Augen und hoffte, sie würde es in meinen erkennen. Sie musterte mich einen Augenblick, ehe sie sich über die Schachtel Pralinen machte und die Füße hochlegte.

„Du warst nicht mehr dieselbe. Früher konnten wir über alles Mögliche plaudern, hatten Spaß, erzählten uns von unserer Beziehung, von unseren Zukunftsplänen … Doch, als du nicht mehr mit Jürgen zusammen warst, warst du … unausstehlich geworden. Alles drehte sich nur mehr darum, wie du den letzten Mann abgeschleppt hast, wie er im Bett war, wie groß sein … Teil war und … wie du dir den nächsten angelst."

Angewidert rümpfte Claudia die Nase.

„Du hast so recht. Ich war wirklich kein sehr angenehmer Gesprächspartner, wie?" Ich fühlte mich schrecklich.

Immer, wenn ich versucht hatte, meinen Schmerz und die erfahrene Demütigung zu verdrängen, indem ich mir die Bestätigung von anderen geholt und ein übertrieben fröhliches Leben geführt hatte, hatte ich damit jedoch meine Familie blamiert. Ich verlor dadurch meine Schwester und beste Freundin. Und ich hatte noch nicht einmal bemerkt, was da vor sich ging.

„Weißt du, ich … ich dachte immer, du reagierst so darauf, weil du vielleicht auch etwas … neidisch auf mich wärst, dass mir die Männerwelt zu Füßen lag."

Claudia prustete los. „Das ist nicht dein Ernst, oder?"

„Na ja, ich … weiß nicht …"

„Ich bin mit Richard glücklich, wieso also sollte ich neidisch auf dich sein?"

„Keine Ahnung. Du und Richard … ihr kennt euch, seit ihr Teenager wart, und ich habe mich eben ausgelebt, war nicht so festgelegt …“

„Ja, das hast du vermutlich.“ Claudia lachte verachtend, und ich fühlte mich … schmutzig.

„Tut mir leid, ich hätte wirklich nicht herkommen sollen …“

Ich stand auf und griff nach meiner Handtasche. Doch Claudia packte mich am Unterarm und zog mich zurück auf die Couch.

„Du bist aber hergekommen, und … das freut mich. Sehr sogar. Das zeugt von Stärke. Und weißt du, ich hab dich auch vermisst, Isa, vermutlich mehr, als du dir vorstellen kannst. Aber ich möchte immer noch nicht, dass meine Kinder zu viel von deinem … Lebenswandel mitbekommen. Ich denke nicht, dass du in dieser Hinsicht ein gutes Vorbild für sie bist. Deshalb sollten wir auch weiterhin Distanz halten.“

Autsch. Das war definitiv wie die Faust in den Magen. Aber da gab es etwas, das sie noch nicht wusste. Ich musste sie einfach überzeugen.

„Claudia, hör mir bitte zu, auch wenn du mir das noch nicht glauben willst: Ich bin dabei, mein Leben zu ändern. Ich will nicht mehr so weiterleben wie bisher. Ich dachte immer, es würde mich erfüllen, mich glücklich machen, und nichts und niemand könnte mich wieder verletzen, wenn ich bloß niemanden in mein Herz lassen würde. Ich fühlte mich schön und begehrenswert. Doch, was ich dabei nicht bedacht hatte, war, dass ich mir selbst damit wehtat. Ich hatte die ganzen letzten Jahre niemanden, mit dem ich einschlafen und wieder aufwachen konnte. Nicht nur für eine Nacht oder vielleicht für ein paar Wochen, sondern … über lange Zeit hinweg. Ich hatte niemanden, mit dem ich kuschelnd vorm Fernseher liegen konnte, niemanden, der auf mich wartete, wenn ich mal später von der Arbeit heimkam. Niemanden, mit dem ich am Sonntag durch den Park spazieren konnte und niemanden, mit dem ich auf Familienfeiern gehen konnte."

Ich schluckte heftig.

„Tja, das hast du dir aber selbst so ausgesucht." Claudia seihte den Tee ab, der vor uns auf dem Couchtisch stand, und goss uns die heiße Flüssigkeit in zwei große Tassen.

„Ich weiß, und ich bin auch nicht hier, um mich darüber zu beschweren. Ich möchte einfach, dass du weißt, dass ich mein Leben wieder in den Griff bekommen möchte. Ich will glücklich sein, mit einem Mann, mit Kindern. Und … ich will dich nicht länger vermissen müssen. Ich will dich wieder anrufen können, wenn mir danach ist, mit dir zu plaudern. Ich will dich besuchen können, wenn ich dich sehen möchte."

„Du kannst mich immer anrufen. Dafür hat es nie ein Hindernis gegeben."

„Aber … du hast dich auch nicht bei mir gemeldet …"

„Ich hatte auch nicht das Bedürfnis danach."

Ich schluckte meine aufkommende Wut und den Schmerz, den ihre Worte in mir auslösten, hinunter. In dieser Hinsicht war sie genau wie unsere Mutter: kalt und direkt. Aber trotzdem liebte ich sie, und – was mir vielleicht am meisten wehtat – ich hatte verpasst, ihre Kinder – meine Neffen und meine Nichte – bisher kennenzulernen, ich hatte weder ihre Geburt miterlebt noch … Dafür gab es keine zweite Chance. Also musste ich sie *jetzt* nutzen, wenn ich nicht noch mehr verpassen, nicht noch einmal alles vermasseln wollte.

„Aber ich hatte … habe das Bedürfnis danach. Du bist meine Schwester. Und du wirst sehen, dass ich auch eine tolle Tante sein kann. Von mir können deine Kleinen noch viel lernen."

Ich versuchte mich an einem Lächeln, doch ihr strafender Blick machte es mir sehr schwer.

„Claudia … ich … hab jemanden kennengelernt."

„Tatsächlich?" Ihr Blick veränderte sich von strafend zu interessiert. Sie durchleuchtete mich mit ihren Augen, als ob sie eine Unwahrheit hinter meinen Worten vermuten würde.

„Ja. Er heißt Sebastian und …" *Ich hab es mir mit ihm vermasselt.*

„Und?"

„Tja. Gute Frage. Ich hab ihn im Urlaub kennengelernt. Mit ihm war plötzlich alles anders. Ich sehnte mich jede Minute nach ihm, und, wenn er in meiner Nähe war, hatte ich Herzklopfen, Schmetterlinge im Bauch …" Ich seufzte tief.

„Das volle Programm also?"

„Das volle Programm, genau." Ich nippte am Tee, der noch sehr heiß war, und blies vorsichtig in die Tasse, die ich nur mit den Fingerspitzen festhielt, während ich gedankenverloren vor mich hin starrte.

„Und … wo liegt das Problem?"

„Dass er seine Ex geküsst hat … versucht hat, zu küssen … zumindest sah es so aus." Wieder seufzte ich tief und stellte die Tasse auf den Couchtisch.

„Du weißt also nicht genau, was passiert ist?"

„Nein."

„Was vermutest du?"

„Ach, was weiß ich … keine Ahnung. Ich sah ihn knapp vor ihr in eindeutiger Pose, und meine Sicherung brannte durch. Ich packte sofort meine Sachen und verließ das Hotel, ohne eine Möglichkeit, ihn noch mal zu kontaktieren."

„Das ist … ärgerlich."

„Tja."

„Es freut mich zu hören, dass du anscheinend doch vernünftig wirst. Und wenn du dich *einmal* verlieben konntest, dann wird es auch ein weiteres Mal klappen. Du wirst sehen, es wird sich alles richten."

Ich nickte gedankenverloren, während ich mich in ihrem Wohnzimmer umsah.

„Wo ist eigentlich Richard?“

„Der hat heute seinen Männerabend. Wieso fragst du?“

„Nur so. Ich hätte einfach nur gerne Hallo gesagt. Und mich auch bei ihm für mein unmögliches Verhalten auf eurer Hochzeit entschuldigt.“

Claudia lächelte mich an – das erste Mal, seit ich bei ihr war. „Ich richte es ihm gerne aus.“

„Danke, das ist lieb von dir. Und jetzt erzähl mal, wie machen sich die Kinder?“

„Ach, ich will dich nicht mit Hausfrauen- und Mutteralltagsgeschichten langweilen …“

„Aber ich bitte darum! Lass mich wissen, wie es so ist mit Kindern.“

„Na ja …“ Claudia lachte jetzt sogar. „Du hast das Chaos gesehen, als du hereingekommen bist. Es ist jeden Tag so. Laut und chaotisch. Aber ich liebe meine drei Engel – vier, wenn ich Richard dazu zähle.“ Sie schaute auf ein Foto an der Wand gegenüber, das die ganze Familie zeigte. Sie wirkte so glücklich.

Das war es, was ich mir auch erhoffte. Genau diesen Blick wollte ich auch haben.

„Ich freue mich für dich, Claudia. Ich hoffe, irgendwann werde ich das auch noch von mir behaupten können. Vielleicht nicht drei Kinder, aber zumindest eines möchte ich haben …“

Da nahm sie mich in den Arm. Ich hatte ehrlich nicht damit gerechnet und stieß einen überraschten Laut aus.

„Ich wünsch es dir von Herzen, Schwesterherz.“

Jana freute sich am nächsten Tag mit mir, als ich ihr bei einer Tasse Kaffee in einer kleinen Verschnaufpause in ihrem Büro von meiner Versöhnung mit Claudia erzählte.

„Du hast keine Ahnung, wie erlösend das Gefühl für mich war, als ich tatsächlich alles ausgesprochen hatte, was mir auf dem Herzen lag. Und ich vermute, ihr ging es nicht anders.“

Ich rührte in meinem Kaffee und schob mir ein großes Stück Schokolade in den Mund, das ich mit großem Genuss dort zergehen ließ. „Zumindescht mir ischt nicht nur ein Stein, schondern ein ganzer Felschen vom Herzen gefallen, alsch ich merkte, dasch schie meine Entschuldigung annimmt."

„Das kann ich mir vorstellen."

Ein leises „Pling" kündigte den Eingang einer E-Mail an. Jana lehnte sich vor, um sie zu öffnen. „Sieh mal, die ist von Marco an uns alle."

Ich beugte mich über meine Freundin und las mit ihr gemeinsam eine Einladung zum Umzug. „Schon dieses Wochenende?"

„Wow. Das ging ja jetzt flott … Ich muss mal sehen, ob ich Zeit hab. Am Samstag bin ich eigentlich bei meiner Mom zum Essen eingeladen. Das muss ich dann verschieben."

„Deine Mom wird es verkraften, denk ich, oder?", grinste ich meine Freundin an.

„Bestimmt. Ich freu mich total für Lena und Marco. Gibt es eigentlich ein glücklicheres Paar als die zwei?"

„Schrecklich, oder? Also Julian und ich sind ja sehr verliebt, aber was die beiden verbindet, das ist … überirdisch. Wer hätte gedacht, dass es Marco so erwischen würde, dass sein Dauergrinsen noch breiter wird?"

„Neidisch?", hakte ich lachend nach.

„Kein bisschen. Ich gönne es den beiden von ganzem Herzen."

„Ja, ich ihnen auch", antwortete ich, nicht ohne mich über den aufkeimenden Neid in mir zu ärgern. Ich schnappte mir noch das letzte Schokostück, griff nach meiner fast leeren Kaffeetasse und rauschte aus dem Büro. „Na, dann haben wir schon einen Wochenendplan."

Am Freitag trafen wir uns alle am frühen Nachmittag vor Marcos alter Wohnung zur Lagebesprechung. Er erklärte uns kurz, wo ihr neues Domizil lag, bevor wir begannen, seine jetzige Wohnung zu räumen.

„Respekt, wie hast du es geschafft, innerhalb so kurzer Zeit alles in Kisten zu packen?“ Ich war verblüfft, denn bei mir endete ein Umzug jedes Mal im Chaos, da ich kein Händchen für ordentliches Verpacken hatte.

„Ich hab gleich angefangen, als wir die Wohnung besichtigt und die erste vorsichtige Zusage erhalten haben. Ich wollte vorbereitet sein für den Fall der Fälle“, zwinkerte er mir zu. „Außerdem hat mir Lena geholfen. Ohne sie hätte ich es vermutlich nicht geschafft.“ Er schlang seinen breiten Arm um seine Freundin und küsste sie verliebt.

Kichernd löste sie sich wieder von ihm. „Ach, du übertreibst schon wieder. Ich hoffe nur, wir finden anschließend wieder alles. Ich sehe mich heute schon in einem Karton schlafen.“

„Da kann ich dich beruhigen, das Bett ist eines der ersten Dinge, die wir in eure neue Wohnung bringen.“ Julian wackelte mit den Augenbrauen, während er bereits die erste Matratze an uns vorbei in Richtung Treppenhaus trug.

„Genau, Mädels. Zuerst die großen Möbelstücke. Es ist alles so weit zerlegt, dass es transportabel ist. Falls euch was zu schwer ist, lasst es lieber uns Männer tragen.“

„Wie das da zum Beispiel.“ Jana verdrehte die Augen, als sie auf die große, schwere Ledercouch im Wohnzimmer deutete.

Erst als es dunkel wurde, legten wir in der neuen Wohnung die erste Pause ein. Wir ließen uns alle vollkommen erledigt auf das große Sofa fallen.

„Puh. Ich bin total erledigt. Und wir haben noch nicht einmal alles geschafft. Unglaublich, wie viel Zeug du hast, du bist schlimmer als eine Frau, Marco. Nicht einmal ich hab so viele Schuhe!“

Marco grinste schulterzuckend und schob sich ein Stück Pizza in den Mund, die wir uns hatten liefern lassen. „Das heute war nur das Aufwärmtraining für morgen.“

„Oh Gott, hast du etwa noch mehr Schuhe?“, fragte Jana an Lena gewandt.

„Nein, das nicht. Aber ich hab unglaublich viele Unterlagen von der Schule.“

„Schachtelweise Ordner, Bücher, Bastelutensilien … Ihr könnt euch auf was gefasst machen. Und wie ihr wisst, müssen wir noch einen Stock höher – ohne Lift.“

Ich stöhnte weinerlich auf und rieb über meine Oberschenkel. „Mir tat heute Morgen bereits alles weh vom Fitnessstudio gestern. Ich will nicht wissen, wie es mir morgen geht. Und erst am Sonntag!“

„Keine Angst, am Sonntag sind wir ja hoffentlich fertig. Und Marco nimmt morgen seine Erdbeer-Sahne-Schnitten aus dem Café mit“, lockte Lena uns.

Gut, für diese fruchtig-sahnigen Kalorienbomben hätten wir alles getan.

Der Samstag verlief genau so, wie ich es bereits vermutet hatte: zäh, anstrengend und schmerzhaft. Während des Umzugs dachte ich daran, selbst mal meine Wohnung wieder auf Vordermann zu bringen und mich endlich von alten Dingen zu trennen. Mir fiel auf Anhieb einiges ein, was ich dringend entsorgen sollte, und ich war mir sicher, dass es auch meiner Seele nicht schaden würde, auszumisten.

Ich wollte mir eben eine der Sahneschnitten aus dem Kühlschrank in der neuen Wohnung nehmen, als mich Jana mit dem Ellenbogen anstieß und den Kopf schüttelte, während sie von ihrer Wasserflasche trank.

„Was denn? Ich hab Hunger!“

„Warte mit der Nachspeise …“

„Ich hab aber *jetzt* Hunger!“

Sie grinste verschwörerisch und schüttelte den Kopf. Auch Lena hatte einen sehr eigenartigen Blick aufgesetzt, als ob die beiden ein Geheimnis hätten. Ich wollte erneut zum Protest ansetzen, als es klingelte.

„War das bei uns?“ Marco war wohl ebenso verblüfft darüber wie ich, und Lena nickte. „Kannst du mal aufmachen, Schatz?“

„Überraschung!“ Janas Mutter Anna kam mit ihrem Freund Martin und einer schwanzwedelnden Neele hinter Marco in die Wohnung, voll bepackt mit Schüsseln und Töpfen. „Ihr habt doch schon euer Geschirr gefunden, oder?“

Lena nickte und öffnete einen der Küchenschränke, während Jana die Besteckalade öffnete und nach den Gabeln und Messern griff. Julian drückte Anna fest an sich und klopfte Martin freundschaftlich auf die Schulter, ehe er seine weiße Schäferhündin begrüßte.

„Da Jana heute keine Zeit hat, zu uns zum Mittagessen zu kommen, dachte ich mir, das Essen kommt zu euch. Ihr habt doch sicher Hunger, oder?“ Wie auf Kommando fing mein Magen laut an zu knurren, was im Jubelgeschrei unterging.

„Jetzt weiß ich auch, weshalb ihr schon begonnen habt, die Küche einzuräumen.“ Marco küsste erst Lena auf die Wange, dann Jana und mich, und anschließend umarmte er Anna. Martin hob abwehrend seine Hände, und Marco klopfte ihm nur lachend auf die Schulter.

„Was gibt es denn Gutes?“ Neugierig beugte sich das Muskelpaket über die Schüsseln, die Anna auf den Tisch gestellt hatte, und wartete gespannt auf die Enthüllung.

„Lecker! Schnitzel mit Kartoffelsalat! Du bist ein Schatz!“ Erneut drückte er Anna fest an sich, die daraufhin rot anlief.

Nach dem Essen zogen sich die Männer ins Schlafzimmer zurück, um den Kleiderschrank aufzubauen, während wir Frauen die Reste vom Essen wegräumten. Neele hatte bereits auf dem Teppich ein warmes Plätzchen in der Sonne gefunden, auf dem sie ein Nickerchen hielt.

„Aber ist das fair? Ich meine … da finde ich ein Mal im Leben den sprichwörtlichen Deckel zu meinem Topf, und dann knutscht er … mit der Kasserolle von früher rum." Ich seufzte auf und trocknete den Topf ab, in dem Anna die Schnitzel transportiert hatte.

Jana zog verwundert ihre Augenbrauen hoch.

„Er hat sie also tatsächlich geküsst? Ich dachte, du hast sie nur beobachtet, wie sie kurz davor waren?"

„Na ja … den Kuss selbst hab ich nicht gesehen, aber den eindeutigen Moment davor."

„Mhm …" Jana musterte mich einen Moment. Sie schien wohl die nächsten Worte genau abzuwägen und warf einen kurzen Blick in Richtung Schlafzimmer. Mit gesenkter Stimme fuhr sie fort. „Also … wenn ich eines aus der Beziehung mit Julian gelernt habe, dann, nicht einfach davon auszugehen, dass alles tatsächlich so ist, wie man glaubt. Was ich damit sagen will … Ich wäre heute nicht mit Julian zusammen, wenn wir beide an dem festgehalten hätten, was wir dachten, über den anderen zu wissen."

Puh, was für eine langatmige Erklärung. Ich dachte an das Chaos und die vielen Missverständnisse zurück, die Jana beinahe um ihre große Liebe gebracht hätten, und nickte. Lena schwang ihr Geschirrtuch über die Schulter und lehnte sich mit der Hüfte an die Küche.

„Also ganz egal, was da wirklich zwischen den beiden gelaufen ist … Traust du ihm denn zu, dass er dich anlügt und hinter deinem Rücken seine Freundin küsst, über die er dir gegenüber behauptet, sie sei seine Ex?"

Mit diesen Worten hatte Lena den Nagel auf den Kopf getroffen. Die Frage hatte ich mir auch immer wieder mal gestellt.

„Nein … eigentlich nicht. Es passt nicht zu dem, was er mir sonst über sich erzählt hat. Er wirkte auf mich auch tatsächlich verzweifelt, als er daran dachte, eine neue Wohnung suchen zu müssen, und die alte seiner Ex zu überlassen. So was erzählt man ja eigentlich nicht, wenn man mit der Frau noch zusammen ist, außer man ist ein ganz großer Scheißkerl – aber den Eindruck hat Sebastian nicht auf mich gemacht, im Gegenteil …"

Plötzlich musste ich wieder an die Szene im Kinofilm denken, den sich meine Freunde und ich angesehen hatten und mit dem vor wenigen Wochen der Stein ins Rollen gebracht wurde. Zwar war das Paar bereits dabei, zu heiraten, doch im Grunde war es dieselbe Situation: Die zukünftige Braut beobachtete ihn dabei, wie die Kellnerin ihrem Verlobten viel zu nahe kam, und zog voreilige Schlüsse, ohne ihm die Chance zu geben, das Missverständnis aufzuklären. *Wie im wahren Leben!*

Ein flaues Gefühl machte sich in meiner Magengrube breit, und mich beschlich plötzlich der Gedanke, dass ich denselben fatalen Fehler wie die Braut im Film begangen haben könnte.

„Und was hast du jetzt vor?", riss mich Anna aus meinen Überlegungen.

„Keine Ahnung. Vielleicht sollte ich … mir seine Version dazu anhören?"

„Was heißt da ‚vielleicht'? Auf jeden Fall solltest du das machen! Sprich mit ihm! Das könntest du schon längst getan haben." Jana kniff mir in die Seite.

„Kann ich nicht. Ich hab seine Nummer nicht. Und ich weiß nicht einmal genau, wo er wohnt. Irgendwo in Wien … Außerdem will er vermutlich gar nichts mehr mit mir zu tun haben …"

„Ach, so ein Blödsinn, du bist schon wieder am schwarzmalen, Isa. Wieso sollte er dich nicht wiedersehen wollen? Er weiß ja gar nicht, weshalb du gefahren bist. Denkst du wirklich, dass er *deswegen* so …"

„Ich hab ihm eine Nachricht unter seiner Zimmertür durchgeschoben, bevor ich gefahren bin", gestand ich.

Meine Freundinnen hielten alle in ihrer Bewegung inne und starrten mich an, als hätten sie eben den Osterhasen gesehen.

„Davon hast du bisher aber noch nichts erzählt“, tadelte mich Jana.

„Ich weiß. Weil es mir unendlich peinlich ist und ich Idiotin vermutlich alles zerstört habe, was ich noch nicht einmal richtig hatte.“ Ich seufzte tief.

Lena kam zu mir, fasste mich am Unterarm und hakte nach. „Was stand in der Nachricht?“

„Du verlogenes Arschloch.“

Ich wendete mich ab, denn ich wusste nicht, ob ich den Kampf gegen die Tränen gewinnen konnte. Hinter mir vernahm ich nur ein erschrockenes Einatmen.

„*Das* hast du geschrieben?“, hakte Anna fassungslos nach.

„Ja. Und damit er weiß, wer so über ihn denkt, habe ich noch unterschrieben.“

„Jap. So kann man sich auch unbeliebt machen …“ Jana traf damit den Nagel auf den Kopf. „Da musst du dich aber nicht wundern, dass er sich nicht mehr bei dir gemeldet hat.“

„Und das ist mit ein Grund, weshalb ich unbedingt noch einmal mit ihm sprechen muss. Ich will mich bei ihm entschuldigen für die impulsiven Worte … auch, wenn er die Eiskönigin vielleicht tatsächlich geküsst hat und da doch noch etwas zwischen ihnen ist.“

Denn Sebastian war vielleicht verlogen, aber noch lange kein Arschloch. Das hatte er mir oft genug bewiesen in den wenigen gemeinsamen Stunden.

Lena schaute mich ungläubig an.

„Glaub mir, Lena, ich hab in den letzten Jahren genügend Arschlöcher kennengelernt. Sebastian ist definitiv keines.“

Ich seufzte, und der Schmerz in mir drückte mein Herz wie eine Faust zusammen. „Also … irgendwelche Vorschläge, was ich jetzt tun soll?“

Meine Freundinnen und Anna warfen sich Blicke zu, die zwischen fragend, unsicher und zustimmend schwankten.

„Du musst mit ihm sprechen!“, wagte Anna einen Anfang.

„Aber wie?“ Ich sah echt keine Möglichkeit und fühlte mich einfach nur hilflos.

„Telefonbuch?“, schlug Lena vor.

„Dort hab ich als Erstes nachgesehen, es gibt keinen Sebastian Schwarz in Wien.“

„Isa, erinnere dich: Julian hat mich über Facebook gefunden, also solltest du es auch mal übers Internet versuchen.“

Janas Worte ließen mich neue Hoffnung schöpfen. „Das … ist gar keine schlechte Idee.“ *Mensch, wieso ist mir das nicht schon längst eingefallen?*

Schnell fischte ich mein Handy aus meiner Handtasche heraus. Doch, als ich „Sebastian Schwarz“ eintippte, ergab die Suche leider nichts.

„Sackgasse … Ich muss am Computer recherchieren.“

Ich war Feuer und Flamme, hin- und hergerissen zwischen Vorfreude, etwas über ihn zu finden, und Angst, dass meine Suche vergeblich sein könnte.

„Das ist sicher keine schlechte Idee. Wer weiß, ob dir diese App auch wirklich alle Namen anzeigt. Und dann würde ich seinen Namen noch googeln. Vielleicht ist er ja nicht auf Facebook, aber unter Umständen findest du ihn ja auf einer anderen Plattform, oder er hat eine eigene Website als Fotograf?“, warf Lena ein.

Ich nickte und schielte auf meine Armbanduhr. Plötzlich hatte ich es sehr eilig. Wie lange würde ich wohl noch hierbleiben müssen, um meinen Freunden zu helfen? Wäre es sehr unhöflich, mich jetzt einfach vom Acker zu machen? Ich wollte unbedingt wissen, wo er lebte und wie ich ihn kontaktieren konnte. Ich musste Sebastian einfach finden.

Warum hatte ich ihn nur nicht danach oder nach seiner Handynummer gefragt? Ich hätte ihm auch meine Anschrift und Nummer geben können. Warum war ich nur so kopflos gewesen? Alles in mir drängte danach, ihn sofort anzurufen und seine Stimme zu hören. Oder noch besser, ihn zu sehen und in die Arme zu schließen. Oder wenigstens Klarheit darüber zu bekommen, was jetzt zwischen ihm und Angela oder zwischen ihm und mir war. Ich würde mich auch stundenlang ins Auto setzen, und wenn er am anderen Ende von Österreich wohnte.

Anna bemerkte meine Unruhe, während meine beiden anderen Freundinnen weiter Ordnung machten. Anna war sozusagen mein Mutterersatz, seit ich Jana kannte. Sie war so, wie ich mir immer wünschte, dass meine Mama sein sollte. Herzlich, liebevoll, beschützend und lustig, Freundin und Mutter in einem sozusagen. Als ich zum Esstisch ging, um ihn abzuwischen, folgte Anna mir und begann, leise zu mir zu sprechen.

„Weißt du, Isa, meine Großmutter war eine sehr weise Frau. Ich verbrachte viel Zeit bei ihr, und, als ich das erste Mal verliebt war, hatte sie einen Ratschlag für mich, den ich auch an Jana weitergab, als sie sich das erste Mal verliebt hatte. Und jetzt möchte ich ihn auch dir sagen: *Liebe mit dem Herzen, aber vergiss nicht deinen Verstand, denn er soll dich leiten.*"

Ich dachte einen Moment über ihre Worte nach, ehe ich verwirrt nachhakte: „Das heißt jetzt in meinem Fall konkret was? Dass ich noch einmal darüber nachdenken soll, ob er mir tatsächlich die Wahrheit gesagt hat? Denkst du, dass er mich doch angelogen hat?"

„Nein. Was sagt dir denn dein Bauchgefühl?"

„Ich weiß nicht. Ich weiß nur, dass ich ihn schrecklich vermisse, dass ich ständig während der Arbeit mit den Gedanken bei ihm bin. Dass ich nicht wie sonst das Bedürfnis habe, Jana in allen Details von der gemeinsamen Nacht zu berichten, da es … etwas ganz Besonderes für mich war."

Ich seufzte auf und hob verzweifelt die Arme. „Aber woher weiß ich, ob das jetzt mein Herz oder mein Bauchgefühl ist?

Natürlich habe ich Angst, dass die Eiskönigin Angela tatsächlich noch seine Freundin ist. Aber es spricht einfach so viel dagegen. Der Schmerz in seinen Augen, als ich ihn auf seine Wohnung ansprach zum Beispiel."

„Und was spricht dafür?"

„Weißt du, Anna, in den letzten Jahren bin ich vielen Lügnern begegnet. Männer, die den Drang hatten, mir etwas vorzugaukeln, nur um mich ins Bett zu bekommen. Sie prahlten mit ihrem Job, ihrer Wohnung, ihrem Auto, ihrem Ansehen bei ihren Freunden und Kollegen. Es soll jetzt nicht überheblich klingen, aber ich denke, ich habe dadurch eine gute Menschenkenntnis entwickelt."

Ich wischte mit einem trockenen Tuch den Tisch nach und legte dann das Stück Stoff schwungvoll über meine Schulter.

„Nach all den Jahren denke ich, kann ich am Gesicht eines Menschen ablesen, ob er lügt, mir was vorspielt, oder ob er ehrlich ist. Bei Sebastian hatte ich nicht das Gefühl, als hätte er überhaupt einen Grund dazu gehabt. Ich habe bei ihm nichts Unehrliches gespürt. Wenn er lachte, dann erreichte dieses Lachen jedes Mal seine Augen. Wenn er traurig war, dann zeigte er es auch. Und er hat weder mit seiner Wohnung noch mit sonst irgendwas bei mir geprahlt. Er hat *mir* immer zugehört und hat sich für mich interessiert, etwas, das ich in der Form nicht von Männern kenne. Weil wir so viel über mich geredet haben, weiß ich ja noch nicht einmal genau, wo er wohnt."

Und dafür könnte ich mir heute noch in den Arsch beißen – wieso hatte ich bloß nicht nachgefragt? Ich war wohl tatsächlich voll und ganz im Urlaub und hatte sogar mein journalistisches Ich in der Stadt gelassen.

„Das wirst du schon noch rausfinden. Und auch, ob er die Wahrheit gesagt hat in Bezug auf seine Ex." Mit diesen Worten drückte mich Anna an sich, und ich erwiderte ihre Umarmung, so fest ich konnte. Dann ging sie wieder zu den beiden anderen

Mädels in die Küche und ließ mich grübelnd im Esszimmer zurück.

Vielleicht hatte sie ja wirklich recht, aber ich musste mir erst klar darüber werden, was mein Herz und mein Verstand tatsächlich sagten. Ich war ja schon froh festzustellen, dass ich nicht ganz verkorkst war und noch lieben konnte.

Aber es war tatsächlich mal ein hilfreicher neuer Denkanstoß, meinen Verstand zu benutzen. Zumindest hatte er mich in der Vergangenheit regelmäßig verlassen, sobald ich mich auf einen Mann einließ.

Mein Verstand hatte wohl auch bei Sebastian ausgesetzt, als ich ihn mit der Eiskönigin in der Küche beobachtet hatte. Aber diesmal würde ich es nicht einfach so hinnehmen. Ich würde aufstehen und kämpfen. Noch einmal würde ich nicht zusehen, wie das Glück an mir vorbeirauschte.

Bei Jürgen hatte ich einfach alles hingenommen. Inklusive seiner Erklärung, dass er doch noch nicht reif für eine feste Bindung wäre. Ich hatte aufgegeben, noch bevor ich überhaupt realisiert hatte, was es alles für mich bedeutete. Im Nachhinein betrachtet musste ich natürlich sagen, zum Glück, weil es sicher nicht gut gegangen wäre. Aber vielleicht wäre ich heute auch genauso wie meine Schwester glücklich verheiratet und hätte Kinder. Ich würde in einer hübschen Wohnung oder einem kleinen Haus leben, und jeden Abend darauf warten, dass mein Liebster nach Hause käme …

Nee, das kann ich mir mit Jürgen nicht vorstellen.

Ich schob Jürgen raus und Sebastian rein in dieses Bild vom trauten Heim. Und was soll ich sagen? Es gefiel mir. Wer weiß, wie mein Leben heute aussehen würde, hätte ich ihn schon früher kennengelernt. Damals, noch bevor er mit Angela zusammen war. Vielleicht wäre ich dann heute am Ziel angekommen. Würde das Leben leben, das ich mir wünschte. Aber das würde ich wohl nie erfahren. Denn fürs wahre Leben gab es nicht die

Möglichkeit, einen Teil einfach neu zu starten, so wie man bei einem Computerspiel ein Level einfach noch einmal neu probierte. Das erinnerte mich auch an eine Kalenderweisheit, die ich mal gelesen hatte: „Es gibt drei Dinge, die unwiederbringlich sind: der abgeschossene Pfeil, das ausgesprochene Wort und eine verpasste Gelegenheit."

Sebastian könnte meine verpasste Gelegenheit sein – daran wollte ich aber nicht glauben.

Ich besann mich wieder darauf, wo ich war. Ich wusste, ich hatte die besten Freunde, die man sich wünschen konnte. Und genau deshalb würde ich bis zuletzt hierbleiben und Lena und Marco helfen, ihre Wohnung gemütlich herzurichten. Aber bevor ich mich wieder aktiv einbrachte, peilte ich den Kühlschrank an und griff dort nach der großen Box mit den süßen Köstlichkeiten aus Marcos Café.

„Also … ich brauche jetzt noch einen Kaffee und Kalorienbomben. Wer noch?"

13. Altlasten

Erst am späten Nachmittag ließen wir Lena und Marco in ihrer Wohnung alleine. Alle Kisten und Möbel hatten den Umzug gut überstanden. Es sah dank unserer Hilfe zwar nicht mehr allzu chaotisch aus, aber es würde vermutlich noch einige Tage dauern, bis sie allen Dingen einen neuen Platz gegeben hatten. Mir jedenfalls gefiel ihre Wohnung, und ich war mir sicher, mit Lenas geschicktem Händchen für Details und Marcos gutem Geschmack würden sie die knapp hundert Quadratmeter innerhalb kürzester Zeit in ein gemütliches Zuhause verwandeln.

Kaum war ich bei mir zu Hause angekommen, machte ich es mir mit meinem Laptop am Esstisch bequem. Seit dem Mittagessen spürte ich eine innere Unruhe, denn ich wollte unbedingt

Sebastian finden, und ich hatte das furchtbare Gefühl, dass mir die Zeit davonlief.

Was, wenn ich zu lange gewartet hatte? Schließlich lag der Urlaub bereits zwei Wochen zurück.

Was, wenn er mich für komplett bescheuert hielt, da ich einfach, ohne etwas zu sagen und nachdem ich ihn schriftlich beschimpft hatte, abgereist war?

Was, wenn er sich inzwischen mit seiner Ex ausgesöhnt hatte und ich nur ein kleiner Zeitvertreib für ihn gewesen war?

Oder noch schlimmer: was, wenn *ich* ihn durch meine übereilte Abreise in die Arme der Eiskönigin zurückgetrieben hatte?

Daran wollte ich gar nicht denken. Und ich sollte mich auch nicht mit diesen negativen Gedanken aufhalten. Ich hatte wieder ein Ziel vor Augen, und daran wollte ich mich klammern: Ich wollte ihn zumindest meine Entschuldigung hören lassen, und er sollte wissen, dass er mir sehr viel bedeutete.

Nach einer Weile vor dem Computer sank jedoch meine Hoffnung ins Bodenlose. Ich war wirklich ein geduldiger Mensch. Recherche zählte zu den Dingen, die ich tagtäglich machte. Sie gehörte zu meinem Job, und ich war darin geübt. Doch bei der Suche nach Infos über Sebastian verlor ich fast den letzten Nerv. Denn egal, was ich in die Suchmaschine eingab, ich fand *nichts* über ihn. Es gab einfach keinen Sebastian Schwarz, schon gar keinen, der fotografierte. Ich fand ihn weder auf Facebook (wäre ja auch zu schön gewesen, wenn das bei mir wie bei Jana und Julian geklappt hätte) noch gab es eine Website von ihm oder sonst einen Hinweis. Keine Vereinshomepage hatte ihn gelistet, kein Bericht, den er mit seinem Namen kommentiert hat. Nichts. Gab es das heute im Zeitalter des Internets und von Social Media tatsächlich noch, dass man jemanden nicht googeln konnte?

Vielleicht kann ich das Hotel kontaktieren? Die Frage war nur, ob die mir einfach so private Informationen über ihre Gäste geben würden. Ich rechnete nicht wirklich damit, wagte jedoch den Versuch und wählte die Nummer. Jedoch war ich nach dem Anruf genauso schlau wie zuvor, da die Dame an der Rezeption keine Auskunft geben wollte und die Chefin des Hotels erst am Montagvormittag wieder zu erreichen war. Ich notierte mir die Nummer des Hotels in meine Agenda und markierte die Seite vom Montag zusätzlich mit einem Post-it.

Als Nächstes weitete ich meine Suche aus und tippte den Namen seines Bruders ein. *Toll!* Die Suchmaschine warf mir eine Kontakt-E-Mail-Adresse von Florian aus, die ich auf der Website der Firma fand, für die er arbeitete. Er war Abteilungsleiter in einem IT-Unternehmen und lächelte seriös und so, wie ich ihn kennengelernt hatte – mit Hemd, Krawatte und Jackett – in die Kamera.

Ich studierte eine Weile das kleine Bild. Bis auf das Grübchen hatten die beiden kaum eine Ähnlichkeit. Florians Haare waren blond, seine Augen blau, genau wie bei ihrer Mutter.

Ich schickte mir den Link per E-Mail in die Arbeit. Damit musste ich wohl ebenfalls bis Montag warten, denn Samstagabend würde ich unter der Nummer sowieso niemanden mehr erreichen. Und selbst wenn er seine Firmen-E-Mails auch am Wochenende abrufen würde, so wollte ich persönlich mit ihm sprechen und ihm nicht eine E-Mail schicken, die er womöglich nicht las, aus welchen Gründen auch immer. Wenn er mich schon abwimmeln wollte, dann sollte er es am Telefon machen.

Der Sonntag begann für mich mit nur leichtem Muskelkater, dafür aber voll Tatendrang. Ich schlüpfte in meinen Jogginganzug, steckte mit einigen Spangen meine Haare aus dem Gesicht und kochte mir einen Kaffee. Dann richtete ich mir einige Plastiksäcke.

Ich begann im Schlafzimmer, genauer gesagt mit meinem Kleiderschrank. Ich hatte erwartet, es würde schmerzhaft werden, mich von den Klamotten zu trennen, doch es war tatsächlich befreiend. Ich fand einige Stücke, an denen sogar noch das Etikett dran war. Ich hatte nicht einmal mehr gewusst, dass sie existierten. Wenn ich daran dachte, dass ich manche Teile in einem Kaufrausch erstanden hatte, aufgrund dessen mein Geld so knapp gewesen war, dass ich mich die restlichen Tage des Monats fast ausschließlich von Tee ernährte, fühlte ich mich etwas … bescheuert. Wie krank das doch gewesen war!

Ich gliederte den Inhalt des Schranks in zwei Teile: einen für die Altkleidersammlung und einen, den ich in einen Secondhandladen bringen würde. So schlug ich zwei Fliegen mit einer Klappe, denn ich war ständig knapp bei Kasse, und die meisten Stücke waren so gut wie neu.

Danach räumte ich meine Schränke im Badezimmer aus, warf kaputte Haargummis weg, reinigte meine Haarbürsten. Ich säuberte die Schubladen, räumte sie neu ein, und erfreute mich an der Ordnung, die es nicht einmal gegeben hatte, als ich in die Wohnung eingezogen war. In der Küche entsorgte ich abgelaufene Gewürzpackungen, warf angebrochene und ewig nicht verwendete Marmeladengläser weg und wischte die Schränke raus.

Dann knöpfte ich mir das Wohnzimmer vor. Ich trennte mich von alten Dokumenten, die ich nicht mehr brauchte, aber bisher zu faul gewesen war, zu entsorgen. Ich schmiss endlich die Schrauben weg, die überblieben, als ich den Schrank zusammengebaut hatte. Und ich legte alle losen Fotos, die zwischen den Ordnern und Dokumenten herumschwirrten, in eine hübsche Box.

Es wurde bereits finster, als ich beschloss, dass es genug für heute war. Zum ersten Mal war ich froh, dass die Wohnung nicht größer war. Die Diele war vollgestellt mit Säcken, deren Inhalt darauf wartete, entsorgt und verkauft zu werden. Und ich fühlte mich befreit – und so, als ob mich ein Traktor überrollt hätte. Mindestens. Zweimal.

Am nächsten Tag quälte ich mich wie am Vortag mit schmerzenden Muskeln aus meinem Bett. Ich putzte die Zähne, überschminkte meine Augenringe und konnte zum ersten Mal nichts mehr von dem blauen Fleck an meiner Stirn erkennen. Mein Herz krampfte sich schmerzhaft zusammen, da sich mit dem Hämatom das letzte Überbleibsel von der Begegnung mit Sebastian in Luft aufgelöst hatte. Jetzt blieb mir nur noch meine Erinnerung an ihn.

Mit einem tiefen Seufzer schminkte ich mich weiter, brachte meine Haare in Form und zog mir ein Kostüm mit kurzem Rock in Dunkelblau sowie einer türkisfarbenen Seidenbluse an. Passend dazu meine dunkelblauen High Heels, mit denen ich vermutlich fast zwei Meter groß war.

Gegen halb neun war ich endlich im Büro, hatte eine Tasse dampfenden Kaffee vor mir und noch eine kurze Gnadenfrist, bis das morgendliche Meeting stattfinden würde. Also packte ich die Gelegenheit beim Schopf und wählte mit zittrigen Fingern Florians Nummer. Ich hatte keine Ahnung, was ich ihm sagen würde und ärgerte mich kurz über mich selbst, da ich mir wenigstens einen kurzen Text hätte zurechtlegen können.

Es läutete ewig, und ich wollte schon auflegen, da ich dachte, er wäre nicht im Büro, als sich endlich eine Frauenstimme meldete. Was sie mir erzählte, schickte meine Hoffnungen kurzfristig wieder in den Keller.

„Tut mir leid, aber Herr Schwarz ist noch auf Urlaub und erst wieder in einer Woche im Büro."

Die Flitterwochen! Verdammt, die hatte ich vergessen. Auf der Hochzeit hatte ich etwas von Thailand aufgeschnappt, aber das war in dem Moment gewesen, in dem ich meine volle Konzentration auf die Eiskönigin gelegt hatte. Hätte ich wohl besser aufpassen sollen …

Sebastian … Kaum dachte ich an ihn, trommelte mein Herz wild gegen meinen Brustkorb. Ich seufzte tief – eine Ablenkung war dringend notwendig. Ich konnte nicht wieder ewig in Erinnerungen schwelgen. Damit würde ich mein Leben auch nicht füllen können.

Als Nächstes wählte ich die Nummer des Hotels. Auch wenn meine Hoffnung, so an Infos zu kommen, verschwindend gering war, wagte ich einen Versuch. Und leider hatte ich recht.

„Tut mir leid, Frau Seifert, aber ich kann Ihnen keine persönlichen Informationen zu unseren Gästen geben."

„Haben Sie eine Telefonnummer von ihm? Könnten Sie ihn anrufen und ihn fragen, ob er mich anrufen würde?"

Die Dame am anderen Ende zögerte. „Wie, sagten Sie, ist sein Name?"

„Sebastian Schwarz."

„Einen Augenblick, ich sehe mal eben im System nach … Nein, tut mir leid, wir haben keine Informationen zu diesem Namen hinterlegt. Sind Sie sicher, dass er so heißt?"

Was zur Hölle …?

„Natürlich! Er war zur selben Zeit wie ich Gast in Ihrem Hotel. Unsere Zimmer lagen nebeneinander."

„Einen Moment noch mal …"

Ungeduldig trommelte ich mit den Fingern auf die Tischkante. Was sollte das heißen, dass er nicht im Hotel war? Hatte ich mir am Ende alles nur eingebildet? Aber die Beule war zu real, die Küsse, die Nacht … Nein. Er war definitiv echt und kein Wunschtraum.

„Tut mir leid, aber ein Sebastian *Schwarz* war nicht Ihr Zimmernachbar. Der Herr namens Sebastian, der neben Ihnen eingecheckt hatte, hat einen anderen Familiennamen, aber den kann ich Ihnen aus datenschutzrechtlichten Gründen nicht geben. Ich habe jedoch seine Adresse. Was ich Ihnen anbieten kann, ist, den Herrn per Post zu kontaktieren, mit der Bitte, sich bei Ihnen telefonisch zu melden."

... was besser als nichts wäre.

„Bitte, das wäre wirklich sehr nett von Ihnen. Ich gebe Ihnen meine Nummer. Bitte, schreiben Sie ihm, dass mir alles sehr leidtut und dass ich ihn um eine Chance bitte, ihm alles erklären zu dürfen."

Ich konnte das Lächeln der Dame am Telefon direkt hören, als sie mir antwortete. „Für die Liebe mache ich das gerne. Ich hoffe, Sie haben Glück und er meldet sich bei Ihnen."

Als ich aufgelegt hatte, war ich immer noch unruhig.

Was, wenn die Dame dies nur zu mir gesagt hatte, es aber nicht wirklich vorhatte, zu tun? Was, wenn der Brief aus irgendwelchen Gründen nicht bei Sebastian ankommen würde? Konnte ja passieren ...

Zu meinem Glück wurde ich abgelenkt, denn der Montag verlief hektisch wie immer, sodass ich wenig Gelegenheit hatte, erneut an Sebastian zu denken. Außerdem versuchte ich, alles abzuarbeiten, um schon etwas früher das Büro zu verlassen. Immerhin war mein Flur voller Säcke, die darauf warteten, entsorgt zu werden.

Zu Hause schlüpfte ich aus meinem Kostüm und in die bequeme, abgewetzte Jeans sowie meinen Lieblingspulli, die beide ihre besten Tage schon lang hinter sich hatten. Ich band mir meine Haare aus dem Gesicht und schlüpfte in die Boots, die ich letztes Jahr im Abverkauf ergattert hatte. Anschließend versuchte ich, so viel wie möglich in mein kleines Auto zu laden und die erste Fuhre direkt zum Altstoffsammelzentrum zu bringen.

Am liebsten hätte ich gleich auch die Säcke für den Secondhandladen im Wagen untergebracht, doch dafür war mein Stadtflitzer eindeutig zu klein. Ich durfte also nicht trödeln beim Entsorgen, sonst würde womöglich der Laden schließen, bevor ich mit meinen Säcken dort eintrudeln würde. Aber ich hatte Glück, und alles klappte schnell und reibungslos. So war ich in nicht einmal einer halben Stunde erneut in meiner Wohnung, um die letzten Plastiksäcke einzuladen.

Nur wenige Minuten vor Ladenschluss verließ ich den Shop. Dieser hatte nicht nur die gesamte Kleidung angenommen, sondern ich konnte nicht widerstehen und hatte mir ein total ausgefallenes Shirt gekauft, das ich vielleicht beim nächsten Cocktailabend mit meinen Freunden anziehen würde. *Einmal Shopaholic – immer Shopaholic.*

Die Straßen waren belebt, vermutlich auch deshalb, da die Sonne hin und wieder durch die dicken Wolkendecken hindurchblinzelte und es so wärmer erscheinen ließ, als es war. Wahrscheinlich aber hauptsächlich deshalb, weil jetzt, Mitte November, viele Leute bereits begannen, hektisch von einem Geschäft zum anderen zu hetzen, um rechtzeitig alle Weihnachtsgeschenke zu ergattern.

Verdammt, ich hatte meine Autoschlüssel an der Kasse vergessen. Ich drehte mich auf dem Absatz um, um noch einmal zurück in den Laden zu gehen. Ich hätte vermutlich nicht so abrupt eine Richtungsänderung machen sollen, jedenfalls prallte ich beinahe mit einem Mann zusammen, dessen aufdringliches Parfum sämtliches Blut aus meinem Kopf verschwinden ließ. Benebelt blinzelte ich und sah in ein Augenpaar, das mir mehr als bekannt war.

„Können Sie nicht aufpassen?“ Seine scharfe Stimme schnitt sich wie ein Messer durch mich hindurch, warf mich aus meiner sicheren Bahn, in der ich mich seit Jahren bewegte, und ließ plötzlich schwarze Punkte vor meinen Augen tanzen.

„Jürgen?“ Ich hauchte den Namen nur, vielleicht war er es ja doch nicht. Oder vielleicht überhörte er mich … Aber er blinzelte mich verwirrt an, musterte mich abfällig von oben bis unten und erinnerte mich an meinen Schlabberlook und die sicherlich schon zerzausten Haare. Wie gern hätte ich jetzt mein Businesskostüm angehabt und wäre noch so zurechtgemacht, wie ich vorhin aus dem Büro marschiert war.

„Bella?"

Der Klang meines Namens aus seinem Mund bohrte sich tief in meine Magengegend und beschwor eine aufsteigende Übelkeit herauf. Plötzlich war ich dankbar, zumindest meine flachen Boots zu tragen und nicht mehr die halsbrecherischen High Heels.

Ich versuchte mich an einem Lächeln und musterte ihn ebenfalls. „Du siehst … gut aus."

Okay, das sagte man doch so, oder? Auch, wenn es nicht der Wahrheit entsprach. War ich wirklich mal in diesen Typen verliebt gewesen und hatte ihn heiraten wollen. Gut, dass was dazwischengekommen war.

Zumindest auf mich wirkte er in keinster Weise mehr anziehend. Unter dem Wintermantel wölbte sich ein unübersehbarer Bauchansatz, und sein Haar war vor acht Jahren noch um einiges dichter gewesen. Sein Gesicht zeigte verbissene Züge und wirkte auf den ersten Blick unsympathisch auf mich. *Was hab ich damals bloß in ihm gesehen? Keine Ahnung …*

„Was man ja von dir nicht gerade behaupten kann …" Er hob dabei eine Augenbraue und ließ erst mit gerümpfter Nase seinen Blick über mich gleiten, ehe er zu dem Laden hochblickte, aus dem ich eben gekommen war und in dem mein Schlüssel auf mich wartete.

Jürgen war Businessman as usual. Mit seiner Stoffhose, den schwarzen, polierten Schuhen und der Aktentasche wirkte er wie schon vor Jahren sehr respekteinflößend auf mich. Ich fühlte mich wieder etwas wie damals: unbedeutend, dumm und hässlich. Mist, was löste der Kerl für eine Reaktion bei mir aus!

Dabei wollte ich ihm sagen, dass ich es geschafft hatte, dass ich einen tollen Job hatte und darin erfolgreich war. Dass ich nicht mehr das Mauerblümchen von früher war, sondern eine toughe, selbstbewusste Frau. Aber meine Kehle war wie zugeschnürt.

„Das hier ist meine Frau. Und das …“ Er deutete mit dem Kinn auf ein Mädchen daneben, „… ist Nina, meine Tochter.“

Frau? Tochter? Ich war verwirrt. Ich hatte die beiden bisher nicht einmal wahrgenommen neben Jürgens Erscheinung, was jedoch bei näherer Betrachtung nicht einmal allzu ungewöhnlich war. Sie waren beide graue Mäuschen, die sich in seinem Schatten zu verstecken schienen.

„Freut mich …“ Ich versuchte, das Alter des Mädchens zu schätzen. Sie musste bereits fünf Jahre alt sein, wenn nicht sechs.

„Wie alt bist du denn, Nina?“, wandte ich mich an das Mädchen und konnte Jürgens missbilligenden Blick in meinem Nacken förmlich spüren.

„Sie ist sieben“, hörte ich Jürgen knurren.

Sieben? Sieben! Heilige Scheiße, das muss ja … Ich brauchte nicht groß nachzurechnen, um zu wissen, dass das Mädchen gezeugt wurde, kurz, nachdem wir nicht mehr zusammen gewesen waren. Wenn nicht schon vorher …

„Sieben … Das ist … schön für dich … für euch.“ Ich bemühte mich um ein Lächeln, das mir nur mäßig gelang, und suchte in den Augen von Jürgens Frau nach einer Antwort auf meine nicht ausgesprochene Frage. Doch sie schielte nur kurz zu Jürgen hoch und senkte dann ihren Blick.

„Und du bist offensichtlich immer noch alleine“, zog Jürgen meine Aufmerksamkeit wieder auf sich, mit seiner typischen abwertenden Art.

Was bildet sich dieser aufgeblasene Gockel eigentlich ein?

Endlich war ich wütend, und diese Wut gab mir mein Selbstvertrauen zurück, das ich mir über Jahre angeeignet hatte.

„Und du bist offensichtlich immer noch ein Arschloch! Mensch, bin ich froh, dich los zu sein. Nichts für ungut“, fügte ich an seine Frau gewandt hinzu. Dann schob ich mich an Jürgen vorbei in den Secondhandladen, in dem ich mich an den Kassentresen lehnte, heftig atmete und hoffte, dass sich mein Herz schnell beruhigen würde.

„Alles in Ordnung mit Ihnen? Sie sehen so blass aus …“ Die Verkäuferin war sofort besorgt herbeigeeilt.

„Danke … mir geht es gut.“ Und das war die Wahrheit. Nicht auszudenken, wie es mir heute gehen würde, wäre ich noch mit Jürgen zusammen. Ich wäre vermutlich genauso wie seine arme Frau mit ihrer gebückten Haltung und ihrem unscheinbaren Auftreten.

„Ich hab meinen Schlüssel vergessen.“ Ich deutete mit dem Kopf danach und packte ihn so fest, dass sich die scharfen Kanten der Schlüssel in meine Haut schnitten.

„Ein Achtel Zweigelt, bitte. Oder besser eine Flasche … Oder … eigentlich brauch ich jetzt was Starkes. Bring mir einen Tequila, bitte.“

Ich war nach dem Zusammentreffen mit Jürgen gleich vom Secondhandladen, wo ich mein Auto stehen ließ, zum Café gekommen, weil ich dringend eine Stärkung brauchte.

„Tequila? Bring uns zwei, Hase, ich trinke einen mit“, hörte ich Lena hinter mir. Sie ließ sich neben mir auf einen Barhocker fallen und stellte zwei riesige Einkaufstüten neben sich ab.

„Warst du für eure Wohnung shoppen?“ Ich deutete auf die Tüten, in denen ich Stoff und Glas erkennen konnte.

„Ja, und wie du weißt, gibt es da bei mir kaum ein Halten.“

Ich nickte grinsend. Lena hatte die Wohnung ihres Bruders Julian eingerichtet, und die konnte sich wahrlich sehen lassen.

Marco stellte die beiden goldenen Tequilas mit Orangenscheibe und einem Zimtstreuer vor uns ab und widmete sich wieder den zahlreichen Bestellungen der anderen Gäste. Wir griffen nach den Gläsern, streuten Zimt auf die Orangen, prosteten uns zu, leckten, tranken, bissen.

„Noch eine Runde!", rief ich in Marcos Richtung.

„Hattest du einen schlechten Tag?"

„Ich bin eben meinem Ex begegnet."

„Jakob? Oder wie hieß er noch mal?"

„Jürgen!"

„Genau … Ui. Und?"

„Sieh mich an!" Ich deutete auf meinen gemütlichen Schlabberlook und fuhr mir über meine zerzausten Haare. „Und ich war völlig durch den Wind, er ist so … präsent. Weißt du, was ich meine? Er stand vor mir, und ich konnte kaum atmen vor … Ehrfurcht."

Lena nickte.

„Und er ist verheiratet und hat eine Tochter. Das ist …" Ich schüttelte den Kopf und seufzte tief. „Weißt du, was er damals zu mir sagte, nachdem er mich verlassen hatte? Was heißt *sagte*. Er hat mir eine SMS geschickt, die feige Sau!"

Lena zog die Augenbrauen hoch.

„Er schrieb, er wäre noch nicht bereit für eine dauerhafte Beziehung. Kannst du dir das vorstellen? Er wolle sich noch nicht binden. Pah! Er wäre noch nicht bereit für den nächsten Schritt, zu heiraten, Kinder zu bekommen. Weißt du, wie alt seine Tochter ist? Sieben! Weißt du, wie lang es her ist, dass er mich sitzen ließ? *Acht* Jahre! Kannst du dir das vorstellen? So ein verdammter Arsch!"

Ich schnaubte verächtlich, und Lena schüttelte nur fassungslos den Kopf. Marco warf uns vom anderen Ende der Bar einen fragenden Blick zu, da er durch meine lauter werdende Stimme auf mich aufmerksam geworden war.

„Also würdest du an der Stelle seiner Frau sein wollen?"

„Auf keinen Fall!"

Lena kratzte sich verwirrt am Kopf. „Sorry, ich versteh nicht … Das heißt also, du hast heute nicht den Punkt erreicht, an dem du dir gedacht hast, dass du ihn vermisst – und ihn und ein Leben mit ihm zurückhaben möchtest?“

Ich lachte bitter. „Nein. Jahrelang dachte ich darüber nach, was wäre, wenn ich ihm noch einmal über den Weg laufen würde. Wie ich reagieren würde. Wie ich fühlen würde. Seinetwegen hatte ich ja erst meinen Traum von Hochzeit und Kindern begraben. Was heißt da, Hochzeit. Von einer Beziehung zu einem Mann. Von dem Glauben an die *Liebe!* Aber nach dem Zusammentreffen heute … Ich bin nur froh, dass er verheiratet ist, und zwar nicht mit mir. Er verhält sich noch genauso wie damals. Nämlich wie ein riesengroßes Arschloch, ein Großkotz, der denkt, er hätte die Weisheit und die Macht über alle anderen mit dem Löffel gefressen.“

Ich schüttelte mich angewidert.

„Das ist dann ja eigentlich gut, oder? Ich meine, dass du ihm heute über den Weg gelaufen bist. Zumindest hast du jetzt die Gewissheit, nichts verpasst zu haben. Dir konnte ja wirklich nichts Besseres passieren, als dass er den Schwanz einzieht.“

„Hey, hey, von wessen Schwanz wird hier gesprochen? Doch nicht etwa von meinem?“ Marco wackelte belustigt mit den Augenbrauen, als er uns erneut Tequila brachte.

Als ich nach dem fünften Tequila beschloss, dass es Zeit für mich wäre, mir ein Taxi nach Hause zu rufen, fühlte ich mich irgendwie … anders. Nicht wegen des Alkohols, der sich langsam durch meine Blutbahnen schlich und mir morgen vermutlich Kopfschmerzen einbringen würde, sondern wegen der Erkenntnis, die ich durch die Begegnung mit Jürgen erlangt hatte. Heute war mir klar geworden, dass ich unbewusst die ganzen Jahre immer auf Jürgen gewartet hatte, weil ich mir von ihm immer noch etwas erwartet hatte, was er noch nie in der Lage gewesen war, mir zu geben.

Und plötzlich sehnte ich mich so sehr wie nie zuvor nach Sebastian. So sehr, dass sich mein Herz schmerzhaft zusammenzog, ich mich an mein Kopfkissen kuschelte und wünschte, ich hätte ihm nach unserer gemeinsamen Nacht nicht das T-Shirt zurückgegeben, sodass ich zumindest seinen Duft hätte einatmen können. Und mir selbst zumindest bis zum Einschlafen vorgaukeln könnte, er wäre hier bei mir und mein unüberlegter Aufbruch nur ein schlechter Traum gewesen.

14. Ein Funken Hoffnung

Am nächsten Morgen im Büro war ich mir einer Sache ganz sicher: Ich wollte unbedingt mit Sebastian sprechen. Und nichts und niemand würde mich aufhalten können. Ich würde nicht einfach hinnehmen und akzeptieren, dass sich unsere Wege auf – zugegebenermaßen – sehr blöde Art und Weise getrennt hatten. Ich würde alle Hebel in Bewegung setzen, um herauszufinden, wo er lebte und wie ich ihn erreichen könnte.

Gedankenverloren rührte ich in meinem Tee. Ich seufzte tief. Auch wenn ich mir langsam aber sicher wie eine Irre vorkam, sollte ich es doch noch einmal bei Florian versuchen. Und zwar nicht erst dann, wenn er wieder im Büro wäre – so lange wollte ich nicht mehr warten. Ich würde es heute versuchen. Vielleicht hatte ich ja Glück, und er war bereits aus seinen Flitterwochen zurück. Manche hängen ja noch gerne einige Tage an, um sich vom Jetlag zu erholen … Und wenn ich einen seiner Kollegen am Apparat hätte, würde ich diesen vielleicht sogar mit meinen Flirtkünsten überreden können, mir Florians Privatnummer zu geben. Das wäre meine Chance.

Der Stimme nach hatte ich jedoch wieder dieselbe Dame wie gestern am Apparat – sah schlecht aus mit einem Telefonflirt, außer vielleicht, sie stand auf Frauen.

„Hallo, ich hab schon mal angerufen, und ich will auch nicht nerven, aber … Wissen Sie zufällig, ob Herr Schwarz noch in Thailand oder bereits wieder in Österreich ist? Es ist wirklich sehr dringend, denn ich bin auf der Suche nach seinem Bruder und habe keine andere Möglichkeit, ihn zu erreichen."

„Ich … bin mir nicht sicher."

„Wäre es vielleicht möglich, dass Sie ihn anrufen und ihm meine Nummer geben. Er möge sich bitte bei mir melden, ich muss *unbedingt* seinen Bruder Sebastian sprechen." Ich betonte das Wort extra, denn ich war mir nicht sicher, ob sie die Dringlichkeit, die dahinter stand, auch raushörte.

„Nun gut. Ich kann nichts versprechen, aber ich werde versuchen, ihn anzurufen. Wenn ich ihn nicht erreiche, werde ich ihm Ihre Nummer per Geht's weiterleiten, und dann wird er sich bei Ihnen melden, sobald er wieder im Büro ist."

„Sie wissen nicht zufällig seinen Nachnamen, oder?"

„Von seinem Bruder? Tut mir leid, ich kannte bis eben nicht einmal seinen Vornamen." Das war wie verhext. Als wäre es das große Geheimnis, das alle zu hüten versuchten.

Ich bedankte mich und legte auf, nachdem ich ihr meine Nummer durchgegeben hatte. Dann wählte ich Julians Nummer und hoffte, dass er abheben konnte. Er arbeitete als Kinder- und Jugendpsychologe und vormittags reihte sich bei ihm normalerweise ein Termin an den nächsten. Doch ich hatte Glück.

„Hey, Isa! Was ist passiert? Geht es Jana gut?"

„Alles bestens mit deinem Schatz, es geht um mich."

„Um … dich? Okay." Julian klang sichtlich verwirrt, fragte aber: „Wie kann ich dir helfen?"

„Sag mal, was hast du alles unternommen, als du damals nach Jana gesucht hast? Ich geht's fast verrückt, weil ich Sebastian nicht ausfindig machen kann. Er hat sogar einen anderen Nachnamen als sein Bruder Florian. Was mach ich bloß? Ich hab bereits im Hotel und in Florians Firma angerufen. Ich komme mir vor wie eine Irre. Ich hoffe, ich mache mich mit meiner Suche nicht strafbar."

Ich konnte Julians Schmunzeln beinahe hören, als er mir antwortete. „Nun mach dir mal keinen Kopf, sie werden dich sicher nicht einsperren, weil du nach ihm suchst. Aber was deine Taktik anbelangt, kann ich dir leider auch keine weiteren Tipps geben. Du hast im Grunde alles versucht. Wenn du über die Suchmaschine nichts finden konntest, und du alle kontaktiert hast, die ihn kennen …"

„Kann ja sein, dass er sich bei mir meldet, aber ich halte diese Warterei nicht aus. Was, wenn es zu spät ist und er wieder mit seiner Ex zusammen ist?"

„Sie könntest du ja kontaktieren. Sagtest du nicht, sie ist Anwältin und ihr Vater auch? Dann findest du sie sicher im Internet."

Ich lachte übertrieben auf. „Genau. Ich werde sie fragen, ob ich ihren Freund oder ihren Ex haben kann … Aber da müsste ich auch erst ihren Nachnamen kennen."

„Wen könntest du noch kontaktieren? Kennst du seine Eltern? Hat er noch andere Geschwister? Und wie sieht es mit der Braut aus?"

„Mit seinen Eltern hab ich nur kurz auf der Hochzeit gesprochen, zumindest seine Mutter war wenig begeistert von mir. Ich kann mir nicht vorstellen, dass sie mir weiterhilft, da sie an der Eiskönigin einen Narren gefressen hat. Abgesehen davon gibt es im Wiener Telefonbuch keine Hannelore Schwarz im dreizehnten Bezirk – sie hat vermutlich eine Geheimnummer."

Ich nippte am Kaffee und überlegte weiter. „Soviel ich weiß, hat er keine weiteren Geschwister. Und zur Braut konnte ich ebenfalls nichts finden. Kein Eintrag in einem Verein, keine sportlichen Auszeichnungen, kein Facebook-Konto, keine Geht's-Adresse im Internet."

„Hmm ... Schräg."

„Ja, sehr. Ich dachte auch nicht, dass es so viele junge Leute gibt, die man im Internet nicht auffinden kann. Will nicht jeder heutzutage vernetzt sein?"

„Kann ja sein, dass sie unter anderem Namen auf Facebook ist. Oder vielleicht hat sie ihr Profil für Außenstehende gesperrt."

Damit konnte Julian gar nicht so falsch liegen. Denn auch ich hatte die Sichtbarkeit meines Profils eingeschränkt, kurz nachdem sich Jana und Julian wiedersahen und mir durch Julians Kontaktaufnahme zu ihr bewusst geworden war, dass jeder Fremde in meinem Profil lesen konnte wie in einem offenen Buch.

„Die Recherche über Personen, die in der Öffentlichkeit stehen, ist mir bei Weitem lieber." Ich seufzte tief und stützte den Kopf in meiner Hand ab.

Julian lachte. „Also, wenn ich dir noch wo helfen kann, sag Bescheid. Ich muss jetzt auflegen, der nächste Patient wartet bereits auf mich."

Auch auf mich wartete ein Berg Arbeit, der unbedingt abgearbeitet werden wollte. Zum Glück schaffte ich es, mich auf meinen Job zu konzentrieren, sodass meine Gedanken nicht ständig abschweiften. Wie gut, dass ich einen Beruf gewählt hatte, der meinen Kopf forderte.

Als ich mich auf den Heimweg machte, musste ich einen kleinen Umweg einlegen, um mein Auto, das noch vor dem Secondhandladen stand, abzuholen. Kurz dachte ich noch mal an dieses bizarre Wiedersehen mit meinem Exverlobten. Ich schüttelte mich, stieg in meinen Wagen und startete den Motor, als mein Telefon klingelte. Die Freisprechanlage schaltete sich ein, und ich nahm den Anruf entgegen.

„Hallo, Schwester."

„Claudia? Was für eine Ehre. Ich freue mich, dass du mich tatsächlich anrufst. Wie geht es dir? Und deinem Mann? Und euren Kindern?"

Claudia lachte ins Telefon. „Danke, es geht so. Die beiden Großen haben gerade die Windpocken, und ich warte nur darauf, dass auch Niklas sie bekommt."

„Oje, die Armen. Ich hoffe, sie müssen nicht sehr unter Juckattacken leiden?"

„Nein, es hält sich in Grenzen. Sie sind sehr tapfer."

„Hör mal … apropos Kinder …" Ich wusste, dass Claudia diejenige war, die meine Gefühle Jürgens Kind gegenüber am ehesten verstehen konnte. Also erzählte ich ihr von dem zufälligen Treffen von gestern Abend, während ich den Wagen in den Verkehr einreihte.

„Wow! Das ist heftig. Das tut mir echt leid für dich. Aber weißt du – ich hab dir das nie gesagt, da ich dachte, du wärst mit ihm sehr glücklich. – Ich mochte ihn nie besonders. Er hatte etwas an sich, ich weiß nicht, wie ich es nennen soll, aber er gab mir immer das Gefühl, als wäre ich minderwertig."

Traurig schüttelte ich den Kopf. „Nicht nur dir. Ich hatte ständig den Drang, ihm beweisen zu müssen, dass ich besser war, als er annahm. Wieso hast du mir das nie gesagt, was du über ihn dachtest?"

„Nun, ich … ging davon aus, dass du glücklich mit ihm bist. Ich wollte ihn dir nicht ausreden. Ich wollte nur, dass es dir gut geht, und du machtest auch einen sehr glücklichen Eindruck mit ihm."

Das mochte vielleicht gestimmt haben, aber es kostete mich damals auch sehr viel Kraft, ihn mir gut zu reden. Denn mein Unterbewusstsein war sich sicher darüber im Klaren gewesen, dass er *nicht* gut für mich war. Doch etwas in mir hatte dagegen angekämpft und hatte unbedingt das Gegenteil beweisen wollen.

„Na ja, jetzt spielt es ja keine Rolle mehr. Ich bin jedenfalls froh, dass ich heute nicht mehr mit ihm zusammen bin.“

„Das kannst du auch. Stell dir mal vor, du hättest ihn geheiratet. Dann würdest du heute Isabella Beichtl heißen.“

Claudia brachte mich mit dieser Aussage zum Lachen.

„Nicht nur das hätte mein Leben negativ beeinflusst. Auf Dauer hätte mich die Beziehung sicher ruiniert. Und im Nachhinein betrachtet wäre es grob fahrlässig von mir gewesen, ein Kind mit ihm zu bekommen.“

„Du wolltest ein Kind mit ihm?“

„Also … ja. Nicht zwingend mit ihm, aber ich wollte … ich will … eigentlich schon immer ein Kind.“

„Das wusste ich nicht.“ Claudia klang wirklich bestürzt.

„Ich dachte damals, zuerst würden wir heiraten und uns dann ans Kindermachen wagen. Die Ironie an dem Ganzen ist ja, dass er mich verlassen hat aus Gründen, die er innerhalb kürzester Zeit wieder über Bord geworfen hat – wenn er mich nicht angelogen hat.“

„Wie meinst du das?“

„Vielleicht war er damals schon mit der grauen Maus zusammen und hatte nicht den Mumm, es mir zu sagen. Deshalb die Ausrede, er wäre noch nicht reif für eine Ehe.“

Möglich wäre es, aber ich würde wohl nie herausfinden, ob ich damit richtig lag. Denn ich hatte nicht vor, noch einmal auch nur ein Wort mit Jürgen zu wechseln. Ich seufzte hörbar und versuchte, im dichten Verkehr über zwei Spuren zu wechseln.

„Und was machst du jetzt?“

„In Bezug worauf?“ Ich hatte den Faden unserer Unterhaltung verloren.

„Na ja, du sagtest, du willst ein Kind. Die wachsen bekanntlich nicht auf Bäumen.“

Ich musste lachen. „Da hast du recht. Tja … keine Ahnung.“

„Sag nicht, du lässt dir eins machen?“

„Von einem Flirt in einer Bar? Bist du verrückt?“

Claudia lachte kurz auf. „Ich dachte eher an eine Samenbank und künstliche Befruchtung … So weit müsstest du meine Meinung zum Thema Sex schon kennen.“

„Hm …“ Ein interessanter Vorschlag. Vielleicht sollte ich es wirklich in Erwägung ziehen. Ich würde mich zumindest damit auseinandersetzen – als letzte Alternative sozusagen.

„Bist du noch dran?“

„Ja … bin ich. Ich fahre eben ins Fitnessstudio, und deine Frage hat mich etwas … aus dem Konzept gebracht. Tut mir leid.“

„Dir ist es also Ernst mit einem Kind?“

„Ja.“ Die Antwort kam mir, ohne zu überlegen, über meine Lippen.

„Und du würdest es auch durchziehen, wenn du keinen Mann an deiner Seite hättest?“

Ich konnte deutlich eine gewisse Schwingung in Claudias Tonlage erkennen, die mich zögern ließ. „Das klingt, als würdest du es mir ausreden wollen.“

„Nun … *ich* weiß, wie viel Arbeit Kinder sind. Klar, meine drei sind ein Geschenk, und ich liebe sie von ganzem Herzen. Aber ich weiß auch, wie schwer es für eine Frau alleine mit einem Kind ist. Richard war die erste Zeit, als Stefanie zur Welt kam, kaum zu Hause. Er hatte viele Auswärtstermine, und ich war wochenlang allein. Wir wussten, dass es so kommen würde, und ich hatte mir die Zeit daheim mit Kind noch schön ausgemalt, als ich mit Stefanie schwanger war.“

„Aber?“

„Es kam *alles* anders, als ich es mir vorgestellt hatte.“ Claudia seufzte und hielt einen Moment inne, als würde sie die Situationen noch einmal Revue passieren lassen. „Ich dachte, die Kleine würde viel schlafen, so, wie es Babys nun mal tun. Ich dachte, ich würde sie alle paar Stunden stillen, sie dann wickeln und ihr stundenlang beim Schlafen zusehen können."

„Und das war nicht so?"

Meine Schwester lachte heiser auf, und ich merkte, sie sprühte förmlich vor Ironie, als sie weitersprach. „Die Geburt war sehr schwierig. Der Arzt musste sie mithilfe der Saugglocke auf die Welt holen. Dass für ein so kleines Wesen dieser erste Kontakt mit der Außenwelt sehr traumatisch ist, muss ich wohl nicht erwähnen."

Gebannt lauschte ich Claudias Erzählung. Mein Gott, ich wusste nichts davon und war enttäuscht, dass meine Mutter mir nichts erzählt hatte. Oder vielleicht hatte sie das sogar getan, und ich wollte nur nichts von Claudia, ihrer Schwangerschaft und dem jungen Mutterglück wissen. Beschämt wischte ich mir über die Stirn, als ich auf den Parkplatz des Fitnessstudios fuhr und den Motor abstellte, während ich meiner Schwester weiter zuhörte.

„Die ersten Monate waren die Hölle für uns. Stefanie schrie fast durchgehend, sie war nur dann ruhig, wenn ich sie trug. Mit dem Stillen hat es auch nicht geklappt, sodass ich aufs Fläschchen umsteigen musste. Die Milch vertrug sie nicht besonders, sie hatte ständig Bauchschmerzen, was sie nur noch mehr weinen ließ. Heute weiß ich, wie ich mit so einer Situation umgehen muss, an wen ich mich wenden muss, um Hilfe zu bekommen. Aber damals war ich stur, ich wollte alles alleine schaffen und hörte nicht auf die vielen Ratschläge, die mir andere gaben. Irgendwann war ich jedoch vollkommen überfordert mit der Situation und dachte nur, ich versage als Mutter."

„Und was hatte sie tatsächlich?"

„Zusätzlich zu den Koliken, die sie wegen der Milch plagten, hatte sie ein Geburtstrauma. Ihr Gleichgewichtssinn war durch die schwere Geburt durcheinander, und jedes Mal, wenn ich sie in eine horizontale Position brachte, wurde ihr schwindelig und vermutlich auch speiübel."

Ich versuchte mir vorzustellen, was dieses kleine Baby durchmachen musste, aber es war nur schwer nachzuvollziehen. „Das ist ja schrecklich."

Ich biss mir auf die Unterlippe, aus Scham, nichts davon gewusst zu haben. Ich war etwas verärgert über mich selbst, da ich auf meinem Egotrip alles ausgeblendet hatte, was ich nicht an mich ranlassen wollte. Dazu gehörte wohl auch die Geburt meiner Nichte. Bedauerlich, denn Claudia hätte vielleicht meine Hilfe und Unterstützung angenommen. Zumindest, als wir Kinder waren, war ich die Einzige, die für sie da sein und sie trösten durfte, wenn sie ein aufgeschlagenes Knie hatte oder die Kinder aus der Nachbarschaft ihre Puppe in den Schmutz auf die Straße geworfen hatten, um sie zu ärgern.

„Und wie war es mit den beiden Jungs?", hakte ich vorsichtig nach.

Claudia lachte kurz auf, und ich spürte dabei erneut ihre Liebe zu ihren Kindern. „Mit denen war es genau so, wie ich es mir vor der ersten Geburt ausgemalt hatte."

„Sie schliefen?"

„Sie schliefen, sie tranken, sie kotzten mir meine Pullover voll, und sie brauchten viele Streicheleinheiten, die Richard, Stefanie und ich ihnen gerne gaben."

„Also war Richard bei den beiden mehr zu Hause?"

„Oh ja, das war für mich Grundvoraussetzung für weitere Kinder." Meine Schwester lachte heiser auf. „Also … was ich dir damit sagen will, Schwesterherz …"

Sie atmete noch einmal tief durch, so als müsste sie sich ihre Worte genau überlegen. „Ich will dir ein Kind nicht ausreden. Ich möchte nur, dass du weißt, dass es vermutlich ganz anders wird, als du es dir ausmalst. Und ein Kind alleine ohne Partner großzuziehen, ist nicht nur finanziell eine ganz andere Belastung, als wenn man zu zweit wäre. Es kostet viel Kraft, viel Schlaf und viele Nerven …“

„Das weiß ich, aber …“

„Ich bin noch nicht fertig! Was ich noch sagen möchte, ist: Egal, wofür du dich entscheidest, ich möchte, dass du weißt, ich werde für dich und dein Würmchen da sein. Und ich werde dir helfen, soweit es mir möglich ist – vorausgesetzt, du nimmst meine Hilfe an.“

Damit hatte ich nicht gerechnet. Ich spürte einen Kloß in meinem Hals, und mir wurde wieder einmal bewusst, wie sehr ich meine Schwester vermisst hatte, und vor allem, wie sehr ich sie durch mein Verhalten verletzt haben musste. Ich hauchte ihr ein „Danke“ durchs Mikrofon, als ein Klopfzeichen einen weiteren Anruf ankündigte. Eine mir unbekannte Nummer erschien am Display, und mein Herz hüpfte plötzlich wild vor Aufregung. Das musste Sebastian sein!

„Ich danke dir so sehr, Claudia, ich liebe dich und hab dich schrecklich vermisst, aber ich muss auflegen, ich bekomm gerade einen wichtigen Anruf herein. Bis bald!“ Ich ratterte die Worte im Schnelldurchlauf runter und hoffte, sie würde alles verstehen. Ihr „Tschüss“ würgte ich unhöflicherweise ab, um noch rechtzeitig das hereinkommende Gespräch anzunehmen.

„Hallo?“ Meine Stimme zitterte, und ich konzentrierte mich auf jedes Geräusch, das ich durch die Leitung vernahm.

„Spreche ich mit Isabella?“

„Sebastian?“ Ich war nur mehr zu einem Flüstern fähig und hielt angespannt den Atem an.

„Nein, hier ist Florian. Mir wurde gesagt, ich soll dich zurückrufen?“

Eine Welle der Enttäuschung überkam mich, aber was hatte ich erwartet? Dass Florian meine Nummer sofort an seinen Bruder weitergeben und der mich verliebt und voller Hoffnungen anrufen würde? Ich war echt eine Idiotin!

„Ja … Ich … Danke für deinen Rückruf." In meinem Kopf herrschte gähnende Leere, und ich wusste plötzlich nicht mehr, was ich ihm eigentlich hatte sagen wollen.

„Was kann ich für dich tun?" Florians Ton war barsch und kalt, und ich schreckte etwas zurück. Hatte Sebastian ihm von meinem Abschiedsbrief erzählt? Vermutlich, immerhin hatte er ihm ja auch von unserer gemeinsamen Nacht berichtet. Dachte Sebastian wirklich, er wäre mir egal? Doch genau das war es, was ich ihm vermittelt hatte. Ich hatte ihn verlassen, ohne ihm meine Beweggründe zu erklären. Dafür mit einem saftigen Nachhall. Und ohne Sebastian überhaupt eine Möglichkeit zu geben, zu der Situation mit Angela in der Küche Stellung zu nehmen.

„Florian, ich weiß, ich hab mich idiotisch verhalten, aber ich …" Ich wusste, ich musste es sagen, musste die Tatsache aussprechen und Florian klarmachen, dass meine Worte ernst waren. Nur so würde er, würde Sebastian mir eine Chance geben …

„Ich hab einen riesigen Fehler gemacht, den ich wiedergutmachen will. Ich hab mich in Sebastian verliebt, und ich muss ihn unbedingt wiedersehen. Auch, wenn er vielleicht nie wieder was von mir hören will. Vermutlich ist er inzwischen wieder mit der Eiskön… mit Angela zusammen, und die beiden sind glücklich miteinander. Doch trotzdem muss ich ihm zumindest sagen, was ich für ihn empfinde, denn wenn ich es nicht mache, dann werde ich mich wahrscheinlich mein Leben lang fragen, was wäre, wenn …"

„Du denkst also, du hättest eine zweite Chance verdient? Nach allem, wie du dich verhalten hast?" Noch immer war seine Stimme hart und abweisend, und ich machte mir nicht allzu viele Hoffnungen. Vor Angst, er könnte wieder auflegen, war mir richtig schlecht.

„Ich hoffe es. Ich hoffe es so sehr …"

Kraftlos sank ich gegen die Kopfstütze und schloss meine Augen. Ich lauschte auf eine Reaktion von Florian, hoffte auf ein „Okay“, auf ein „Nein“, auf … irgendwas. Mir kam die Zeit des Wartens unendlich lange vor, und ich öffnete meine Augen und schielte in Richtung Handydisplay. Hatte er aufgelegt? War die Verbindung abgebrochen?

„Bitte, Florian … sag ihm, dass es mir leidtut und dass ich … ihn liebe!“ Ich presste die Worte mit letzter Kraft, mit letztem Mut heraus, und hatte dabei das Gefühl, auf den Knien zu rutschen und um Vergebung zu betteln. Hätte man mir so eine Situation noch vor zwei Monaten prophezeit, ich hätte laut gelacht und vermutlich jedem, der dies behauptet hätte, den Vogel gedeutet.

„Also gut, ich gebe ihm deine Nummer. Ob er sich jedoch bei dir melden wird, kann ich nicht versprechen.“

„Vielen, vielen Dank, Florian, das werde ich dir nie …“

„Schon gut.“ Seine Stimme war nicht mehr ganz so barsch wie noch zu Beginn, aber ich war mir nicht sicher, wie weit seine Sympathie für mich gestiegen war.

„Oh, was mir noch einfällt …“ Ich wagte es einfach, auch wenn ich mir keine großen Hoffnungen machte. „Kannst du mir vielleicht Sebastians Nachnamen verraten?“

Wieder ein scheinbar endloses Schweigen auf der anderen Seite der Leitung. Meine Nerven waren zum Zerreißen gespannt, als er endlich antwortete.

„Wenn, dann liegt es an Sebastian, ihn dir zu verraten.“

Er legte auf. Und ich war wohl zu weiterer Ungewissheit und Warten verdammt.

15. Und manchmal kommt es anders ...

Die Tage krochen dahin, und bei jedem Geräusch meines Handys schreckte ich auf. Ich war unkonzentriert, kontrollierte regelmäßig, ob ich nicht vielleicht doch einen Anruf verpasst hätte, ob der Akku geladen, mein Smartphone eingeschaltet und der Ton an war.

Zu allem Übel war ich ständig schlecht gelaunt und hatte wenig Lust, meine Wohnung zu verlassen. Meine Freunde versuchten zwar, mich abzulenken, wollten mich ins Kino und in unsere Lieblingsbar schleifen, doch jedes Mal hatte ich Ausreden parat. Ich wollte auf keinen Fall Sebastians Anruf versäumen.

An einem der nächsten Samstagabende, an denen ich mich wieder erfolgreich herausgeredet hatte, verkroch ich mich vor dem Fernseher, löffelte, eingewickelt in eine dicke Decke, eine Riesenpackung Eis und sah mir zum gefühlten hundertsten Mal *Dirty Dancing* an. Ich war im Film versunken und sprach in Gedanken die Sätze der Hauptdarsteller auswendig mit, als mein Handy neben mir klingelte. Im ersten Moment saß ich erschrocken und nervös wie festgenagelt in meinem Ohrensessel und war nicht fähig, das Gespräch anzunehmen.

Auf dem Display sah ich eine mir unbekannte Nummer – ich ahnte, dass es nur eine Person sein konnte. Verzweifelt strich ich mir eine Haarsträhne aus dem Gesicht. Was, wenn Sebastian mir sagen wollte, dass er nichts mehr mit mir zu tun haben wollte? Wobei, hätte er dann nicht die Nummer unterdrückt, bevor er meine wählte? Ich hätte es zumindest so gemacht.

„Denk nicht so viel nach, sondern heb ab!“, murmelte ich. Schnell stellte ich die Eiscreme auf den kleinen Beistelltisch und griff nach dem Smartphone.

Meine Stimme brach fast weg, als ich ein zittriges „Hallo?“ flüsterte.

„Du hast mir Nachrichten zukommen lassen.“

Er war es tatsächlich. Seine Stimme war kalt, emotionslos, genauso wie Florians am Anfang. Mein Herz zog sich schmerzhaft zusammen, mein Mut und meine Zuversicht schwanden.

„Ja … das hab ich. Ich … bitte, Sebastian, gib mir eine Chance, noch einmal mit dir zu sprechen. Ich … ich will dir alles erklären und mich bei dir entschuldigen. Sag mir einfach, wo ich hinkommen soll, dann setze ich mich ins Auto und …" Meine Hand, die das Handy hielt, war eiskalt und verkrampft.

„Ich bin mir nicht sicher, ob es etwas gibt, das du mir noch sagen könntest. Dein Verhalten war sehr eindeutig. Ich war dir gut genug für die eine Nacht, und für mehr hat es dann ja wohl nicht gereicht. Hast du eigentlich eine Ahnung, wie verletzend das für mich war? Wie peinlich mir das vor meinen Eltern, vor meiner Familie war, als du dich aus dem Hotel geschlichen hast? Verdammt, Isabella, wir haben dich gesucht, bis uns jemand an der Rezeption darauf aufmerksam machte, dass du bereits ausgecheckt hattest. Und dann komm ich um vier in der Früh von der Feier zurück in mein Hotelzimmer und finde deine Scheißnachricht! Also … was zur Hölle willst du noch von mir?"

Er schnaubte, und mir wurde heiß im Gesicht. Er machte sich nicht die Mühe, seine Enttäuschung über meine blöde Nachricht zu verbergen. Aber dass sie mich suchen würden, er mich vermissen würde, daran hatte ich natürlich nicht gedacht.

„Ich glaubte eigentlich, dass das zwischen uns etwas Besonderes wäre, ich hatte dir mein Innerstes anvertraut, mit dir über die Probleme mit Angela gesprochen. Wann bitte war ich ein verlogenes Arschloch? Ich hab dir *immer* die Wahrheit gesagt."

Mir platzte der Kragen.

„Genau! Und du dachtest wohl auch, du kannst mich mit deiner Mitleidstour um den Finger wickeln, und ich würde mit dir Händchen halten, wenn die Eiskönigin auf der Hochzeit auftaucht – zumindest *das* hättest du mir vorher sagen können.

Hätte ich vorher gewusst, dass sie auch da ist, dann hätte ich nicht so doof dagestanden. Oder nicht so blöd aus der Wäsche geguckt, als deine Mutter von ihr als Schwiegertochter schwärmte und so tat, als würdet ihr demnächst heiraten! … So viel zum Thema Wahrheit."

Ich wartete kurz auf eine Antwort, aber als es am anderen Ende still blieb, fuhr ich wütend fort: „Aber den Vogel abgeschossen hast du ja, als du deine *Lebensgefährtin* – wie sie sich bei mir vorgestellt hat – in der Küche geküsst hast. Heimlich und versteckt im letzten Winkel des Hotels, damit ich es bloß nicht sehe und dich darauf ansprechen könnte. Hast du eigentlich eine Ahnung, wie *ich* mir dabei vorkam? Wie ich mich fühlte, auf dieser Hochzeit, auf die ich nur deinetwegen ging. Wo ich kein Schwein kannte und dir noch dazu vorher gesagt hatte, dass ich mich nicht wohlfühle und nicht alleine gelassen werden möchte!"

Ich musste Luft holen, da ich sonst Angst hatte, wegen akuten Sauerstoffmangels ohnmächtig zu werden. Oder vor Aufregung.

„Was redest du da? Eiskönigin? Geküsst? Ich hab niemanden …"

„Ach, weißt du was? Vergiss es! Ich dachte auch, das zwischen uns ist etwas Einzigartiges, aber offensichtlich hast du Besseres zu tun, als dich mit einer älteren Frau abzugeben, die nach Jahren zum ersten Mal wieder das Gefühl hatte, geliebt zu werden, und die dasselbe auch für dich empfindet."

Ich legte auf, warf das Telefon auf den Sessel neben mir – und sank schluchzend auf den Boden.

Was zur Hölle war denn da eben in mich gefahren? Der Schrecken saß mir in den Knochen, und am liebsten hätte ich geschrien vor Verzweiflung. Wie konnte ich nur so bescheuert sein, und mich zuerst wochenlang darum bemühen, wieder Kontakt zu ihm zu bekommen, nur um dann innerhalb weniger Sekunden alles wieder zunichtezumachen? Gäbe es einen

Preis für idiotische Aussetzer, ich hätte gerade eben den ersten Platz belegt.

Ich tigerte im Raum auf und ab und raufte mir fluchend die Haare. *Was soll ich jetzt bloß machen?* Jana! Ich würde Jana anrufen. Wenn ich schon keinen klaren Kopf behalten konnte, dann würde wenigstens sie mir sagen können, was ich jetzt tun sollte.

„Du hast *was* getan?"

Meine Freundin lachte am anderen Ende, und das trug nicht wirklich dazu bei, dass ich mich besser fühlte, geschweige denn, dass sie mir dadurch behilflich war.

„Würdest du so nett sein und mich jetzt *nicht* auslachen? Ich brauche jetzt wirklich einen hilfreichen Rat. Denkst du, ich sollte ihn noch einmal anrufen, oder mach ich mich dann komplett zum Affen?"

Ich überlegte kurz, mir fiel aber keine Situation ein, in der ich jemals auf diese Art einem Mann nachgelaufen wäre. Nicht mal Jürgen hatte ich auf seine SMS geantwortet, in der er mir das Ende unserer Beziehung „erklärt" hatte.

„Na ja, denkst du denn, du könntest dich noch mehr zum Affen machen, als du es bisher schon getan hast? Schließlich hast du die im Hotel genötigt, dir zu helfen, du hast auf Florians Arbeitsstelle angerufen, und du hast seinen Bruder angeheult, bis er dir versprochen hat, deine Nummer an ihn weiterzugeben."

Stöhnend lehnte ich meine Stirn an den großen Spiegel neben meinem Esstisch. Die ganze Situation war echt erbärmlich – ich war erbärmlich. *Jeder ist seines eigenen Glückes Schmied,* heißt es, und ich war definitiv nicht für den Handwerksberuf geschaffen. Ich schaffte es tatsächlich, allem, was mich meinem größten Lebenswunsch näher bringen könnte, Steine in den Weg zu legen, über die ich selbst ständig stolperte. War ja klar, dass ich irgendwann mal hinfallen würde.

„Ruf ihn an. Mehr, als dass er nicht mehr rangeht, kann nicht passieren."

Das wollte ich mir nicht vorstellen. Dann wären meine Mühen umsonst gewesen. Und ich wäre tatsächlich die Pechmarie, die Idiotin der Nation. Ich seufzte tief, murmelte ein niedergeschlagenes „In Ordnung, ich probier es …" und legte auf.

Ich räumte die Packung Eiscreme zurück in den Eisschrank und, um nicht komplett auszuflippen, öffnete ich mir einen Rotwein und trank hastig einen großen Schluck direkt aus der Flasche. Dann griff ich erneut nach dem Handy und rief Sebastian zurück. Zum Glück war seine Nummer jetzt in meiner Anrufliste.

Ich hatte ehrlich das Gefühl, als wäre eine größere Macht am Werk, die verhindern wollte, dass ich meinem Ziel nur einen Schritt näher kam. Nach dem sechsten Klingeln kam ich in die Mobilbox. Konnte ja sein, dass er eben nicht neben seinem Telefon war (auch, wenn er es ja vor wenigen Minuten noch in der Hand gehabt hatte). Ich versuchte, etwas Zeit zu überbrücken, räumte den Geschirrspüler aus und schaltete die Waschmaschine ein, um es anschließend noch einmal zu probieren. Doch diesmal landete ich direkt beim Anrufbeantworter, und ich *hasste* es wie die Pest, Sprachmitteilungen zu hinterlassen. Bei meinem Glück hätte ich ihm nur etwas Bescheuertes aufs Band gestottert – das ließ ich besser gleich bleiben.

Als ich im Bett lag, kreisten meine Gedanken immer noch um meine Kurzschlussreaktion. Ich hatte nicht mehr den Mut, ein drittes Mal seine Nummer zu wählen. Ich speicherte sie jedoch ab (auch, wenn ich sie inzwischen auswendig kannte, da ich bereits stundenlang auf die Ziffern starrte, hin- und hergerissen, ob ich ihn nicht doch noch einmal anrufen sollte). Ich beschloss, dass ich zumindest mit einer SMS nicht noch mehr falsch machen konnte, als ich es bisher schon getan hatte.

Isa Seifert:
Von allen Idiotinnen auf der Welt bin ich die Idiotenkönigin. Bitte, gib mir eine Chance, alles zu erklären! Isabella

Ich hoffte, mit dem Ausschreiben meines Vornamens die Wogen etwas zu glätten, und wälzte mich noch lange wach im Bett, in der Hoffnung, eine Antwort von ihm zu erhalten. Vergeblich.

Am Montag darauf war ich genauso schlecht gelaunt in der Arbeit wie schon die Tage und Wochen zuvor. Ich mochte mich selbst nicht in diesem Zustand, aber es gab auch nichts, das mich aus dieser griesgrämigen Laune holen konnte. Hätte ich versucht, Heiterkeit vorzutäuschen, wäre ich in Tränen ausgebrochen. So mussten meine Kolleginnen und Kollegen meine miese Laune ertragen.

Ich hoffte zumindest auf ausreichende Ablenkung, um nicht wieder ständig über mein Verhalten zu grübeln und regelmäßig auf mein Smartphone zu schielen.

Müde öffnete ich mein Mailprogramm und unterdrückte ein Gähnen. Die erste Kaffeepause würde ich heute früher einlegen müssen als üblich. Ich sollte wirklich an meinem steigenden Kaffeekonsum arbeiten, ich sah mich schon als zitterndes Wrack am Kaffeetropf hängen.

Und, als ob ich die letzten Tage und Wochen nicht schon genug Mist erlebt hätte, hatte mein Mailprogramm bereits die nächste unerfreuliche Nachricht für mich: Die Redaktionsleiterin war krank, und ich sollte ihre Termine der Woche übernehmen, die sich nicht verschieben ließen. Sie wollte mich im Laufe des Vormittages anrufen, um ihren Terminkalender mit mir zu besprechen.

Das hatte ich nun davon – da schrie ich einmal nach Ablenkung durch Arbeit, schon wurde ich erhört. Genervt verdrehte ich die Augen, da ich mich schon bis spätabends im Büro sitzen sah. Immerhin musste neben ihrer Arbeit auch meine erledigt werden, und jedes Mal, wenn sie krank war (und das war in den letzten Jahren nur viermal vorgekommen), kam ich nur selten vor neun Uhr abends aus dem Verlag.

Eine gute Stunde später rauchte mir der Kopf. Ich brütete eben über einem Artikel, der um gut fünfhundert Wörter gekürzt werden sollte, als mich das Telefon hochschrecken ließ. Zuerst konnte ich meine Redaktionsleiterin kaum verstehen, als sie mir ihre Anweisungen durch den Hörer krächzte.

„Die meisten Termine konnte ich auf nächste Woche verschieben, doch bei zweien hatte ich kein Glück. Einer der beiden ist erst am Freitag, den kann ich vielleicht ja doch selbst übernehmen. Aber der zweite ist heute um dreizehn Uhr. Ich hoffe, Sie haben zu dieser Zeit nicht selbst einen Termin?"

„Nein, da hab ich nichts eingetragen. Wo muss ich hin?" Ich unterdrückte ein Seufzen. So schnell hatte sich das gemeinsame Mittagessen mit Jana bei unserem Lieblingschinarestaurant mit hammermäßigem All-you-can-eat-Buffet in Luft aufgelöst. Wieso noch mal wollte ich unbedingt mehr Herausforderungen in meinem Job?

Sie nannte mir eine Adresse, die ich schnell auf einen Zettel kritzelte.

„Alle Informationen zu dem Interview finden Sie in der Geht's, die Sie eben von mir erhalten müssten. Falls Sie noch Fragen dazu haben, melden Sie sich bitte rechtzeitig. Oh, und bevor ich es vergesse … Zu dem Termin kommt auch ein Fotograf. Irgendwas mit *Kiss,* warten Sie … Ah, ja, Fotografie Kiss."

„Kiss? Wie die Band?"

„Genau. Geben Sie bitte dem Fotografen Informationen zum Interview, damit sich die Fotos auf den Inhalt beziehen."

„Natürlich. Werde ich … Vielen Dank und … gute Besserung."

Ihre Antwort glich eher einem kläffenden Hund, als sie mir hustend dankte. Ich sah mich schon am Freitag den zweiten Termin übernehmen. Unvorstellbar, dass sie in vier Tagen wieder fit sein würde.

Andererseits war das eigentlich genau die Chance, auf die ich immer gewartet hatte. Eines der spannenden Interviews, mit denen im Vorstellungsgespräch gelockt wurde. Erst vor Kurzem hatte ich mich bei Jana beschwert, dass mir bisher solche Chancen verwehrt blieben. Jetzt hatte ich sie, und ich sollte – wollte – sie nicht verbocken.

Ich öffnete die Mail von ihr und arbeitete mich durch ihre Recherchearbeit sowie ihre vorbereiteten Interviewfragen. Zum Glück war alles sehr exakt ausgearbeitet, also würde zumindest das Interview reibungslos und rasch verlaufen. Firmenchefs hatten außerdem nur wenig Zeit, geschweige denn Interesse, Smalltalk mit Journalisten zu führen.

Ich druckte alle Unterlagen aus, heftete diese in einen Schnellhefter und beschloss, die zweite Tasse Kaffee zu besorgen, um den Tag zu überstehen. Auf dem Weg in die Küche stattete ich noch schnell Jana einen Besuch ab, deren Büro direkt neben meinem lag.

„Hey! Wie geht's? Ich wollte eben zu dir. Was hat Sebastian noch gesagt? Hast du ihn erreicht?“

Ich brachte meine Freundin im Schnelldurchlauf auf den neuesten Stand und sagte im Zuge dessen unser Mittagessen ab.

„Menno. Ich hatte mich so auf Hühnchen süßsauer gefreut.“ Sie seufzte tief. „Weißt du, was? Ich besorge uns Sandwiches. Die können wir in der Küche essen, und du kommst noch rechtzeitig zu deinem Termin.“

„Klingt vernünftig.“ Mit leerem Magen würde ich jedenfalls nicht zu diesem Interview fahren.

Als ich auf den Parkplatz von *Koller Baggerungen* fuhr, hatte ich trotzdem ein flaues Gefühl in der Magengegend. Für mich war diese Art von Interviews etwas, das nicht zu meinem Berufsalltag gehörte, und ich war nervös. Ich wollte außerdem den Job gut erledigen, denn es fiel alles, was ich falsch machen würde, auf meine Chefin und natürlich auch auf mich zurück. Diese Blöße wollte ich mir nicht geben.

Das Unternehmen lag am anderen Ende der Stadt in einem Stadtteil, in dem ich mich selten aufhielt. Ein Industriegebäude grenzte an das nächste, und Arbeiter wuselten zwischen Stapler und Werksmaschinen umher. Das Hauptgebäude, in dem sich die Büroräume befanden, war ein riesiger Glaskomplex, der veranschaulichte, wie erfolgreich Herr Koller sein Unternehmen führte.

Ich hatte ein Foto von meinem Interviewpartner in den Unterlagen entdeckt und wusste also, dass ich mich bald einem stämmigen Mann mit schütterem Haar, vermutlich Ende vierzig, gegenüberfinden würde. Die Sekretärin im Empfangsbereich, ein dürres Püppchen Anfang zwanzig mit brünetten, schulterlangen Haaren und stark geschminkten Augen, begleitete mich in ein Besprechungszimmer. Sie bot mir Kaffee an, den ich dankend annahm, und ließ mich, nachdem sie ihn serviert hatte, in dem Raum alleine.

Ich blickte mich um. Da ich nichts entdecken konnte, das meine Aufmerksamkeit in dem kahlen Raum fesselte, widmete ich mich noch einmal den Unterlagen, die meine Chefin vorbereitet hatte. Dieser Herr Koller hatte einen beeindruckenden Lebenslauf vorzuweisen – er hatte die Firma vor knapp zehn Jahren übernommen, als sie kurz vor dem Konkurs stand, und hatte sie zu einem der erfolgreichsten Baggerunternehmen geführt.

Ich stand auf. Hoffnungsvoll warf ich noch einen Blick auf mein Handy: immer noch keine Nachricht von Sebastian.

Die Tür am anderen Ende des Raumes wurde mit einem Ruck aufgerissen, und ich ließ vor lauter Schreck fast mein Telefon fallen. Herr Koller war eine noch mächtigere Erscheinung, als ich bereits vermutet hatte.

„Bitte, nehmen Sie Platz, Frau …"

„Mein Name ist Seifert." Ich sah ihm dabei fest in die Augen und hoffte, dass er meine leichte Verunsicherung nicht bemerkte.

Er hielt meinem Blick stand, länger, als es für gewöhnlich üblich war, und ich schaffte es, ihm nicht auszuweichen. Es hätte seine Überlegenheit nur noch unterstrichen, und diesen Triumph wollte ich ihm nicht gönnen. Er war mir gleich unsympathisch.

„Frau Seifert …" Er deutete mir, Platz zu nehmen, und ich ließ mich wieder in den Ledersessel fallen. Auch er setzte sich, ohne mich dabei aus den Augen zu lassen, was mich nur noch unsicherer werden ließ.

„Kann es sein, dass wir uns schon einmal begegnet sind? Sie kommen mir so bekannt vor." Dabei kniff er seine Augen zusammen, was sie wie kleine Schlitze in seinem aufgeschwemmten Gesicht wirken ließ.

„Nicht, dass ich wüsste. Vielleicht kennen Sie ja mein Foto aus dem Magazin … oder von der Website des Verlages …", wobei mir, noch während ich es aussprach, dämmerte, dass Herr Koller vermutlich selten bis gar nicht Lifestylemagazine las. Geschweige denn, dass er die Zeit dazu hätte, sich unsere Website anzusehen.

Bedächtig schüttelte er den Kopf, starrte mich weiter an und bat mich, das Interview zu beginnen. Meine anfängliche Irritation über sein doch sehr eigenartiges Verhalten – noch dazu, da er auch mir bekannt vorkam (aber vielleicht auch nur, weil ich sein Foto von den Unterlagen kannte) – verflüchtigte sich nach meinen ersten paar Fragen, die ein Diktiergerät gemeinsam mit seinen Antworten aufzeichnete. Ich war selbst überrascht von meinem Geschick, das Gespräch zu leiten, und war zuversichtlich, dass meine Chefin zufrieden sein würde.

Die Zeit verging rasch, und bald hatte ich die letzten Fragen erreicht. „Wie beurteilen Sie die Entwicklung der Baubranche in Bezug auf den aktuellen Arbeitsmarkt?"

Ich studierte gerade noch einmal alle Unterlagen, um sicherzugehen, nicht ein wichtiges Thema vergessen zu haben, als er sich plötzlich erhob und sich auf mich zubewegte. Als ich seinen Platzwechsel bemerkte und den damit einhergehenden schwindenden Abstand zwischen uns, schreckte ich zurück.

Dieses ungute Gefühl, das ich bereits empfunden hatte, als ich auf den Parkplatz fuhr, kam wieder hoch. Ich überprüfte kurz meine Ausweichmöglichkeiten, doch er hatte meinen Sessel bereits erreicht und drehte ihn in seine Richtung, sodass er direkt vor mir stand.

„Herr Koller, was …?"

„Isa, richtig? Du bist Isa, die kleine geile Blondine, die mir vor sieben Jahren im Parkhaus hinter meinem Wagen einen geblasen hat."

Mein Atem stockte, und plötzlich fiel es mir wie Schuppen von den Augen. Ich sah ihn wieder vor mir, wie ich ihn damals in einer Bar angesprochen hatte, ein stattliches Kerlchen in hübschem Anzug und mit noch dichtem Haar. Das durfte doch nicht wahr sein! Sieben Jahre war das her. *Und ihm muss ich heute hier begegnen.* Meine Übelkeit verstärkte sich.

Ich wollte ihm ausweichen, doch er packte meine beiden Handgelenke und presste sie auf eine Armlehne des Bürostuhls. Er tat mir weh, doch ich war zu gelähmt vor Schock, um mich wehren zu können. Seinen Kopf neigte er zu mir herab, und ich starrte ihn zitternd und mit großen Augen an.

„Dann zeig mal, was du in den letzten Jahren noch dazugelernt hast!" Mit seiner freien Hand fummelte er an seinem Reißverschluss.

„Lass mich los, du schmieriger Dreckskerl!“

Ich schielte auf das Diktiergerät, das immer noch auf dem Besprechungstisch lag. Er folgte meinem Blick, lehnte sich vor und fegte das Gerät mit einem Wisch vom Tisch, dass es mit einem krachenden Geräusch auf den Fliesen aufschlug und mir vermutlich keinen Dienst mehr erweisen würde.

Er packte mit seinen dicken Fingern mein Kinn, drückte es fest zusammen und hob es an, sodass ich seinem Blick nicht mehr ausweichen konnte.

„Einen Mucks, und du kannst dich von deinem Job verabschieden. In deinem und jedem anderen Verlag in Österreich. Unterschätze nicht meine Macht, Zuckerschnecke.“

Obwohl er flüsterte, sprach er so scharf und deutlich, dass ich ihm jedes Wort abkaufte. Den Griff um meine Handgelenke verstärkte er noch. Vor Schmerzen biss ich die Zähne zusammen und sah ihm wütend ins Gesicht, als er mein Kinn losließ, um sich erneut an seinem Reißverschluss zu schaffen zu machen.

Ich überlegte fieberhaft, wie ich mich gegen ihn wehren konnte, und sah eigentlich nur eine einzige Chance: Ich musste ihm einen kräftigen Tritt in die Weichteile verpassen, sobald er seine Hand nicht mehr in der Nähe des Hosenschlitzes hatte. Mir war das Risiko zu groß, dass er mein Bein mit seiner Hand vorher abfangen könnte.

Plötzlich vernahm ich ein erschrecktes Quieken, das in einem „Oh Gott!“ endete und ihn ruckartig von mir abrücken ließ. Die zierliche Sekretärin vom Empfangsbereich stand hinter ihm. Sie hielt die Tür für den angekündigten Fotografen auf, und, als dieser den Konferenzraum betrat, setzte mein Herz aus. Meine Kehle war wie zugeschnürt.

16. Sebastian

„Verdammt, was wird das hier?"

Ich starrte in die entsetzten Augen von Sebastian, der seinen Blick zwischen mir und dem Scheißkerl schnell hin und her wechseln ließ. Ich nutzte die Schrecksekunde des Unternehmers, löste meine Arme aus seiner Umklammerung, stieß ihn heftig zurück, sodass er taumelte, und griff rasch nach meinen Unterlagen, meinem Mantel und der Handtasche, um auf schnellstem Weg das Gebäude zu verlassen.

Ich schob mich an der bleichen Sekretärin und an Sebastian vorbei, der mich am Unterarm festhielt. Er öffnete den Mund, setzte an, etwas zu sagen, doch …

„Ich ruf dich heute Abend an, Zuckerschnecke!"

Ich fuhr herum und blickte in Kollers falsches Grinsen, das seine leicht schiefen Zähne entblößte. Ein Blick zu Sebastian traf mich wie ein Schlag ins Gesicht. Er starrte mich mit zusammengekniffenen Lippen an, das Kinn leicht angehoben, und die Abneigung, die er wohl in dem Moment für mich empfand, sprühte wie Gift in meine Richtung. Ich spürte einen Kloß in meinem Hals, kämpfte gegen aufsteigende Tränen und die Scham. Ich entriss Sebastian meinen Arm, um schnellstmöglich das Gebäude zu verlassen.

Als ich meinen Wagen sah, konnte ich die Tränen nicht mehr halten. Ich zitterte am ganzen Körper und betete, in diesem Zustand überhaupt das Firmengelände verlassen zu können, ohne einen Unfall zu verursachen. Aber ich wollte weg, schnellstmöglich und so weit wie möglich, von diesem Ort, an dem ich für mein unüberlegtes Verhalten von damals bestraft wurde.

Ich hatte nie daran gedacht, jemals einen meiner One-Night-Stands wiederzusehen. Ich hatte weitestgehend vermieden, die Orte wieder aufzusuchen, wo ich sie getroffen hatte. Dass es im Zuge meiner Arbeit und noch dazu im Beisein von Sebastian geschehen würde, der aufgrund der letzten Worte von Koller offensichtlich falsche Schlüsse zog, war Pech. Riesengroßes, verdammtes Pech.

Ich wusste nicht mehr, ob ich wegen der Kuriosität der Situation oder wegen des Schocks weinte, der noch immer in meinen Knochen steckte und meinen Körper schüttelte. Oder deshalb, weil Sebastian noch eine Bestätigung für sich erhalten hatte, dass ich tatsächlich so eine Schlampe war, für die er mich spätestens jetzt hielt.

„Isabella!“ Ich zuckte zusammen, drückte auf den kleinen Knopf auf meiner Fernbedienung, um mein Auto aufzuschließen, und flüchtete ins Wageninnere.

„Isa, warte!“

Ich wollte nicht, konnte nicht. Ein weiteres Mal Sebastians Blick zu sehen, hätte ich nicht ertragen können. Es tat zu weh, die falschen Schlussfolgerungen in seinem Gesicht zu erkennen. Ich hatte zwar den Wunsch, ihm die Wahrheit zu sagen, jedoch würde es vermutlich nur nach einer peinlichen Ausrede klingen. Sebastian zog bestimmt sein eigenes Fazit aus der vorgefundenen Situation und dem letzten Satz, den dieses Arschloch Koller mir nachgerufen hatte – und ich war auch noch selbst daran schuld. Wieso hatte ich mich nur nicht gewehrt, weder aktiv noch mit Worten? *Aber ich wollte doch gerade zutreten …*

Hektisch versuchte ich, den Schlüssel ins Schlüsselloch zu stecken, um den Motor zu starten, doch meine Hände zitterten zu sehr. Ich verfluchte mich, die Situation, den Tag, … mein Leben. Bevor ich den Wagen starten konnte, riss Sebastian die Tür auf.

„Isa, bitte, jetzt warte doch endlich! Was war denn da eben los? Wie geht es dir, hat er dir was getan?“

„Du bist doch nicht wirklich hier, um dich nach meinem Wohlergehen zu erkundigen, oder?“ Mit aller Kraft starrte ich nicht ihn an, sondern nach vorne.

„Doch. Eigentlich schon. Die Empfangsdame hat mir erklärt, dass sie Koller bereits zum zweiten Mal dabei erwischt hat, wie er sich an eine attraktive Frau im Firmengebäude ranmacht. Und bei der ersten habe es nicht so ausgesehen, als hätte sie sich freiwillig auf den Schmiersack eingelassen. Also, sag schon, wie gehts dir, Isa?"

Ich sah ihn wieder an, und die Art, wie er mich musterte, voll Unsicherheit und trotzdem irgendwie voll … Angst um mich, ließ mein Herz sich zusammenziehen.

„Wie soll es mir schon gehen, verdammt? Mir gehts … beschissen …" Mit letzter Kraft brachte ich die Worte über meine Lippen, ehe ich weinend zusammenbrach.

Sebastian griff nach meiner Hand und zog mich aus dem Wageninneren. Ich ließ es geschehen, denn ich hatte nicht mal mehr die Kraft, mich zu wehren. Er führte mich zur Beifahrerseite und setzte mich hinein, schnallte mich an und nahm anschließend auf dem Fahrersitz Platz. Ich war wie hypnotisiert, wie versteinert, ließ alles mit mir geschehen und war nur froh, als er den Wagen endlich vom Firmengelände lenkte. Er drehte die Heizung auf, weil ich heftig zu zittern begann, und manövrierte mein Auto auf den Parkplatz eines leerstehenden Gebäudes in der Nähe.

„Isa …" Seine Stimme war weich, und zum ersten Mal schaffte ich es, ihn anzusehen. Seine warmen, braunen Augen blickten mich ernst an. „Bitte! Ich will wissen, was dort passiert ist. Hat er dir was getan?"

Ich rieb über meine Unterarme, an denen mich Koller mit seiner Muskelkraft an den Stuhl gefesselt hatte. Sebastian folgte meinen Bewegungen und schlang plötzlich seine Arme um mich. Er presste mich fest an sich – und da brachen meine letzten Dämme. Beruhigend streichelte Sebastian über meinen Rücken, unterbrach nur kurz, um unsere Sicherheitsgurte zu lösen und mich so noch näher an sich zu drücken.

Es verging eine gefühlte Ewigkeit, ehe ich mich etwas beruhigt hatte. In meiner Handtasche fummelte ich nach einem Taschentuch und trocknete Augen, Wangen und Nase. Sebastian wagte einen erneuten Versuch.

„Willst du mir sagen, was passiert ist?"

Ich zuckte mit den Schultern, knetete mein Taschentuch und räusperte mich, ehe ich ihm in stockenden Worten erzählte, was damals vor sieben Jahren im Parkhaus passiert war, was Koller mir eben angetan und womit er gedroht hatte.

Sebastian saß schweigend neben mir, doch in ihm schien ein Gefühlsorkan zu toben. An seinen Wangen konnte ich die Muskeln arbeiten sehen, als er seine Zähne fest aufeinander biss. Die Hände hatte er zu Fäusten geballt, an denen die Knöchel weiß hervortraten.

„Dieses verdammte Arschloch …", stieß er zwischen den Zähen hervor, als ich fertig war. „Am liebsten würde ich sofort zurückfahren und ihm gehörig die Fresse polieren."

„Ach komm, das bringt doch nichts." Beschwichtigend legte ich meine Hand auf seinen Arm. Ich wollte nicht, dass er meinetwegen eine Dummheit beging, schließlich war Koller größer und wog um einiges mehr als Sebastian.

„Nein, das bringt nichts, aber verdient hätte er es." Langsam und kontrolliert atmete Sebastian aus, und ich merkte, wie er versuchte, wieder etwas ruhiger zu werden. „Wir fahren jetzt zur Polizei. Du musst Anzeige erstatten."

„Ich hab nicht einmal einen Beweis gegen ihn, das Diktiergerät liegt zerschmettert in dem Konferenzraum. Was mache ich, wenn er bereits in meinem Verlag angerufen hat, um Lügen über mich zu verbreiten?"

„Denkst du wirklich, dass sie ihm und nicht dir glauben, nachdem du schon so lange beim Verlag arbeitest?"

Erneut zuckte ich mit den Schultern. „Ich weiß es nicht."

„Das werden sie nicht. Da bin ich mir sicher."

„Ich hoffe es.“

Ich rief im Büro an und meldete dem Verlagsleiter den sexuellen Übergriff. Dieser wurde fuchsteufelswild und erkundigte sich besorgt nach meinem Wohlergehen. Er beteuerte, er würde hinter mir stehen und alles Mögliche in Bewegung setzen, falls ich Hilfe oder Unterstützung brauchen würde.

Ich wollte das Ganze nur so schnell wie möglich hinter mich bringen, denn mir war die Angelegenheit unendlich peinlich. Immerhin würde es mir nicht erspart bleiben, bei einer Anzeige auch die Parkhausgeschichte zu erwähnen.

Es wäre dumm von mir gewesen, Koller nicht anzuzeigen, und wer weiß, wie viele Betroffene es gab, die sich nicht getraut hatten, ihn anzuzeigen. Ich war nur froh, dass mein Chef und vor allem Sebastian zu mir hielten und so hinter mir standen.

Und trotzdem wollte ich nur ungern aussteigen, als wir vor einer Polizeistation hielten. Mir drehte sich der Magen um bei dem Gedanken, irgendwelchen fremden Menschen diese grauenvolle Erfahrung ein weiteres Mal zu erzählen. Doch Sebastian ließ nicht locker. Erneut schnallte er unsere Sicherheitsgurte ab und lehnte sich zu mir.

„Ich bleibe die ganze Zeit bei dir und lasse deine Hand kein einziges Mal los. Ich verspreche es.“

„So wie damals auf der Hochzeit, hm?“ Auch, wenn ich durch die Ereignisse der letzten Stunde total ausgelaugt war, schaffte ich es doch, zu dieser ironischen Frage eine Augenbraue zu heben.

Sein warmes Lächeln ging mir durch und durch, als er antwortete: „Nein, diesen Fehler mache ich nicht noch einmal. Ein zweites Mal lasse ich dich nicht allein.“

Und er hielt Wort. Während der ganzen Aussage ließ er nur zweimal kurz meine Hand los – nämlich, als wir unsere Mäntel aus- und wieder anzogen. Anschließend fuhr er mich nach Hause.

„Ich danke dir … für alles, was du getan hast.“

Sebastian winkte ab. „Das ist selbstverständlich."

„Wie kommst du zu deinem Wagen? Warte, ich rufe dir ein Taxi, oder … ich fahre dich …"

„Kommt überhaupt nicht infrage. Jetzt bringe ich dich erst mal in deine Wohnung."

„Du … willst mit hoch?"

„Natürlich. Du hast mich doch eingeladen."

„Wann …?"

Ich kramte in meinen Erinnerungen. Irgendwas dämmerte mir …

„Bei unserem ersten Date im Hotel, beim Abendessen …", half mir Sebastian auf die Sprünge.

Ich grinste. „Du glaubst mir nur nicht, dass meine Küche lila ist, wie?"

„Doch, aber ich will mich mit meinen eigenen Augen davon überzeugen."

Ich war unheimlich nervös, als wir gemeinsam die wenigen Stufen zu meiner Wohnung nach oben stapften. Ich fühlte mich eigenartig, beklommen, und Sebastian schien es nicht anders zu gehen. Schweigend kamen wir vor meiner Wohnungstür an. Ich lächelte ihn verlegen an, bevor ich den Schlüssel ins Schloss steckte und die Tür aufschloss.

„Was ist los?", hakte Sebastian nach.

„Nichts. Es ist nur … Du bist, abgesehen von Marco und Julian, der erste Mann, der diese Wohnung betritt."

„Du meinst die beiden Freunde deiner Freundinnen?"

„Genau."

Verblüfft sah er mir in die Augen, wägte offensichtlich die Situation ab. „Wow. Damit hätte ich jetzt nicht gerechnet."

„Dass ich meine One-Night-Stands nicht mit in meine Wohnung genommen habe?" Ich blickte zu Boden, ich konnte und wollte seinem Blick nicht begegnen.

„Dass du die Elektrogeräte in der Küche selbst installiert hast.“ Schelmisch zwinkerte er mir zu.

„Die Küche gehörte zum Inventar, als ich die Wohnung übernahm“, blinzelte ich zurück. „Also gut – Premiere!“ Ich atmete noch einmal tief durch, ehe ich die Tür aufstieß. „Immer herein in die gute Stube.“

Sebastian folgte mir in mein heiliges Reich und half mir aus meinem Mantel, den er gemeinsam mit seinem an einen Garderobenhaken hängte. Ich lehnte mich an den Türrahmen des Wohnzimmers und beobachtete ihn, während er sich umsah. Er zeigte mir grinsend den Daumen nach oben, als er die beiden Ohrensessel entdeckte. Dann ging er weiter durch den Durchgang in meine kleine lila Küche, wo er laut auflachte und in die Hände klatschte.

„Ha! Wow, die ist ja echt genial. So eine hätte ich auch gern!“

„Ja, klar.“ Ich stimmte in sein Lachen mit ein, aber eher aus Ironie.

„Was? Ich meine das ernst! Die ist nicht lila, die ist dunkelviolett. Florian und Denise wären von der Küche bestimmt ebenfalls begeistert.“ Ich musste an die Hochzeit denken, und sofort legte sich ein dunkler Schatten über meine gute Laune.

„Seit wann kennt ein Mann den Unterschied zwischen Lila und Dunkelviolett?“, fragte ich herausfordernd und drehte ihm den Rücken zu. Ich holte zwei Wassergläser aus dem Schrank, die ich befüllte und an ihm vorbei ins Wohnzimmer trug. Ich stellte sie auf den schwarzen Glastisch zwischen meinen Ohrensesseln ab und ließ mich in den weichen Stoff fallen.

Sebastian blieb erst mal wie angewurzelt stehen und beobachtete meinen kleinen bockigen Anfall von Sarkasmus mit einem schiefen Grinsen. Ich durfte bloß nicht hinsehen, denn ich wusste genau, dass, ab dem Zeitpunkt, wo meine Augen sich in seinen verlieren würden, mein logisches Denken deaktiviert wäre und die Hormone das Kommando übernehmen würden. Blöd nur, dass der Sessel so stand, dass ich ihm direkt gegenübersaß, und er in meinem kleinen Wohnzimmer mehr als präsent war. Mal abgesehen von seinem Duft, der mir, wie immer, wenn er in meiner Nähe war, meine Sinne vernebelte.

Sebastian stieß sich von der Wand ab und kam auf mich zu. Mein Herzschlag beschleunigte sich sofort, und ich schielte aus dem Augenwinkel zu ihm hoch. Mit einem tiefen, geräuschvollen Seufzen ließ er sich in den Sessel neben mich fallen. Mir stieg die Hitze in die Wangen, und ich hatte wirklich Angst, die Kontrolle über mich zu verlieren, da dieses Geräusch von ihm mich zu sehr an unsere gemeinsame Nacht im Hotel erinnerte. Da er sich mit einem leisen Lachen mir zuwendete, wusste er vermutlich, welcher Film vor meinem inneren Auge ablief.

„Isa, sieh mich an!“

Ich biss mir auf die Unterlippe, doch als würde er an unsichtbaren Fäden ziehen, drehte ich meinen Kopf und blickte unweigerlich in sein warmes Braun. Ein riesiger Schwarm Schmetterlinge hob in meinem Bauch ab, den ich mit aller mir möglichen Kraft wieder zur Landung zwingen wollte. Es stand noch immer einiges zwischen uns, das zuerst geklärt werden musste.

Um mich zu fangen, griff ich noch einmal die Frage von vorhin auf, in der Hoffnung, dadurch wieder den Boden unter meinen Füßen zu spüren.

„Also … woher kennst du dich mit Farben aus?“

Sebastian stützte sich auf die Armlehne, bevor er mir antwortete. „Vom Malen.“

„Wie jetzt? Echt? Du malst wirklich? So richtig mit Staffelei, Leinwand und Farbpalette?“ Ich dachte, als er damals beim Dinner erzählt hatte, dass er vom Malen zum Fotografieren gekommen sei, wäre ein Scherz gewesen.

„Je nachdem, was ich male. Von Aquarell über Bleistift bis Öl hab ich alles probiert, was Spaß macht. Am liebsten jedoch ist mir immer noch Acryl."

„Weil die Farben leicht abzuwaschen sind?"

„Und weil es sehr kräftige Farben sind, die schnell trocknen", zwinkerte er mir zu. Ich war wieder einmal ehrlich sprachlos. Dieser Mann überraschte mich ständig aufs Neue. Was hatten wir eigentlich in den vier Tagen Urlaub getan? Ich wusste tatsächlich fast gar nichts von ihm und über ihn. Gut … die erste Zeit ging ich ihm hauptsächlich aus dem Weg, und dann … war ich von meinen Hormonen außer Gefecht gesetzt.

„Und was malst du?"

„Landschaften, Stillleben. Porträts. Worauf ich gerade Lust habe."

Sprachlos schüttelte ich meinen Kopf, aber Sebastian tat das Ganze mit einer flüchtigen Handbewegung ab. „Das ist nichts Besonderes. Ich bin bei Weitem nicht so gut, wie es vielleicht klingt."

„Darf ich sie sehen?"

„Meine Bilder?"

Jetzt war es Sebastian, der rot anlief. „Ach, die sind nicht wirklich herzeigbar. Heute male ich nur mehr selten und nur für mich."

„Biiiitte!" Ich blickte ihn mit vorgeschobener Unterlippe von unten an, bis er lachen musste.

„Na, mal sehen. Vielleicht. Jetzt erklär mir erst mal, was es mit dem ominösen Kuss bei der Hochzeit auf sich hat."

Siehst du, so schnell kommt man wieder zurück auf den harten Boden der Tatsachen, dachte ich verbissen. Ich atmete noch einmal tief durch, ehe ich stockend anfing, das Erlebte wiederzugeben.

„Du bist immer wieder verschwunden auf der Hochzeit."

„Ich weiß, das war so nicht von mir geplant – und vor allem äußerst unhöflich von mir. Schließlich hast du meinetwegen zugesagt, obwohl du Hochzeiten hasst. Ich könnte mich selbst in den Hintern beißen, dass es so gelaufen ist. Sorry, Isa."

Ich nickte. „Ich suchte dich, brauchte dich, nachdem …"
Nachdem mir deine Ex weismachen wollte, dass ich schwanger sei.

„Nachdem …?" Sebastian hob fragend die Augenbrauen.

„Nicht so wichtig." Ich war nicht schwanger und dieses … Detail aus meiner Vergangenheit würde ich ihm irgendwann einmal erzählen. Doch jetzt war nicht der richtige Zeitpunkt. „Dein Bruder sagte mir, ich würde dich in der Küche finden. Ich dachte noch, du wolltest vielleicht nach der Hochzeitstorte sehen."

Sebastian war wie versteinert. Ich vermutete, dass er sich denken konnte, was ich beobachten musste. Dennoch erzählte ich ihm meine Version weiter.

„Als ich dich mit Angela entdeckte, war für mich die Situation eigentlich klar. Du standest nicht einmal eine Handbreit von ihr entfernt, deine Hand in ihrem Nacken. Ihr habt euch so innig angesehen, und dann hast du dich mit deinem Gesicht dem ihren genähert." Es fühlte sich plötzlich an, als würde mich das Erzählen ungeheure Kraft kosten. Müde lehnte ich meinen Kopf im Sessel zurück und schloss die Augen.

„Mehr wollte ich mir nicht antun, also ging ich, packte meine Sachen und verließ das Hotel. Ich hatte auch ehrlich keine Lust, mir deine Version anzuhören. Ich befürchtete, es würde sich alles wie eine lächerliche Ausrede anhören. Und … deshalb auch meine Nachricht, die ich unter der Tür durchschob …"

Sebastian hörte mir zu, vergrub sein Gesicht in den Händen, und fuhr sich anschließend verzweifelt durch die kurzen Haare.

„Oh Mann, Isa. Wie das auf dich gewirkt haben muss, ist mir jetzt klar. Und es tut mir so leid …"

Mein Herz pochte wild in meiner Brust, und das Blut rauschte in meinen Ohren. Einerseits wollte ich unbedingt hören, was dort passiert war, aber andererseits … Ich wusste nicht, ob mir die Wahrheit gefallen würde.

Sebastian ergriff meine Hand. „Hör zu, Isa, ich hoffe, es klingt für dich *nicht* wie eine billige Ausrede. Angela trägt Kontaktlinsen, und – ich weiß nicht, weshalb das bei ihr so ist, aber – ihr verrutschen diese Dinger regelmäßig. Dann hat sie die Linse irgendwo im Auge, und alleine bringt sie diese meiner Meinung nach völlig unnötigen Teile nicht mehr an ihren Bestimmungsort zurück.“

Sebastian trank einen Schluck Wasser und sah mir dann wieder in die Augen, als ob es wichtig wäre, diese Verbindung während seiner Erklärung zwischen uns aufrechtzuerhalten.

„Jedenfalls bin ich einer, der ihr dabei helfen kann – einer der wenigen, der sich auch tatsächlich traut, ihr ins Auge zu greifen und die Linse zurückzuschieben.“

„Aha.“

Mehr fiel mir dazu zunächst nicht ein. Ich musste die Story erst sacken lassen. Ich holte mir die Szene, an die ich in den letzten Tagen und Wochen so ungern und doch viel zu oft hatte denken müssen, wieder vor mein geistiges Auge und kombinierte seine Erklärung mit dem, was ich gesehen hatte. Und verdammt, vermutlich hatte er tatsächlich recht damit! Ich hatte jedenfalls vorher nie daran gezweifelt, als er mir sagte, er habe die Beziehung beendet. Und dass Angela diese Tatsache nicht wahrhaben wollte, wurde mir auf der Hochzeit klar. Abgesehen davon waren die beiden ja lange Zeit ein Paar, und da war es auch nicht verwunderlich, wieso die beiden so nahe beieinanderstanden und womöglich über Angelas blöden Kontaktlinsen lachten.

Ich merkte, wie mir heiß im Gesicht wurde. Ich hatte mich verhalten wie eine eifersüchtige Zicke. Hätte ich einen Moment länger dort gestanden, wäre alles anders gekommen. Ich hatte nicht auf eine natürliche Auflösung der verfänglich wirkenden Situation gewartet, sondern war bockig und stur davongelaufen. Und zu meinem eigenen Übel hatte ich mir die Worst-Case-Wahrheit selbst zusammengebastelt und mich in meinem Leid gesuhlt.

Als mir das klar wurde, wäre ich am liebsten im Boden versunken. Da ich darauf aber leider ewig warten würde, blieb mir nur, darauf einzugehen.

„Kontaktlinse also … Gut. Das ist gut. Und was ist jetzt mit dir? Und mit Angela? Seid ihr … Ich meine … wohnt ihr noch zusammen?“

Sein warmes Lächeln schoss bis in meine Magengegend, in der es wild zu kribbeln begann, als er mir antwortete.

„Ich habe das mit der Wohnung in der Stadt durchgezogen. Ich bin aus der gemeinsamen Wohnung raus und hab jetzt hübsche achtzig Quadratmeter, die nur mir gehören.“

„So, und um jetzt alle Missverständnisse aus dem Weg zu räumen: Welche Stadt meinst du?“

Verwirrt starrte mich Sebastian an. „Na … Linz natürlich! *Das* hatte ich aber auf dem Turm erzählt.“

Ich kramte erneut in meinen Erinnerungen. „Du sagtest, du wurdest in Wien geboren.“

„Was nicht bedeuten muss, dass ich noch dort wohne.“ Lächelnd streckte er seine Hand in meine Richtung und schob mir eine Haarsträhne aus dem Gesicht. „Überlege mal, was du über dich erzählt hast!“

Wozu das gut sein sollte, und was das mit ihm zu tun hatte, wusste ich zwar nicht. Trotzdem tat ich, was er von mir verlangte.

„Ich sagte, ich wohne in Linz, und ich liebe die Stadt. Und du hast geantwortet mit …“ Mir fiel es wie Schuppen von den Augen.

„… ich auch!“, ergänzte Sebastian meinen Satz.

Meine Wangen wurden heiß. „Ich hatte das nur darauf bezogen, dass du Linz ebenfalls liebst. Und ich dachte, du lebst noch in Wien. Wieso … seit wann bist du dann hier?“

„Ich suchte mir bereits vor gut zehn Jahren meine erste Wohnung etwas außerhalb von Linz. “

Verwirrt kratzte ich mich am Kopf. „Verdammt, und wie komme ich dann darauf, dass du in Wien lebst? Dein Dialekt hat mich wohl verwirrt …“

Ich war völlig durch den Wind, verstand mich selbst nicht mehr und kramte in meinem Gedächtnis nach den Bausteinen, aus denen ich mir meine eigene Wahrheit zusammengereimt hatte.

Grinsend überlegte Sebastian: „Vielleicht auch deshalb, weil meine ganze Familie aus Wien kommt.“

„Wo genau wohnst du jetzt? Und wie hast du so schnell eine Wohnung gefunden?“

„Meine neue Wohnung ist direkt im Zentrum. Ich hatte wohl einfach Glück bei der Wohnungssuche. Die bisherigen Interessenten lehnten alle ab, und als ich die Wohnung besichtigte, stellte ich mir dein Foto auf Leinwand an der weißen Wand vor und wusste, die Wohnung wird es werden.“

„Mein Foto an der Wand?“ Ich war irritiert.

„Eines der Bilder, die ich auf dem Turm von dir gemacht habe.“

„Du bist verrückt, weißt du das? Ohne mein Einverständnis kommt überhaupt kein Bild von mir an irgendeine Wand …“

„Und wenn es schon dort hängt?“ Ein verlegenes Grinsen huschte über seine Lippen und nahm mir den Wind aus den Segeln.

„Dann … möchte ich es zumindest sehen.“

„Das steht außer Frage.“

Ich musterte ihn einen Augenblick, war mir nicht sicher, ob er das alles tatsächlich ernst meinte. Doch er wich meinem Blick nicht aus, und je länger ich in seine Augen sah, umso mehr vergaß ich, was wir eben noch gesprochen hatten. Verwirrt schüttelte ich den Kopf, in der Hoffnung, meine Gedanken wieder auf die Reihe zu bekommen, und lenkte auf ein anderes Thema.

„Und wieso tauchst du als Pressefotograf auf – ich dachte, du fotografierst Architektur?“ Wenn ich schon mal am Fragen war … Das war sowieso längst überfällig.

„*Hauptsächlich* Architektur. Eigentlich ist das mein Hobby. Mein Geld verdiene ich als Presse- und Studiofotograf“, fügte er noch hinzu.

„Studiofotograf … das heißt also, du fotografierst auch Hochzeiten?“

„Hast du denn vor, zu heiraten?“

Dass Sebastian mich dabei anlächelte und schelmisch mit den Augenbrauen wackelte, trug dazu bei, dass ich bei dem Wort *heiraten* zusammenzuckte. Es würde wohl noch eine Weile dauern, bis ich auch dieses Kapitel meines Lebens endlich abgeschlossen hatte, ohne jedes Mal Herzrasen zu bekommen.

„Nein. Ich frag mich nur eben, weshalb du auf Florians Hochzeit nicht fotografiert hast? Bietet sich doch an, wenn man einen Fotografen in der Familie hat – noch dazu, da so ein Fotograf ja nicht gerade günstig ist.“

„Ach so … das Fotografieren hat ein Kollege von mir übernommen, der mir noch einen Gefallen schuldig war. Florian bestand darauf, dass ich sein Trauzeuge war, und somit fiel ich als Fotograf aus.“

„Wieso wusste ich das alles nicht?“

Grinsend zuckte Sebastian mit den Schultern.

„Wir haben über so vieles geredet, aber das *Wichtigste* hast du mir verschwiegen. Und was hat es mit ‚Fotografie Kiss‘ auf sich?“

„Wie meinst du das?“

„Na ja … bezieht sich das auf küssende Hochzeitspärchen, oder …“

Sebastian lachte lauthals auf, und ich war nur noch mehr verwirrter. „Kiss ist mein Nachname.“

„Du willst mich wohl verarschen? Du heißt mit Nachnamen Kiss? Wie die Band?“

Sebastian nickte und grinste. „Und Kiss wie Kuss“, … was ein wohlig warmes Kribbeln in mir auslöste. Ich erinnerte mich nur zu gut an seine Küsse.

„Wieso, verdammt noch mal, wusste ich das nicht? Hast du eine Ahnung davon, wie verzweifelt ich nach dir gesucht habe? Und ich dachte, du heißt Schwarz, wie Florian … Erst als ich im Hotel anrief, haben die mir gesagt, dass es keinen Sebastian Schwarz als Gast gab.“

„Du hast also *verzweifelt* nach mir gesucht?“

„Na ja, also …“ Ich merkte, wie ich rot wurde, und räusperte mich. Verlegen blickte ich auf seine Hände. „Ich wollte mich bei dir entschuldigen, für meine Flucht aus dem Hotel.“

„Entschuldigung angenommen.“

Er streckte mir seine Hand entgegen, die ich zögernd nahm. Und er nicht mehr losließ. Sanft deutete er mir, aufzustehen, bis ich lächelnd auf ihn zuging. Als er meine Hand nach unten zog, verlor ich das Gleichgewicht und landete auf seinem Schoß. Meine Beine baumelten über die Armlehne, und ich hatte sowieso bereits den Boden unter meinen Füßen verloren. Ich flatterte mit den Schmetterlingen in meinem Bauch um die Wette.

„Florian und ich sind Halbbrüder. Meine Mutter hat nach der Trennung von meinem leiblichen Vater wieder geheiratet, aber ich wollte meinen Namen behalten. Immerhin war ich bereits in der Schule, und auch meine Mutter fand es so einfacher für mich.“

„Das erklärt so einiges …“ Ich schmiegte mich an ihn und streichelte sanft über seine Brust.

„Ich hab dich unheimlich vermisst, Isa, ich hoffe, du weißt das. Und ich hab gelitten wie ein geschlagener Hund. Ich hoffe, auch das weißt du.“

Sebastian hielt mich fest und flüsterte, seine Nase in meinem Haar vergraben. Er sog meinen Duft ein und schmiegte sich an mich. Ich wollte ihn nie mehr loslassen, doch da war noch etwas, das ich unbedingt wissen wollte. Also brachte ich widerwillig noch einmal etwas Abstand zwischen uns, denn ich musste ihm dabei in die Augen sehen.

„Was ist das jetzt zwischen dir und Angela? Und diesmal keine Ausflüchte oder Halbwahrheiten, ich will alles hören. Bis ins kleinste Detail."

Irritiert hob Sebastian eine Augenbraue. „Das hab ich dir doch eben schon erklärt. Ich hab jetzt eine eigene Wohnung, und wir haben uns getrennt."

„Dann seid ihr kein Paar mehr?"

„Nein, sind wir nicht. Als ich aus der gemeinsamen Wohnung auszog, schien sie das erste Mal zu begreifen, dass ich mit ihr Schluss gemacht hatte. Ich habe ihr noch einmal gesagt, dass ich Abstand brauche, und bat sie, mich in Ruhe zu lassen. Ich musste ihr jedoch versprechen, sie anzurufen, sobald es mir besser gehen würde."

„Und das wirst du auch machen?"

„Natürlich! Aber weißt du, in den wenigen Tagen Urlaub im *Hotel Sperlhof* ist mir bewusst geworden, dass sie mir eigentlich schon seit langer Zeit auf die Nerven ging. Die Gefühle, die ich einmal für sie empfand, haben sich in Luft aufgelöst. Wann genau das passiert ist, kann ich nicht sagen. Ich war auch kurz vorm Ausrasten, als sie mir auf der Hochzeit wie eine Klette am Arm hing."

Er wischte sich mit beiden Händen übers Gesicht, als könnte er so sein schlechtes Gewissen wegwischen. „Und … ich hab dir ihre Anwesenheit auf der Hochzeit verschwiegen, da ich Angst hatte, du würdest dann doch noch Nein sagen. Dass sie so hartnäckig an meiner Seite blieb, tut mir leid. Damit hätte ich rechnen müssen. Aber ich war vermutlich einfach zu egoistisch, ich wollte dich unbedingt dabeihaben."

Ein unglaubliches Gefühl von Wärme und Zuneigung sprudelte in meinem Inneren, wie Lava, die aus einem Vulkan heraus quillt.

„Und jetzt hat sie es verstanden?"

„Ja. Für mich gibt es kein Zurück mehr, und ich denke, das weiß sie auch."

„Ich hoffe es, denn … sonst haben wir ein Problem."

„Haben wir das?" Sebastian legte den Kopf schief und lächelte mich fragend an.

„Ja, haben wir. Dann müsstest du nämlich mit dem offiziellen Titel *Herzensbrecher* leben."

„Du sorgst dich um Angelas Herz?"

Verblüfft sah er mich an. Seine Reaktion war zu süß. Ich schluckte, denn es war Zeit für mein Geständnis.

„Nein, das hab ich nicht gemeint." Zögernd griff ich nach seiner Hand. „Um meines. Ich hab mich nämlich … in dich verliebt."

Sebastians Augen strahlten mich an, und die kleinen Fältchen um seine Augen ließen beinahe wieder die vielen kleinen Schmetterlinge in meinem Bauch aufflattern, doch …

„Ich weiß."

„Wie bitte?" Ich dachte, ich hätte mich verhört. Dass manche Männer von sich selbst sehr überzeugt waren, wusste ich ja. Aber Sebastian hätte ich nicht als einen dieser Machos eingeschätzt. Ich wollte ihm enttäuscht meine Hand entziehen, doch mit einem leisen Lachen zog er mich nur noch näher an sich.

„Ich saß neben Florian, als er dich angerufen hat. Ich hab das Gespräch über den Lautsprecher mitverfolgt."

Er grinste mich entschuldigend an und küsste mich leicht auf meine Wange. Eigentlich wollte ich schlagfertig darauf re-

raufhin er seine Augen schloss, immer noch das Lächeln auf den Lippen.

Meine Hände wanderten weiter, malten die Form seiner Ohren nach, hinab zu seinem Schlüsselbein, das unter dem leicht geöffneten Hemdkragen hervorblitzte. Ich blickte auf seine Lippen mit ihrem außergewöhnlichen Schwung und zeichnete auch ihre Konturen nach, bis hinunter zu seinem Grübchen am Kinn.

Als Sebastian seine Augen öffnete, schlug mein Herz sofort einige Takte schneller. Sein Blick war verschwommen, erregt und trotzdem voll Liebe und Zuneigung und verriet mir nur allzu deutlich seine Gedanken und Gefühle. Ich wollte etwas sagen, doch Sebastian unterbrach mich mit einem leisen „Schhhh …“ und seinem Finger an meinen Lippen. Er nahm meine Hand in seine, legte meine Finger, die ihm eben noch Zärtlichkeiten geschenkt hatten, an seinen Mund und küsste jeden einzelnen. Sanft glitt seine Zungenspitze über die sensible Haut und schickte Wellen der Unvernunft durch meinen Körper.

„Nein, warte. Ich … ich muss dir unbedingt was sagen.“ Ich musste es auf jeden Fall jetzt noch loswerden, bevor es womöglich zu spät war und ich nicht mehr klar denken konnte.

„Ich war beim Arzt und … bisher scheint es, als ob ich gesund wäre. Der HIV-Test und der Hepatitis-Test sind zum Glück negativ ausgefallen. Ganz genau weiß ich es aber erst in einem halben Jahr sagen, wenn ich einen zweiten Bluttest hab machen lassen.“

„Das … ist gut.“ Auch wenn Sebastian sich sehr mit seiner Reaktion darauf zurückhielt, so konnte ich doch an seinem Gesicht erkennen, wie erleichtert er war.

„Ja … das ist es. Mir fiel ein Stein vom Herzen, als ich die Ergebnisse erfuhr.“

Er drückte mich an sich und hielt mich so für einige Sekunden fest. „Mach dir darüber kein Kopfzerbrechen, Isa. In einem halben Jahr lässt du dich noch mal testen, und bis dahin … verhüten wir mit Gummi."

„Bis *dahin*? Du denkst schon so weit in die Zukunft?" Ich musterte ihn von der Seite, denn bis eben dachte ich noch nicht einmal bis morgen. Ich spürte aber, wie nach seinen Worte heiße Freude in mir aufstieg.

„Ich weiß nur, dass die letzten Wochen ohne dich nicht gut für mich waren." Augenblicklich wurde es warm um mein Herz, und ich konnte nicht anders, ich musste ihn erneut küssen.

Sofort waren wir wieder gefangen in dem Sog der Leidenschaft. Unsere Zungen spielten miteinander. Ich sog an seiner, biss sanft in seine Unterlippe. Sebastian quittierte meine Zärtlichkeiten mit einem heiseren Stöhnen, das ein forderndes Prickeln in meinem Unterleib auslöste.

„Ich hab übrigens *keine* Angst … nur wenige Meter von meinem Schlafzimmer entfernt." Keuchend deutete ich mit dem Kopf auf die verschlossene Tür hinter uns. Meine Stimme war nur ein raues Flüstern, zu mehr war ich nicht imstande. Es war aber auch nicht nötig, denn Sebastian verstand meine Anspielung auf seine Worte, die mich bei unserem Date im *Hotel Sperlhof* ins Schwitzen gebracht hatten.

„Das brauchst du auch nicht, denn ich hab versprochen, zärtlich zu sein."

„Und das hast du mir schon bewiesen." Ich küsste ihn, erst sanft, dann immer fordernder. Seine warmen Hände suchten ihren Weg unter meine Bluse, und auch ich sehnte mich nach seiner warmen, duftenden Haut. Langsam knöpfte ich sein Hemd auf, ohne auf seine weichen Lippen zu verzichten.

Mit einem Ruck hob Sebastian mich hoch, als wäre ich leicht wie eine Feder, und trug mich auf die Tür zu, während mein Herz im Rhythmus der Schmetterlingsflügel schlug, die in meinem Bauch um die Wette flogen.

Es war finstere Nacht, nur ein paar Kerzen erhellten das Schlafzimmer. Die Jalousien hielten neugierige Blicke der Nachbarn draußen, während Sebastian und ich aneinandergeschmiegt unter der warmen Decke lagen. Unsere Haut war noch erhitzt, und ein dünner Schweißfilm verband unsere nackten Körper.

Ich lag an seiner Schulter und studierte jeden Millimeter seines Gesichts. Ich konnte nicht mehr sagen, was mir anfangs nicht an ihm gefallen hatte. Mit meinem Finger fuhr ich zärtlich über sein Kinn, umkreiste das Grübchen und konnte nicht anders – meine Lippen formten sich zu einem Lächeln. Er war mittlerweile eindeutig mein Typ.

Sebastian hatte seine Augen halb geschlossen. Fasziniert betrachtete ich seine unglaublich langen Wimpern und studierte die kleinen, fast unsichtbaren Fältchen neben seinen Augen, die sich eigentlich erst dann so richtig zeigten, wenn er lachte.

Den Kopf auf seiner Brust hörte ich leise sein Herz schlagen. Das regelmäßige Pochen war antreibend und beruhigend zugleich und für mich in diesem Moment die schönste Musik der Welt. Sein Duft erfüllte den ganzen Raum, und ich hatte fast Angst, ich würde mich irgendwann so sehr an den Geruch gewöhnt haben, dass ich ihn nicht mehr wahrnehmen würde. Deshalb atmete ich ihn ganz bewusst ein, füllte meine Lungen mit Sebastian und hoffte beim Ausatmen, nicht zu viel von ihm herzugeben.

Ich hätte Stunden so liegen bleiben können, einfach nur, um ihn zu beobachten. Konnte man sich an einem Menschen sattsehen? Bei ihm konnte ich es mir beim besten Willen nicht vorstellen. Er war alles, was ich wollte, alles, wonach ich mich immer gesehnt hatte.

„Du machst mich glücklich, Isa." Sebastian küsste mich auf die Stirn und streichelte zärtlich über meinen Rücken.

Wie warme Schokolade breiteten sich seine Worte in mir aus. Ich spürte ihn, sah ihn, roch ihn. Ich war ihm so nah, auch emotional – und doch war da eine kleine Unsicherheit in mir.

„Wieso bist du dir da so sicher? Glück ist so … vergänglich." Obwohl ich es nicht wollte, klang meine Stimme leicht melancholisch.

„Denkst du?" Ich konnte Sebastians Grinsen hören. Als Antwort zuckte ich nur mit den Schultern.

„Nimm dir Zeit, dein Leben mit Liebe zu füllen, dann wird das Glück unvergänglich."

„Bist du jetzt auch noch ein Poet?" Jetzt konnte auch ich mein Grinsen nicht verbergen. Ich hob den Blick und sah ihm ins Gesicht.

„Mach dich nur über mich lustig, Isabella", antwortete Sebastian mit einem Augenzwinkern. „Aber du ahnst nicht einmal im Ansatz, welche verborgenen Talente ich noch besitze."

„Das klingt ja äußerst spannend. Wirst du sie mir denn irgendwann einmal verraten?"

„Jedes einzelne, wenn du möchtest. Wir haben alle Zeit der Welt."

„Haben wir das?" Ich musste tief ausatmen. „Du weißt, was das Wort *Zeit* für mich bedeutet. Mir läuft sie davon. Und ich hab Angst, dass …" Ich schaffte es nicht, den Satz zu Ende zu sprechen. Die Verunsicherung in meiner Stimme klang eher nach Verzweiflung. Stattdessen wich ich seinem Blick aus.

„Nein, Isa, sieh mich an!" Mit diesen Worten hob er mein Kinn und suchte Blickkontakt. „Du brauchst keine Angst zu haben, dass dir die Zeit davonläuft. Vorausgesetzt, du willst die Zeit mit mir verbringen. Denn ich will dir all das geben, das du dir wünschst, um glücklich zu sein. Auch viele kleine Isas …"

Ich wollte etwas erwidern, wollte wissen, wieso er sich dessen so sicher war. Doch ich schaffte es nicht. Ein dicker Kloß saß plötzlich in meinem Hals und hielt all die Fragen zurück, die sich in meinem Kopf bildeten.

„Du kennst auch meinen Traum von der Zukunft. Es ist der gleiche wie deiner, hast du das vergessen?“

„Du hattest diesen Traum mit Angela …“, flüsterte ich.

„Ja. Irgendwann einmal, vor Jahren. Doch mir wurde auch klar, dass ich unter diesen Umständen mit ihr keine Kinder haben wollte. Wenn, dann will ich eine Frau, die unsere Beziehung ernst nimmt. Die nicht nur für ihren Job lebt, sondern für die Liebe, die Beziehung. Mutter meiner Kinder kann nur die Frau werden, die mich auch tatsächlich liebt.“

Er sah mir in die Augen, die so voll Hoffnung und Zärtlichkeit waren. Ich wusste, dass er alles ernst meinte, was er sagte. Und doch verstand ich nicht.

„Wieso? Wie kannst du dir so sicher sein, dass alles gut wird? Dass weder du noch ich enttäuscht werden?“

„Ich weiß es einfach. Tief in meinem Herzen weiß ich es, und ich wusste es bereits, als ich dich das erste Mal sah.“ Zärtlich strich er meine Haare aus der Stirn und fuhr über die Stelle, an der einst die Beule war. „Seit ich dich kenne, weiß ich, dass alles wieder Sinn macht. Die Trennung von Angela. Und meine neue Wohnung. Mein Leben hat mich bereits vor Monaten auf dich vorbereitet.“

So etwas Schönes hatte noch nie jemand zu mir gesagt. Ich war überwältigt, sprachlos, glücklich. Verliebt. Ich kuschelte mich an ihn, hielt ihn fest, wollte am liebsten in ihn hineinkriechen, um ihm so nah wie nur irgend möglich zu sein. Sanft streichelte er meinen Rücken, ehe er mich auch an sich drückte und mein Gesicht mit Küssen bedeckte.

„Ich lass dich nicht mehr gehen, ich hoffe, du weißt das, Sebastian.“ Und ich meinte das absolut ernst.

„Ich hab nicht vor, zu gehen.“ Endlich fanden seine Lippen meine, besiegelten seine Worte mit einem Kuss, so zärtlich und innig, dass es mir fast den Verstand raubte. Und auch wenn ich noch nicht sicher war, wohin uns unsere gemeinsame Reise führen würde, so wusste ich eines mit Sicherheit: Ich hatte endlich gefunden, wonach ich mein halbes Leben gesucht hatte.

ENDE

Vorschau

Der dritte und letzte Band der „Auf Umwegen"-Reihe erscheint voraussichtlich im Herbst 2014. Der Titel ist noch geheim und wird wieder in den Wochen vor der Veröffentlichung auf meiner Facebook-Seite www.facebook.com/Sarah.Saxx.Autorin sowie auf www.sarahsaxx.com enthüllt.
Hier schon mal ein kleiner Vorgeschmack auf die Geschichte von Marco und Lena:

Prolog:

Es gibt Momente im Leben, die vergisst man nicht. Momente, die so aufregend sind, dass sie sich regelrecht ins Gedächtnis einbrennen, und an die man sich von Zeit zu Zeit immer wieder mal gerne erinnert. Sei es das erste Campingabenteuer mit dem Vater, der erste Kuss, den die Sitznachbarin dir heimlich in der großen Pause schenkt, die bestandene Führerscheinprüfung …

Für mich zählt der Augenblick, als ich Lena das erste Mal sah, auf jeden Fall zu den besten meines Lebens. Als ich zum ersten Mal ihre Augen, ihr strahlendes Lächeln, ihre sinnlichen Lippen bemerkte … Innerhalb weniger Sekunden war ich fasziniert von dieser Frau. Sie hat etwas … Lebendiges an sich, was aber in keinster Weise gekünstelt auf mich wirkt. Im Gegenteil, sie hat eine sehr erfrischende Art.

Als ihr warmes Lachen zum ersten Mal bis zu mir an die Bar vordrang, ging es mir bis tief unter die Haut. Ich musste sie einfach anschauen, und irgendwie schien die Luft zwischen uns elektrisiert zu sein. Etwas an ihr zog mich magisch an, es war fast wie Magnetismus, auch wenn das vielleicht lächerlich klingt. Zuerst bemerkte ich nicht einmal, dass ich meinen Platz hinter der Theke verlassen hatte, um die Tische in ihrer unmittelbaren Umgebung abzuwischen. Erst, als eine meiner Angestellten neben mir stand, mir den Ellenbogen in die Seite stieß und mir eine weitere Bestellung zuraunte, landete ich langsam wieder in der Realität.

Lenas Stimme zog mich unaufhörlich an, ihre funkelnden Augen, die immer wieder Blickkontakt mit mir suchten, und ihr Parfum, das mich so ablenkte, als ich den Zuckerstreuer am Nebentisch nachfüllte.

Ich wollte sie ansprechen, wollte mehr über sie erfahren, wollte sie kennenlernen. Nur kam mir leider ein Lieferantengespräch dazwischen, und als ich zurückkam, war sie weg. Ich war verzweifelt, hoffte nur, sie irgendwann wieder in meinem Café zu sehen. Doch glücklicherweise ging es ihr so wie mir: Einen Tag später stand sie wieder vor mir. Sie erzählte mir, sie hätte unbedingt noch einmal herkommen und mich ansprechen müssen, denn sie hätte das Gefühl gehabt, anderenfalls etwas zu verpassen.

Und Lena hatte recht. Denn ab diesem Tag schlugen unsere Herzen im selben Takt. Genauso kitschig und rosarot war plötzlich unsere Welt.

Man möchte denken, alles wäre perfekt, wie in einem der Märchen. „Und wenn sie nicht gestorben sind, dann leben sie noch heute“ – glücklich und verliebt wie am ersten Tag. Und ich muss gestehen, ich glaubte in den Monaten danach tatsächlich an ein Märchen. Eines, das so schön und so wahr war, dass es für andere vielleicht unerträglich schmalzig wirken mochte. Alles schien wie eine Never-Ending-Story – erst teilten wir das Bett, dann das Leben, bald eine gemeinsame Wohnung.

Doch jedes Märchen hat einmal ein Ende. Womöglich sogar ein böses, das man den Kindern verschweigt, um sie nicht aufzuregen. Um sie nicht auf das wahre Leben, die knallharte, eiskalte Realität aufmerksam zu machen. Leider nahm auch meine Lovestory diese Wende. Wenn mir einer sagen könnte, wann es passiert war, wohin ich in dem Märchen zurückblättern müsste, um doch noch ein Happy End daraus zu machen – ich würde alles dafür geben.

Alles, was jetzt noch in mir ist, ist dieser Schmerz. Irgendwann ist etwas zwischen uns zu Bruch gegangen, und ich spürte zwar den Aufprall, konnte ihn aber nicht lokalisieren. Jetzt stehe ich da, merke, wie all das, was mir die Welt bedeutet, vor meinen Augen zerbröckelt. Unaufhaltsam. All meine Versuche, mit ihr zu sprechen, alles wieder ins Lot zu bringen, scheinen ins Leere zu verlaufen.

Hilflos sehe ich ihr zu, wie sie ihren Koffer packt, und vermutlich endgültig aus meinem Leben verschwindet. Es gibt Momente im Leben, die vergisst man nicht.

Bereits erschienen

Auf Umwegen ins Herz

Jana fällt aus allen Wolken, als sich ihre heimliche Jugendliebe Julian nach fünfzehn Jahren Funkstille unerwartet bei ihr meldet.
Seit damals empfindet sie große Wut auf ihn, da er ihr Vertrauen missbraucht hatte. Und erst vor Kurzem hat ihr Exfreund Georg dafür gesorgt, dass Jana von den Männern endgültig enttäuscht ist.
Ob Julian sich eine zweite Chance trotz seines Fehltritts von damals verdient hat? Und wieso taucht plötzlich Georg wieder auf? Wie wird sich Jana entscheiden – Herz oder Kopf?

Eine Geschichte über den Kampf zwischen Vertrauen und Vernunft, über Enttäuschungen und Freundschaft – und über die wahre Liebe.

Als *Taschenbuch* auf Amazon und überall, wo es *E-Books* gibt!

978-3-9503665-0-1 *.mobi
978-3-9503665-2-5 *.epub
978-3-9503665-3-2 *.PDF
978-3-9503665-1-8 Taschenbuch

Über Sarah Saxx

Die Autorin lebt mit ihrem Mann und ihren beiden Töchtern in Oberösterreich in einem kleinen, idyllischen Kurort.
Ihre Vorliebe für romantische Romane und der Wunsch nach noch mehr Geschichten, die das Herz berühren, waren schließlich der Auslöser, ihre eigenen Ideen und Gedanken niederzuschreiben.

Mit Verzögerung ins Glück ist der zweite Roman der Autorin. Ihr Debüt Auf Umwegen ins Herz erschien im Oktober 2013 und landete innerhalb kürzester Zeit auf Platz 1 der Amazon Kindle Bestsellerliste. Für Herbst 2014 ist der dritte und abschließende Band der „Auf Umwegen"-Reihe geplant.

Mehr Sarah Saxx:

Website:	www.sarahsaxx.com
E-Mail:	buch@sarahsaxx.com
Facebook:	www.facebook.com/Sarah.Saxx.Autorin
Twitter:	twitter.com/SarahSaxx
Google+:	plus.google.com/+SarahSaxx
Youtube:	www.youtube.com/user/SarahSaxx

Sie wollen Neuerscheinungen der Autorin, Preisaktionen und Gewinnspiele nicht verpassen? Abonnieren Sie den Newsletter auf ihrer Website: www.sarahsaxx.com

Danksagung

Damit eine Geschichte erst niedergeschrieben werden kann, bedarf es nicht nur den Autor selbst. Ohne die vielen einzigartigen Menschen, die mich beim Schreiben unterstützt haben, wäre dieser Roman nie entstanden. Deshalb möchte ich mich jetzt bei ihnen bedanken.

Mein erster und größter Dank geht wieder an meinen Mann und meine beiden Töchter. Ohne ihren Glauben an mich, ihre Unterstützung und die Möglichkeit, die sie mir gaben, mich voll und ganz auf den Roman zu konzentrieren, würden Sie heute nicht dieses Buch in Händen halten.

Ein dickes Dankesbussi geht außerdem an meine Mama, die mir regelmäßig an den Nachmittagen meine Mädels abgenommen hat, damit ich mich für ein paar Stunden ganz dem Buch und seiner Entstehung widmen konnte.

Ein dickes Dankeschön auch an Annika. Sie hat mir mehrere Male einen Schups in die richtige Richtung gegeben und mir eine tolle Hilfestellung während des Schreibens und Überarbeitens geleistet. Außerdem stammt von ihr der wunderschöne Satz am Anfang des Buches, den auch Sebastian Isa im letzten Kapitel zuflüstert.

Ich hatte diesmal wieder drei Testleser, die die erste Rohversion des Romans in die Mangel genommen haben – danke für eure konstruktive Kritik, Annika, Petra und Wolfgang.

Danke, liebe Andrea, dass ich deinen Nachnamen für Sebastian verwenden durfte. Vielen Dank auch an den „echten" Sebastian für die Zusage, seinen Vornamen in dem Roman verwenden zu dürfen.

Außerdem möchte ich mich bei Pez für ihre Friseurnachhilfe bedanken. Bei Martina dafür, dass ich eines ihrer sensationellen

Erlebnisse hier verwenden durfte, da es so wunderbar in diesen Roman passte.
Ein großes Dankeschön geht auch an meine Lektorin Konny, die wieder einmal das Beste aus mir und dem Roman rausgekitzelt hat. Danke auch an Sybille, die mit ihrem Korrektorat die letzten Fehlerteufelchen verjagt hat.
Danke, David, Sabrina und Benedikt, für eure ausgezeichnete Arbeit am Buchtrailer. Ihr habt damit ein wahres Sahnehäubchen zu dem Roman kreiert. Link zum Trailer:
bit.ly/MViGTrailer

Mein freundliches Dankeschön geht ebenfalls an die Inhaber des *Hotel Sperlhof* sowie der *Hairlounge* in Windischgarsten:

Hotel – Restaurant Sperlhof
Edlbach 34
4580 Windischgarsten
Österreich
Tel: +43 7562 7430
www.sperlhof.at

hairlounge
Hauptstraße 30
4580 Windischgarsten
Österreich
Tel: +43 7562 207 89
www.hairlounge.cc

Und natürlich ein Dankeschön an alle, die am Rande mitgewirkt haben, mir hilfreiche Tipps gegeben und mich an weniger guten Tagen bei Laune gehalten haben.
Danke an das Leben, denn du bist meine größte Inspiration.

Zum Schluss möchte ich mich natürlich auch bei Ihnen als Leser bedanken! Danke, dass Sie sich für meinen Roman entschieden haben. Ich hoffe, er hat Ihren Erwartungen entsprochen und er hat Sie beim Lesen genauso bewegt wie mich beim Schreiben.
Wenn Sie mich als Autorin unterstützen möchten, würde ich mich über eine positive Bewertung in Form einer Rezension

freuen. Gerne dürfen Sie das Buch auch an Ihre Freunde und Bekannten weiterempfehlen. Auch über eine persönliche Kontaktaufnahme freue ich mich: buch@sarahsaxx.com

Liebe Grüße, Ihre Sarah Saxx

agieren, doch ich war einfach nur sprachlos. Die ganze Zeit über hatte ich überlegt, wie und wann ich ihm meine Gefühle gestehen würde. Dabei wusste er längst, wie es um mein Herz stand. Ich räusperte mich, schluckte die Verwunderung hinunter und wollte darauf eingehen. Doch Sebastian unterbrach mich mit zärtlicher Stimme.

„Ich liebe dich auch, Isa. Danke übrigens auch für den Brief, den du mir über das Hotel hast zukommen lassen. Und es tut mir leid, dass ich dich nach unserem Telefonat so zappeln ließ, aber … ich musste erst wissen, was es mit dieser Kussgeschichte auf sich hatte."

„Wenn du es wissen wolltest, wieso hast du nicht mehr abgehoben? Oder mich zurückgerufen …?"

„Das ist eine berechtigte Frage."

Sebastian streichelte gedankenverloren mit seinen Fingerkuppen über meine Haut, was wohlige Wellen der Gänsehaut über meinen Körper schüttete.

„Ich … fühlte mich vermutlich in meinem Stolz gekränkt. Ich wollte, dass du dich erst beruhigst, ich wollte zwei, drei Tage verstreichen lassen. Jedoch kam heute Morgen der Anruf deiner Chefin rein, mit dem Auftrag, die Fotos zu machen. Da ich wusste, dass du ebenfalls für den Verlag arbeitest, hatte ich geplant, sie unter einem Vorwand zur Nachbesprechung persönlich aufzusuchen, und hoffte, dir dann im Verlagsgebäude über den Weg zu laufen."

„Das klingt total … bescheuert." *Warum einfach, wenn's auch kompliziert geht?*

Diesmal war es Sebastian, der unsicher meinem Blick auswich.

„Und süß."

Ich musterte ihn. Als er mich endlich wieder ansah, raubte er mir mit seinem strahlenden Lächeln den Atem. Langsam glitten meine Finger durch seine stachelig-weichen Haare, wo-